連《れん》　写《しゃ》

TOKAGE《トカゲ》 特殊遊撃捜査隊

今野　敏

朝日文庫

本書は二〇一四年二月、小社より刊行されたものです。

連写　ＴＯＫＡＧＥ特殊遊撃捜査隊

1

八月二十五日、月曜日。ひどく暑い日だった。

朝から気温は急上昇して、昼になる頃には三十度を超えていた。

上野数馬《うえのかずま》は、すでに気分が萎えていた。いつも毅然としている先輩の白石涼子《しらいしりょうこ》も、さすがに、うんざりした様子だった。

月曜日から訓練に駆り出されていた。上野も涼子も捜査一課特殊班の係員だから、訓練には慣れている。

特殊班は、正式には警視庁刑事部捜査第一課の特殊犯捜査係のことだ。最近は、上野と涼子がいる第一係と第二係をＳＩＴと呼ぶことが多くなった。

ＳＩＴは、Special Investigation Team の略だと思われており、近頃は警視庁でもそれで通しているが、実は、もともとは「捜査」のS、「一課」のI、「特殊班」のTだった。大使館に赴任していたキャリアが勘違いしたのが、今の略語の解釈の始まりだったと言われている。

特殊班は、訓練の連続だ。扱う事案は、立てこもり、誘拐、ハイジャックなど、高度な実力と判断力を要求されるものばかりだ。

上野たちの仕事は、捜査というより、むしろ作戦と呼んだほうがいい。常にミッションを想定して、訓練を積んでおかなければならない。

それは充分に承知しているが、この暑さの中、バイクの訓練というのは辛《つら》い。しかも、上野と涼子は、着慣れない交通機動隊の制服を着せられていた。

上野も涼子も、トカゲのメンバーだった。この部隊は、常設ではなく、隊員は兼務だ。刑事部の中で、バイクの運転に習熟している者がその任に就く。したがって、隊員は刑事部内のさまざまな部署に散らばっている。

かつて、三台同時バスジャック事件で、いっしょにチームを組んだ捜査一課強行犯捜査係の捜査員や、捜査三課の捜査員も参加していた。

彼らも、上野たち同様に交機隊の制服を着ている。

今日は、トカゲのメンバーが交機隊の訓練に交じっているのだ。遊撃部隊は、身分が秘匿《ひとく》されている。そのために、全員が交機隊の制服を着て訓練を受けることになっていた。

交機隊の訓練に、普通のライダースーツの者が交じっていたら不自然だ。マスコミの眼が光っているのだ。

「参るわね、この照り返し……」

珍しく涼子が、弱音を吐く。上野は、口をきくのもしんどい気分だった。だが、先輩から話しかけられて返事をしないわけにもいかない。

「交機隊の制服って、暑いんですね」

「そうね。でも、ライダースーツよりまし」

「飛ばしているときは、風があって楽ですけど、こういう訓練はこたえますね……。しかも、マシンがホンダで、しかもでかい。俺、スズキ派なんですけど……」

交機隊の主力マシンは、ホンダの八〇〇㏄だ。上野は、普段は、スズキの四〇〇㏄に乗っている。

「そこ」

交機隊教官が上野を指さした。「私語は慎めと言ってあるはずだ」

上野は気をつけをして大声で言った。

「申し訳ありません」

「おまえ、ここに来て、今教わったことをやってみろ」

お馴《な》染《じ》みのバイク起こしだ。白バイに乗っている連中なら、難なくやってのけるはずだ。上野も、二輪の運転技術を買われて遊撃捜査二輪部隊に引っぱられたのだ。バイク起こしなど、どうということはないと思っていた。

隊列の前に歩み出て、倒れている白バイのハンドルを握った。ホンダの一三〇〇㏄だ。いつもの要領で起こそうとする。

だが、一三〇〇ccともなると、さすがに手強い。さんざん苦労をして、ようやく起こした。

教官は、ストップウォッチを持っていた。

「二分三十秒。それで、よくその制服が着られるものだ」

交機隊員たちの失笑が洩《も》れる。教官は、上野が交機隊員でないことを承知の上で言っているのだ。

「それでは、今度は、おまえがやってみろ」

赤い上着に白いパンツの制服を着た女性を呼んだ。警視庁女性白バイ隊クイーンスターズのメンバーだ。彼女らもこの訓練に参加していた。

女性隊員は、倒れた一三〇〇ccの左脇に立つと、両方のハンドルを握り、しゃがみ込んだ。腰に車体をひっかける。そして、腰をうまく利用して車体を起こした。

上野は、心の中でつぶやいた。

慣れていない車体に戸惑っただけだ。彼女は、普段からあの車体に慣れている。もう一度やらせてもらえば、うまくやれる。

「五秒か。まあまあだ」

次に、教官は男性の交機隊員を指名した。その隊員は、ハンドルを握ると、一瞬でバイクを起こしてしまった。

教習所のやり方とはまったく違う。

「こうした基本中の基本を、今日の講習で徹底的にチェックしてもらう」

教官は、もう一度上野を呼んだ。

「君も知っていると思うが、バイクを起こすには梃子《てこ》の原理を応用する」

教官自らがやって見せてくれた。

「まず、ハンドルを握ったら、必ずブレーキをかける。それによって、しっかりと車体を固定することができる。そして、左手でハンドルを引きあげ、同時に右手で押す。これで、梃子の原理が使える」

教官は、交機隊員同様に、一瞬でバイクを立てた。

上野は、素直に驚いた。バイクは普段乗っているので、扱いには慣れていたつもりだ。だが、どこか適当なところがあった。交機隊のように専門の訓練を受けている者は、やはりちょっと違う。

教官は、上野に言った。

「さあ、もう一度やってみろ」

言われたとおりにやってみた。一度目、うまくいかなかったが、二度目で一気に起こすことができた。

「それでいい。そのコツを忘れるな」

恥をかかせるだけではない。悔しい思いをさせて、やる気を起こさせ、そして実際にやり直しの機会を与える。

さすがに、精鋭の交機隊の教官だ。

教官は、さらに車体を前後させるときのコツを教えてくれる。

「前後に取り回すときは、ブレーキを使う。前に押していってブレーキをかけると、フロントサスペンションが沈み込む。それが伸びる反動を利用すると、簡単に後退することができる。後方に引いていってブレーキをかけると、今度はフロントサスペンションが伸びる。それが縮むときの反動を利用して前に押すわけだ」

やってみると、実に軽々と車体を前後に引き動かすことができる。四〇〇cc程度のバイクではなかなか体験できない。もちろん、上野も普段、引き回しのときはブレーキを使っている。だが、これほどちゃんと意識したことはない。

教官の説明は続く。

「バイクは、直立した状態でたいへん安定している。直立していれば、指一本でも支えていられる。なるべく直立を保てば、車体を支えるために余計な労力を使わなくて済む」

それから、これも基本中の基本である、8の字の引き回しをやる。エンジンをかける前にも学ぶことはたくさんあった。

基本技術のチェック。それが、トカゲと呼ばれる遊撃捜査隊が、この訓練に参加した目的だ。

教官もそれを充分に意識してくれているのだろう。交機隊やクイーンスターズの隊員たちにとってはわかりきっていることを、改めて教えてくれているのだ。

チェックどころか、知らないことがたくさんあった。さすがに、バイクのエキスパートだ。

エンジンをかけてからは、カラーコーンを並べての直線スラローム、8の字ターン、オフセットターン、小道路旋回、回避制動などの運転技術を訓練していく。

どの技術も、交機隊員や女性隊員たちは軽々とこなしていく。涼子の技術も、さすがだった。彼女は、おそらく今すぐ女性白バイ隊に入ってもやっていけるのではないかと、上野は思った。

訓練は、三時間に及び、暑さのせいもあり、上野はくたくたになった。制服の中は、汗でぐっしょりと濡れている。早くシャワーを浴びたかった。

最後は、サイレンの吹鳴《すいめい》、停止合図、誘導、停止の訓練で締めくくった。これらの訓練は、トカゲには必要ない。トカゲが使うバイクは、白バイではなく、一般の二輪車なので、サイレンなどの装備はついていない。

だが、何事も覚えておいて損はない。上野は、最後まで暑さに耐えながら、気を抜くまいとしていた。

着替えてシャワーを浴びたとき、生き返ったような気分になった。

強行犯捜査係の係員が車で来ているというので、涼子とともに便乗させてもらうことにした。

本部庁舎に着いたときには、すでに五時を過ぎていた。終業時間が迫っている。今日はこのまま何事もなく帰りたい。席に戻った上野はそう思った。だが、そういうときに限って、必ず何かが起きる。

席について、一息つくまもなく、係長の高部《たかべ》一徳《いっとく》に呼ばれた。涼子もいっしょだった。いつものように、高部はにこりともせず言った。

「都内で連続して起きているコンビニ強盗のことは知っているな？」

涼子がこたえた。

「はい。犯行にバイクを使用しているというのが特徴でしたね？」

「同一犯によると思われる犯行がすでに三件起きている。最初は、世田谷区三軒茶屋二丁目、次は港区六本木五丁目、そして、渋谷区道玄坂二丁目だ」

上野は、どこか他人事のように感じていた。コンビニ強盗は特殊班が扱う事案ではない。

高部係長の説明が続いた。

「犯人はバイクの利点を最大限に活かしている。渋滞をすり抜け、車両が通れない細い路地を通り、段差のある地形を乗り越えて逃走する。さらに、神出鬼没で警戒も役に立たず、いまだに追跡を試みたことすらない。そこで、刑事部長は、トカゲを出動させることにした」

「トカゲを……？」

涼子が言った。「トカゲを偵察ではなく、犯人追跡に使おうというのですか？」

「どういう状況にでも対応してもらう。実際には、所轄や機動捜査隊の捜査員たちと協力してもらうことになるだろう」

「犯人は神出鬼没と言いましたね？」

「そうだ。これまでの犯行現場を見ても、世田谷署管内、麻布署管内、渋谷署管内とばらばらだ」

「それでは、いくらトカゲでも追跡は不可能です。一一〇番通報があった段階で、すでに犯人たちは、現場から逃走しているはずです」

「そうした運用については、現場の指揮官が判断する。君たちは、捜査に合流して、指示を待てばいい」

涼子はうなずいた。

「了解しました。どこへ向かえばよろしいですか？」

「最初の事案を担当した、世田谷署に向かってくれ。そこで、詳しい話を聞くんだ」

「すぐに向かいます」

やはり、疲れているときに限って仕事が舞い込む。上野はそんなことを思った。

だが、そんなことを言っているときではない。いつ何時《なんどき》でも出動する気構えはできている。

涼子が言った。

「ライダースーツに着替えて。バイクで世田谷署に向かう」

「了解」

「世田谷署で会いましょう」

トカゲは、つるんで走らない。それぞれ、独自のコースを走行するのだ。

上野は、すぐにライダースーツに着替えて、ヘルメットに装着された無線のヘッドセットをチェックした。

トカゲのヘッドセットは、白バイ隊員のように外から見てすぐにわかるような形状ではない。ただのフルフェイス型のヘルメットのように見える。無線機を腰に装着し、それにヘッドセットをつなぐ。

地下駐車場には、おびただしい数のバイクが並んでいる。たいていは交通課のバイクだが、その中に上野たちトカゲのバイクもある。

上野は、愛用のスズキの四〇〇ccにまたがった。ガソリンは満タンだ。エンジンをかけて、安定するまで何度か噴かす。

ギアを入れて、静かにクラッチをつないだ。スズキは、ゆっくりと駐車場を出る。そのまま、上野は世田谷署に向かった。

ライダースーツ姿で世田谷署を訪れると、正面玄関で杖《じょう》を持って立ち番をしている署員に呼び止められた。

「免許関係なら、裏のほうですよ」

涼子が挙手の礼をして言った。

「本部の遊撃捜査隊です」

「遊撃捜査隊？　あ、トカゲ……？」

「はい」

相手は、軽く挙手の礼を返して場所をあけた。

涼子と上野は、受付でコンビニ強盗の担当者の所在を聞き、刑事課に向かった。

ライダースーツの二人が部屋に入って行くと、その場にいた捜査員や制服係員が、何事かと注目した。

「バイク便か？」

涼子は、玄関で言ったのと同じことを繰り返した。

捜査員の一人が言った。

「コンビニ強盗なら、あそこの部屋だ」

指さされたドアに向かった。その部屋は、ずいぶんと狭い部屋だった。担当者が詰めているのだが、殺人事件などの捜査本部とは規模が違う。その部屋にいたのは、十人に満たない。

取りあえず、二人は着任の報告をした。

2

「世田谷署強行犯係の荒木《あらき》だ」

一番奥にいる捜査員が言った。彼が一番年上に見える。白髪交じりの髪をきちんとオールバックにしている。細身で眼光が鋭い。

荒木が続けて言う。

「私の左隣にいるのが、同じく世田谷署強行犯係の大沼《おおぬま》。大沼、他のメンバーを紹介してくれ」

「了解しました、係長」

大沼の一言で、荒木が強行犯係長であることがわかった。「私の左隣が、世田谷署の武原《たけはら》。係長の右側の二人が麻布署の強行犯係。小野田《おのだ》と柴村《しばむら》。さらにその横の二人が、渋谷署。児嶋《こじま》と西《にし》だ」

いずれも、ベテランと若手の組み合わせだ。そこにまた、新たにライダースーツの二人が部屋に入ってきた。

さっきまで交機隊の訓練でいっしょだった捜査一課強行犯捜査係と捜査三課の係員だ。名前は、捜査一課のほうが波多野《はたの》祐一《ゆういち》で、捜査三課が、三浦隆人《みうらたかひと》。波多野は、三十七歳、三浦は三十六歳。ともに、巡査部長だ。

荒木係長が尋ねる。

「君らもトカゲか?」

波多野がこたえた。

「そうです」

波多野が、自分と三浦の官姓名を告げた。荒木係長は、うなずいて言った。

「ご苦労。みんなかけてくれ」

それまで涼子と上野も部屋の出入り口近くで立ったままだった。

部屋の中央に大きな四角いテーブルがある。それを囲むように、鉄パイプの折りたたみ椅子が置いてある。

七人の捜査員がそのパイプ椅子に座っており、トカゲのメンバーが座ると、ほぼすべての椅子が埋まってしまう。

涼子は、場所を譲って波多野と三浦を先に着席させた。警察は長幼の序や経歴にうるさい。当然、上野が末席だ。

全員が座ると、それだけで部屋がいっぱいになる。それほど狭い部屋だった。

波多野が言った。

「失礼して、我々は上半身だけライダースーツを脱がせていただきます」

すでに、上野は汗まみれだ。この申し出はありがたかった。

荒木係長が言う。

「かまわんよ。俺たちも見てのとおり省エネルックだ」

彼らは、半袖の開襟シャツを着ており、誰もネクタイをしていなかった。ライダーたちは、一様にごそごそとライダースーツの上半身を脱いで、袖を腹の前でしばった。

「概要は聞いているか？」

荒木係長が尋ねる。波多野を見ていた。やはり本部の捜査一課が気になるのかもしれない。波多野がこたえる。

「おおざっぱなことしか知りません。犯行現場が、世田谷署、麻布署、渋谷署管内にわたっているということですね？」

「そうだ。八月九日土曜日に、第一の事案が起きた。世田谷区三軒茶屋二丁目にあるコンビニで強盗事件だ。あろうことか、その現場は、この世田谷署からは目と鼻の先だ。さらに、犯人は、世田谷署の前を通過して逃走したと見られている」

「バイクで、ですね？」

「そうだ。一一〇番通報があったのは、午後七時五分頃」

「土曜日ですが、その時刻ですと、道が混み合っていたでしょうね？」

「そのとおり。通報を受けて、機捜がすぐに動いたが、犯人を発見することはできなかった。機捜車も渋滞にはまってしまってな……」

「なるほど……」

上野にもその状況はよく理解できた。サイレンを鳴らしても、渋滞ではそれほど効果を発揮しなかっただろう。

荒木係長の説明が続く。

「第二の事案は、港区六本木五丁目で起きた。第一の事案から、ちょうど一週間後。八月十六日土曜日のことだ。外苑東通りに面したコンビニだ。手口はほぼ同じ。やはり、犯人はバイクで逃走している。通報の時刻は、午後九時頃」

「十六日というと、まだお盆休みの最中ですね」

「ああ。都内の道は空いていたが、その時間の六本木のあたりは、なぜかけっこう混んでいた。タクシーの空車の列もできていたしな……」

「そして、次は渋谷というわけですね？」

「そう。土曜日に続けて二件のコンビニ強盗が起きた。それで、土曜日にいっそう警戒を強めるという方針だったが、その裏をかくように、第三の事案は木曜日に起きた。現場は、渋谷区道玄坂二丁目。道玄坂に面しているコンビニだ。手口は、同じ。バイクで逃走している。通報の時刻は、午後七時頃。やはり、道玄坂は、渋滞していた」

「死傷者は出ていないのですね？」

「今のところは出ていない」

三浦が質問した。

「被害額は？」

強行犯担当の波多野が被害者のことを、そして、盗犯担当の三浦が被害額を尋ねた。自然と自分の得意分野に関心が向くのだろう。

荒木係長がこたえた。

「一件目は、十五万四千円。二件目は、二十一万五千円、三件目が、九万八千円。いずれも、レジに入っていた札を持って逃げた」

「苦労に見合うのだろうか……」

三浦がつぶやくように言った。荒木係長が聞き返した。

「何だって？」

「いえ、コンビニ強盗というのは、かなりリスクが大きいのです。目撃者も多いし、防犯カメラも設置されています。その割には、実入りが少ない……」

「それについては、すでに議論された。手口から見て、かなり計画的と見ていい。にもかかわらず、被害額はそれほど多くはない。我々は、愉快犯的な要素が強いのではないかと考えている」

「愉快犯ですか……」

三浦が考え込む。「警察を出し抜くことが目的なら、今のところ、それは成功しているということですね」

麻布署の小野田がしかめ面で言った。

「いつまでも好きにはさせない」

小野田は、なかなか気難しそうだと、上野は思った。

波多野が言った。

「そうです。そのために、我々が来ました」

荒木係長の説明が、さらに続いた。

「いずれの事案でも、目撃されている実行犯は二名。だが、すべて同一人物かどうかは不明だ。つまり、何人かのグループかもしれず、入れ替わりで二人が犯行に及んでいるということも充分に考えられる。事実、目撃されているバイクは、すべて一致しているわけではない」

波多野が尋ねる。

「当番制でやっているということですか？」

「あるいは、土地鑑《かん》とか他の要素があるのかもしれない」

「目撃されているバイクが一致しないと言われましたね？　具体的には……？」

「犯行に使用されているのは、基本的にはオフロードタイプと呼ばれるバイクだ。だが、色や大きさなど、現場によって異なる目撃証言もある」

「車種を特定できていないんですね？」

「バイクに詳しい目撃者がいなかった、ということだな」

「店内の防犯カメラは、どうです？」

「映像から、静止画をピックアップしてある」

荒木係長がうなずきかけると、世田谷署の若手、武原がA4の紙を配った。画像のプリントアウトだった。

上野もそれを受け取った。全部で、九枚あった。それぞれの現場に三枚ずつだ。

画像はあまり鮮明ではない。防犯カメラではお馴染みの画像だ。黒っぽいライダースーツの男たちが写っている。同じようなライダースーツで、やはり黒っぽい同じ形のフルフェイスのヘルメットをかぶっている。手にはグローブだ。

どの写真も、写っている姿は同じだった。

涼子がつぶやいた。

「同じライダースーツに同じヘルメット。これじゃ区別がつかないわね……」

「仔細《しさい》に観察すれば、何かわかるかもしれない」

荒木係長が、涼子に向かって言った。「今言えることは、実行犯は、最少で二人、最多で六人ということだ」

波多野が質問した。

「それで、我々遊撃捜査隊の役割は？」

「実行犯の尾行、あるいは追跡だ」

「尾行と追跡では、やり方も変わってきます」

荒木係長に代わって、渋谷署の児嶋が説明した。

「犯人グループが、二人ではなく、もっと大人数であることを想定すると、実行犯に気づかれずに尾行することが最上の方法だと思う。気づかれた場合や、何らかの緊急性がある場合は、追跡に切り替える」

波多野がうなずいた。

「了解しました。しかし……」

荒木係長が聞き返す。

「しかし、何だ？」

「次はどこで事件が起きるかわからないんです。どうやって、その犯人たちを尾行するんですか？」

荒木係長が苦い表情になる。

「それが、頭の痛いところだ。都内にコンビニは、六千店以上ある。すべてのコンビニに捜査員や地域係員を張り付かせることは不可能だ」

「なるほど……」

三課の三浦が言った。「目撃されるリスクは大きいが、この格好だと人着《にんちゃく》を特定されることはない。そして、ターゲットが多すぎて、こちらは警戒の的を絞ることができない……。そのために、コンビニを狙っているのですね……」

波多野が三浦に尋ねた。

「どういうことだ？　わかりやすく説明してくれ」

「犯人たちは、コンビニの数の多さをメリットとして利用しているということだ。まさに、コンビニエンスだね。いつでも、どこでも襲撃できる。だから、それを防ごうとしても、どこを重点に警戒をすればいいのか、まったくわからない。荒木係長が言われたように、すべてのコンビニに捜査員や係員を張り付けることは不可能だ」

「だからといって、手をこまねいているわけではない」

荒木係長が言った。「機動捜査隊や、各警察署の地域課に協力を要請している。たしかに、犯人は神出鬼没だ。いつ、どこに現れるかわからない。だが、我々には、無線をはじめとする通信システムがある」

涼子が言った。

「犯人が着ていたライダースーツの色は、黒に見えますが、それで間違いありませんか？」

荒木係長がこたえる。

「ああ、間違いない。目撃者もそう言っている」

「ヘルメットもグローブも？」

「そうだ」

「黒ずくめのライダーを目撃した情報はないのですか？」

荒木係長が言った。

「黒ずくめのライダー？」

「そうです。たしかに、この写真の格好だと、人物を特定することは難しい。でも、街中を全身黒ずくめで走行していれば、かなり眼を引くことも事実です」

「これまで、この事案を担当してきたのは、ここにいる七名なんだ。広範囲に聞き込みをやりたいが、物理的に不可能なんだ」

涼子がうなずいた。

「では、取りあえず、我々はそこから着手しましょう」

「そうしてくれ」

荒木係長が言った。「今後、トカゲの諸君は、機捜と密に連絡を取ってくれ」

波多野が四人を代表してこたえた。

「了解しました」

機捜車は、常に都内を巡回している。無線が流れて、まず駆けつけるのは所轄の地域係だが、時には機捜のほうが早いことがある。

機捜とうまく連携すれば、犯人を追尾するのも不可能ではないだろうと、上野は思った。

すでに午後七時近いが、誰も帰宅しようとしない。彼らは、世田谷署に泊まり込んでいるのかもしれない。

人数は少ないし、部屋が狭いが、実質的に、ここは捜査本部と考えていい。ただ、「戒名」と呼ばれる本部の名前を大書して貼り出したりしていないだけだ。

波多野が、確認する。

「無線は、何を使用しますか？」

「機捜と同じく車載通信系だ。都内全域で活動してもらうことになるだろうからな」

「では、我々は具体的な打ち合わせに入ることにします」

世田谷署の大沼が言った。

「俺たちは、聞き込みに出かけるよ。地道に地取《じど》りをやるしかない」

六人の捜査員たちは出かけていった。

コンビニ強盗に割く捜査員の人数は、こんなものなのだろうか。上野は、思った。ずいぶんと少ない気がする。

連続して起きている事件なのだから、もっと大がかりな捜査本部であってもおかしくはない。

だが、怪我人が出ていないことや、被害額が比較的少額であることを考慮して、刑事部長がこうした判断を下したのだろう。

何でもかんでも、大きな捜査本部を設置すればいいというものではない。本部設置は、所轄署にとっては、とてつもなく大きな負担になるのだ。

「一人は、待機。あとの三人で、それぞれの現場を分担して、聞き込み及び偵察を行う」

波多野が言った。「六時間ごとに、待機する者を交替する。それでいいな？」

二十四時間を四人で割ると、当然そういうことになる。

上野の受け持ちは、六本木だった。

「さあ、出かけようか」

波多野が言い、上野はヘルメットを手に取った。

3

六本木通りから、外苑東通りに入り、犯行現場となったコンビニの前を通り過ぎた。日が暮れて、街が賑わってきている。

着飾った女性が通り過ぎていき、アフリカ系の客引きが歩道に並んでいる。いつからこの通りは、こんなに外国人が多くなったのだろう。ゆっくりと走行しながら、上野は、そんなことを考えていた。

もっとも、もともと六本木などあまり縁がないので、昔がどうだったかは、よく知らない。

聞き込みの前に、まず周囲の観察だ。一度、コンビニの前を通り過ぎる。

飯倉片町《いいくらかたまち》の交差点から引き返し、今度は反対側の車線から観察する。トカゲは偵察任務につくことが多いので、瞬時でさまざまなものを見て取る訓練を受ける。

それにはパターン認識を利用する。人間は、見ていても認識できていない場合が多い。認識できる量を増やす訓練だ。

一瞬だけ絵を見て、そこに何が描かれていたかを思い出す。あるいは、何桁《けた》かの数字を見て、それを思い出す訓練をする。

一つ一つ記憶しようと思っても無理だ。一瞬でも、パターンの記憶は残っている。どんな形をしていたか、という漠然とした記憶は残っているのだ。それを引き出すのだ。

訓練次第では、自分でも驚くほどの観察眼を手に入れることができる。

上野は、あれこれ解釈せずに、見ることに集中した。今何かを認識できていなくても、見ていれば、後で思い出すこともできる。

人間の潜在意識というのは、たいしたもので、訓練や実践を通して、それをかなりの部分まで利用することができるのだ。

通りに並ぶ店。飲食店が圧倒的に多いが、衣料品店もある。花屋やカラオケ店もある。銀座と違って、一目でホステスとわかる者は少ないが、通りを行く若い女性のうち、かなりの割合が、そういう仕事に就いているはずだ。

黒服の姿も目立つ。そして、客引きのアフリカ系。観光客なのか、日本で仕事をしているのか、外国人グループの姿も目立つ。

上野は、ありとあらゆる物を見ておこうと、何度か、現場のコンビニの前を往復した。それから、バイクを路上に停《と》めて、現場のコンビニに行ってみた。通常の営業をしている。強盗事件の影響はまったく感じられない。だが、ライダースーツ姿の上野が店に入って行くと、レジにいた二人の従業員が明らかに緊張したのがわかった。

もちろん、ヘルメットは脱いでいる。だが、ライダースーツ姿の男に強盗に入られたという記憶や情報による不安はぬぐい去ることができないのだろう。従業員を不安がらせないためにも、身分を明かそうと思ったが、コンビニというのは、なかなか客が絶えない。

しばらく客がレジの前から消えるのを待っていたが、きりがないので、レジで作業をしている従業員に声をかけることにした。

「すいません、警視庁の者ですが……」

従業員は、手を止めて上野を見た。若い女性だ。アルバイトだろう。

「何でしょう?」

「ちょっと、お話をうかがいたいんですが……」

「バックヤードに店長がおりますので、そちらでお願いします」

「バックヤード……?」

「あのドアの向こうです」

「わかりました。どうも……」

上野は、従業員用と書かれたドアを開けた。棚が並んでおり、さまざまな商品のストックが積んである。

奥に小さな机があり、その上にあるノートパソコンに向かっている男に声をかけた。

「店長さんですか?」

男はぎょっとした顔になった。やはり、強盗事件が尾を引いているようだ。

「そうですが……」

上野は警察手帳を取り出し、開いてバッジと身分証を提示した。

「警視庁の上野といいます」

「警視庁……？　刑事さんですか？」

「そうです」

店長は、怪訝《けげん》な顔で上野を見つめた。

「どうして、そんな格好をしているんですか？」

ライダー姿の強盗の被害にあった者としては、非難したくもなるだろう。

「バイクを使っての捜査をすることもあるんです」

上野は、そう言うにとどめた。基本的に、トカゲの身分は秘匿されている。しかも、上野は特殊班の捜査員だ。特殊班も顔を出すのを嫌う。

新聞に偶然顔が載っただけで、女性警察官が特殊班から異動になったこともある。偵察任務なら、隠密行動に徹する必要がある。だが、聞き込みとなると、顔を出さないわけにはいかない。

それでも、他人に顔をさらすのは、最低限にしようという気持ちが働く。身についた習慣というのはなかなか変えることができないし、それが自分を守ることもある。

上野は、店長に質問を始めた。

「強盗に入られたとき、あなたは店にいらっしゃいましたか？」

「いましたよ。レジに入っていました」

「あなたの他には従業員は？」

「そういう話は、すでに刑事さんにしたんですけどね……」

「すいません。確認を取るためにも、もう一度お話しいただきたいのです」

「私と、アルバイトの女性がレジに入っていました。男性アルバイトがバックヤードにいました」

「犯人を目撃されたのですね？」

「見ましたよ。でも、二人ともフルフェイスのヘルメットをかぶっていたので、顔はわかりません。ヘルメットもライダースーツも黒でした」

「背格好は？」

「二人とも中肉中背。まったく同じヘルメットにライダースーツだったので、どっちがどっちだかまったくわかりませんでしたよ」

「声は聞きましたか？」

「ヘルメットをかぶっていたので、くぐもった声でした」

「犯人は、どんなことを言いました？」

「通報したり騒いだりしたら殺す、と……」

「武器を持っていたのですか？」

「大きなナイフを持っていました。サバイバルナイフですね」

「しゃべり方とか、何か特徴的なことはありませんでしたか？」

「それも別の刑事さんに訊かれましたけど、特に気づいたことはなかったですね」

「訛《なま》りとかはありませんでしたか？」

「訛りですか……？　いえ、気づきませんでした」

だとしたら、外国人の可能性は除外していいだろう。関西や九州といった関東以外の地方在住者も除外できるかもしれない。だが、最近は、お国訛りが出ない人のほうが多い。方言を話せない若い世代が増えているのだ。

「被害額は、二十二万五千円だったそうですね。それは、レジに入っていた金ですか？」

上野は、確認を取るために尋ねた。店長はうなずいた。

「そうです。二つのレジに入っていた売上金の合計額です」

「レジ以外の売上金は、どこにありましたか？」

「ATMです」

「ATM……？」

「売上金は、ATMで本部に送ります」

「昔みたいに、貸金庫に預けたりはしないのですね？　ATMの集金や補充は？」

「警備保障会社がやってくれます」

「犯人たちは、ATMには手を出さなかったのですね？」

「見向きもしませんでしたね。二つのレジから札だけを取ると、そのまま店の外に出て行きました。その間、ほんの三十秒ほどでしょうか……」

「そのほか、どんなことでもいいので、何か気づいたことはありませんか？　あるいは、何か思い出したことは……」

「思い出したことねえ……」

店長は、それほど熱心に考えている様子ではなかった。気持ちはわからないではない。あれこれ質問している暇があったら、さっさと犯人を捕まえてくれ、と言いたいのだ。そうしたいのは、やまやまだが、そのためには山ほど質問をしなければならないのだ。

ふと、店長は気づいたように言った。

「そう言えば、一人はナイフを左手に持っていました」

「確かですか？」

「ええ、一人は右手に、もう一人は左手に持っていました。その男が、私のそばにいたので、間違いありません」

「その他に、何か思い出したことは……？」

店長は、また考え込んだ。しばらくして彼は言った。

「いや、あとは何も思い出せませんね」

「事件が起きる前に、不審なバイクとかに気づきませんでしたか？」

「もし、気づいていたら、とっくに警察の方にお話ししていますよ」

「その夜にレジに入っていたアルバイトの女性は、今日はいらしてますか?」

「いえ、彼女は、今日は休みです」

上野は、礼を言ってバックヤードを離れた。それから、レジにいた従業員に会釈をして、店を出た。

コンビニは、交差点の角のビルの一階だ。同じビルには飲食店が入っている。その隣も飲食店が入ったビルだ。

その向こうは、大型のディスカウントストアだ。通りを挟んだ向かい側の大きなビルの一階には、何店かの飲食店が入っている。そのうちの一つがオープンカフェだった。

上野は、その店の従業員に話を聞いてみることにした。バイクは路上に停めたまま、徒歩でオープンカフェに向かう。

バイクに乗っていないと、ライダースーツというのは、ほとんどコスプレに近いな……。

上野は、そんなことを思いながら横断歩道を渡った。

カフェの責任者は、五十代の男性だった。やはり彼も、ライダースーツ姿の上野を見て、怪訝な顔をした。

「何か……?」

上野が警察手帳を出すと、カフェの責任者は、さらに怪《あや》しむような目つきになった。

「警察ですか……?」

「ええ、向かいのコンビニで起きた強盗事件について、ちょっとお話をうかがおうと思いまして……」

「ああ……。強盗事件ね……。このあたりもなんだか、物騒《ぶっそう》になってきましたね。何年か前に、このビルに入っているクラブで、襲撃事件があったし……」

「そうでしたね。武装した集団がクラブに乱入して、死亡者が出たのでしたね」

「そして、今度は強盗でしょう？　でも、まあ怪我《けが》人が出なかったんですよね。それが、不幸中の幸いですね」

「そうですね。その日のことで、何か覚えてらっしゃることはないですか？」

「覚えていることと言ってもねえ……。私らは、パトカーのサイレンを聞いて初めて何か起きたんだな、と思っただけで、何も見ていないんですよ」

野次馬というのは、そういうものだ。

コンビニの店長の話だと、犯行の時間はわずか三十秒ほどだったという。周囲にいた人々は、何が起きたか気づかなかったに違いない。

「犯人は、バイクで逃走したのですが、何か気づきませんでしたか？　逃走するときの音とか……」

「いや、気づきませんでしたね。ご覧のとおり、あのコンビニは通りの向こうですからね。暴走族でも通らない限り、バイクの音になんて気づかないですよ」

「事件の前に、不審なバイクなどを目撃していませんか？」

「事件の前……？」

「ええ」

「犯人は、事前に下見に来ていたということですか？」

「そういう可能性もあります」

「まさか、バイクで下見には来ないでしょう」

「え……？」

「いや、もし私が犯人だったら、下見に来るときにはバイクなんて使いませんね。普通の客としてコンビニを何度か訪れて、様子を見ますよ」

なるほど、彼が言うことも、もっともだ。だが、犯罪者はときどき一般人が想像もしないようなことをする。きわめて計画的に見えて、あきれるほどはっきりとした証拠を残したりするのだ。犯罪者というのはアンバランスな存在だ。

もしかしたら、すべての犯罪者は、潜在意識で捕まりたがっているのかもしれないと言った先輩刑事がいた。

それを聞いたときは、「まさか」と思ったが、経験を積むにつれ、そう言った先輩の気持ちが理解できるようになってきた。

また、世田谷署の荒木係長が、「愉快犯的な要素が強いのではないか」と言っていた。もし、そうだとしたら、犯人は自己顕示欲が強いはずだ。

さらに、バイクを使ってのコース取りをしていた可能性もある。逃走路をあらかじめ確認しておくのだ。

それらのことを考え合わせると、バイクで下見に来ていた可能性も排除できないのだ。

上野は言った。

「不審なバイクは見かけていないということですね？」

「ええ、見かけていませんね」

「他の従業員の方にもお話をうかがってよろしいですか？」

「手の空いている者に一言二言尋ねるなら、いいですよ。ただし、目立たないところでやってください」

たしかにライダースーツの男が店内をうろついていたら、客が妙に思うだろう。

「わかりました」

上野はこたえた。

4

女性従業員に話を聞くことにした。二十代半ばの、ショートカットの女性だ。

「向かいのコンビニで強盗があったのをご存じですね？」

「ええ……。あの、本当に警察の人ですか？」

「そうです。手帳をご覧になりましたよね？」

「その格好、刑事さんらしくないな、と思って……」

「いろいろな服装の刑事がいるんです。コンビニ強盗の件ですが、当日は、ここにいらっしゃいましたか?」

「いましたよ。でも、強盗があったなんて気づきませんでした。次の日にテレビで見てびっくりしたんです」

「男性従業員の方は、パトカーのサイレンで事件に気づいたとおっしゃってましたが……」

「男性従業員?」

「白髪の方です」

「ああ、マネージャーですね。私はサイレンにも気づきませんでしたね。忙しかったですし……」

「犯人は、バイクで逃走したらしいのですが、それについて何か気づいたことなど、ありませんか?」

「気づいたこと?」

「どんなことでもいいんです。当日のことでなくてもかまいません」

「さあ、別に気づいたことなんてありませんね」

「あのコンビニを利用したことはありますか?」

「ええ、近くのコンビニはあそこくらいですから、煙草《たばこ》や飲み物を買いに行ったりします」

「最近、行かれましたか？」

「ええと……。ええ、行きましたね」

「それはいつのことです？」

「よく覚えてませんね。二、三日前だと思います」

「事件の日はどうでした？」

「覚えてません。もう一週間以上前のことですからね」

無理もないと、上野は思った。人間の記憶というのはあてにならない。だからこそ、初動捜査が大切なのだ。

これ以上質問しても、何もわからないだろうと思い、上野は切り上げることにした。

「ご協力、ありがとうございました」

その後、もう一人の女性従業員に話を聞いた。やはり、何も知らない、気づいたことなどない、というこたえしか返ってこない。

上野は、オープンカフェを出て、再び通りを渡った。

同じビルの一階でコンビニに隣接している串焼き屋に入ると、またしても、客や従業員がぎょっとした顔を向けてきた。

ライダースーツが聞き込みに向かないということを痛感した。

「いらっしゃいませ」

女性従業員が、怪訝そうな表情で声をかけてくる。上野は、手帳を出して言った。

「隣のコンビニで起きた強盗事件について、ちょっとお話をうかがいたいのですが……」

「ちょっとお待ちください」

彼女は、カウンターの中にいる中年男性に何事か話しかけた。その男性が店主のようだ。店主らしい男性が、上野に言った。

「話を聞きたいって……。俺たちは、何にも知らないよ」

「何か気づいたことはありませんか？　どんなことでもいいんです」

「別に気づいたことなんてないよ。店で仕事してたんだからね」

「物音とか……」

「あのな、外の音なんて聞こえないんだよ」

「わかりました。どうも、おじゃましました」

上野は、店を出た。その隣は、そば屋だ。同じような質問をし、同じような反応が返ってきた。

百人当たって、そのうちの一人が手がかりになるようなことを話してくれたら御の字だ。かつて、先輩刑事にそう言われたことがある。十人に一人なら、たいへん運がいい。聞き込みというのは、そういうものだ。

だから、上野はがっかりなどしていない。それから、一時間ほど近所で聞き込みを続け、世田谷署に戻ることにした。

「犯人の一人が、左利きかもしれない？」

上野の報告を聞いた麻布署の小野田が言った。年上のほうだ。「これまで、誰もそれを指摘しなかった。防犯カメラの映像を確認してみよう」

世田谷署の荒木係長が言う。

「他の現場の映像も見直すんだ。左手にナイフを持っているところが映っているかもしれない」

もし、他の二件でも、左手にナイフを持つ犯人の姿が確認されたとしたら、それは同一人物である可能性が強い。

同一人物であるとしたら、犯人グループの人数は、最少で二人、最多で四人ということになる。

六本木の事案の防犯カメラ映像を確認した結果、コンビニの店長が言ったとおり、一人はナイフを左手に持っていたことが確認された。

他の二件を調べたが、防犯カメラに手が映っているのは一人だけで、その犯人はナイフを右手に持っていた。

結局、犯人グループの人数を絞り込むことはできなかった。

荒木係長が言った。

「まあ、犯人の一人が左利きかもしれないというのは、今後何かの手がかりになるかもしれない」

その他に、目ぼしい収穫はなかった。事件から日が経《た》つにつれて、人々の記憶も曖昧《あいまい》になっていく。手がかりが減っていくのだ。

トカゲの波多野が荒木係長に尋ねた。

「犯人たちの逃走路は、明らかになっていないのですね？」

「おそろしく手際がよくてな。いずれも、犯行に時間をかけていない。そして、すぐにバイクで走り去るので、目撃者が少ないんだ」

「バイクを目撃した人がいたのでしたね？」

「いた」

「では、どの方向に逃走したか、はわかっているはずですね？」

「世田谷の事件について言うと、一台は明らかだ。先ほども言ったが、警察署の真ん前を通って逃走したと思われる。しかし、もう一台は、どこをどう走っていったのか不明だ」

「二台は、別々に逃走したということですね？」

「そうだ」

トカゲと同じだ、と上野は思った。つるんで走らないのだ。別々に逃走するのは、二人とも捕まるという危険を回避するためだろう。

涼子が壁に貼られた都内の地図を見つめていた。事件の起きた場所に印がついている。

「被害にあったコンビニに、共通点があるかもしれません」

捜査員たちが、涼子に注目した。荒木係長が尋ねる。

「どんな共通点だ？」

「国道246にすぐにアクセスできます」

国道246号は、三宅坂から渋谷の区間は青山通りとも呼ばれる。

捜査員たちが、あらためて地図を見つめる。渋谷署の児嶋が言う。

「246に……？　まあ、たしかに道玄坂は246と交差しているが……」

世田谷署の大沼が目を瞬《しばたた》く。

「世田谷通りも246と交差しているな……」

「外苑東通りも青山通りと交差しているが……」

麻布署の小野田が言った。「現場と青山通りは、決して近いとは言えない」

「そうだな……」

渋谷署の児嶋も小野田と同意見だった。「道玄坂のコンビニも、246までの距離を考えると、近くはない」

涼子は、かぶりを振った。

「六本木の現場から246までは、約一・五キロ。バイクにしてみれば、充分に近い距離です。バイクならば、渋滞も苦になりませんし……」

荒木係長が、立ち上がり、地図に近づいた。部屋が狭いので、それだけでもけっこうたいへんな作業だ。

地図を仔細に眺めていた荒木係長が言う。

「たしかに、いずれの現場も国道２４６にすぐアクセスできるな……」

渋谷署の児嶋が荒木係長に尋ねる。

「では、犯人は逃走路として２４６を使用したということですか？」

「確認を取ろう。２４６沿いに設置されている防犯カメラの記録を調べるんだ」

世田谷署の武原が言った。

「俺たちだけでは、分析に時間がかかりますね」

武原は、若いほうの捜査員だ。同じ世田谷署の大沼が言う。

「時間がかかろうが何だろうが、やるんだよ」

涼子が言った。

「時間は貴重です。早期に犯人が特定できれば、次の犯罪を防ぐことができるかもしれません」

荒木係長が涼子に言う。

「じゃあ、どうすればいいと言うんだ？」

「警視庁本部の捜査支援分析センターに応援を頼みましょう」

捜査支援分析センターは、二〇〇九年に刑事部に新設された。犯罪情報を集約したり、捜査に役立つさまざまな分析を行う。コンピュータの解析や、防犯カメラ映像の分析などを専門としている。

荒木係長が言った。

「では、課長に言って依頼をしてもらおう」

これが本当の捜査本部ならば、管理官からの電話ひとつで話が通る。所轄の捜査だと、手順が面倒になる。

トカゲの波多野が言った。

「俺がセンターと話をつけます」

彼は、警視庁本部の強行犯捜査係なので、捜査支援分析センターに顔が利くのだろう。

上野たち特殊班と分析センターは、あまり縁がない。

特殊班は、リアルタイムで進行中の事案を扱うからだ。捜査というよりも、作戦遂行を任務とすることが多い。

荒木係長がうなずいて言った。

「そういうことは、本部の人間にやってもらうべきだな」

「もし、犯人の逃走路が246だったと確認できたら……」

麻布署の小野田が言う。「犯人が狙うコンビニの予想もできる。警戒がやりやすくなる」

渋谷署の児嶋が言った。

「どうですかね……。２４６沿線にあるコンビニといっても、ずいぶんありますからね。それに、バイクなら多少の距離は苦にならないんでしょう？　範囲がずいぶんと広くなる」

それに対して、涼子が言った。

「多少の距離は苦にならないといっても、限界があると思います。三件の中で、２４６から最も離れているのが六本木の現場です。その距離が約一・五キロ。それが限界だと思います。それに、２４６にアクセスしやすい場所にあるというのも条件になるでしょう」

「たしかに……」

麻布署の小野田が言った。「六本木の現場は、外苑東通りに面している。渋谷の現場は道玄坂に面しており、三軒茶屋の現場は世田谷通りのすぐ近くだ。そして、外苑東通り、道玄坂、世田谷通り、いずれも国道２４６と交わっている」

捜査支援分析センターに電話していた波多野が、電話を切って言った。

「事情は説明しました。それぞれの事件の日にさかのぼって、２４６沿線の防犯カメラの解析をやってくれるそうです」

荒木係長が言った。

「そいつは助かるな」

「結果が出次第、知らせてくれることになっています」

荒木係長がうなずいた。

「国道246の両側に一・五キロの帯を描いて、そのエリアを管轄している警察署に警戒を呼びかけよう」

「それも、本部にやってもらおう」

麻布署の小野田が言った。「俺たち所轄がよその縄張りに口を出すことはない」

波多野がうなずいた。

「了解しました。手配します」

荒木係長が言った。

「他に何かあるか?」

上野は、発言すべきかどうか、ちょっと迷ってから言った。

「この格好は、聞き込みには向いていませんね……」

荒木係長が尋ねる。

「どういうことだ?」

「飲食店などに、この格好で入っていくと、妙な顔をされるんです。犯行現場となったコンビニにライダースーツで入って行くと、怖がられますし……」

トカゲの三浦がうなずく。

「たしかにそうだった」

荒木係長が言う。

「そうかもしれないが、トカゲには、いつでも出動できる態勢を取ってもらいたい」

つまり、いつもライダースーツでいてくれないと困るということだ。

波多野が尋ねる。

「二十四時間態勢ということですか？」

「三件の事件は、十九時から二十一時の間に起きている。だから、その時間帯を要注意の時間帯と考えればいいと思う」

「しかし、必ずその時間帯に事件が起きるとは限りませんね」

「まあ、そうだな」

「では、やはり二十四時間態勢で臨むしかないと思います」

先ほど、波多野は暫定《ざんてい》的に、一人が待機し、三人が聞き込みに出るというローテーションを組んだ。だが、それを見直す必要があるということだ。

二十四時間態勢となれば、交替で休息を取る必要がある。待機の場所も確保しなければならない。

いつ起きるかわからない強盗事件にそなえて、常に緊張して待機を続ければ、たちまち消耗してしまうだろう。

だが、それが役割ならばやらなければならないと、上野は思った。

5

湯浅武彦《ゆあさたけひこ》は、交機隊の訓練を見に来て後悔していた。

とにかく暑い。どちらかというと太り気味の湯浅には、特に暑さがこたえる。炎天下で、日差しを遮るものがない。

広い敷地内にバイクが並んでいるが、地面の照り返しも厳しい。

この暑さの中、長袖にヘルメットという制服姿の交機隊が気の毒に思える。だが、他人のことを気の毒に思っている場合ではない。

帽子をかぶっていない湯浅は、熱中症の危機にさらされている。冗談ではなく、どこか日陰に入らないとまずいと思った。

昔は、日射病と言われたものだ。だが、今は熱中症という言葉が一般的だ。熱中症の中に熱射病が含まれ、さらにその中に日射病が含まれるのだそうだ。

新聞記者である湯浅は、そういう用語に敏感になる。東日新報の社会部で遊軍記者をやっている。

かつては、警視庁を担当していた。いわゆるサツ回りだ。夜討ち朝駆けと言われる取材合戦を繰り広げていた。

遊軍になってからは、ずいぶんと仕事が楽になった。だから、こうして記事にできるかどうかもわからない交機隊の訓練などを見学に来られるわけだ。

バイクの訓練というのは地味なものだな。

それが第一印象だった。

バイクに興味を持っている者ならば、違った感想を持ったかもしれない。だが、湯浅はバイクなどとは無縁だ。

ここに来た理由はただ一つ、トカゲの白石涼子がこの訓練に参加するという情報を得たのだ。

情報の出所は、刑事部の庶務をやっている係員だ。夜回りに使う酒場で彼を捕まえ、世間話をしているうちに、その情報を得た。

涼子だけではなく、他のトカゲもその訓練に参加しているということだ。彼らはいつものライダースーツ姿ではなく、交機隊の制服を着ているという。

どこにいるのか、すぐにわかった。

交機隊の制服は、お世辞にもおしゃれとは言えないが、彼女が着ると、ちょっと違う印象がある。

交機隊の他に、女性白バイ隊クイーンスターズもこの訓練に参加している。

彼女たちは、赤と白の制服だが、涼子は交機隊のスカイブルーの制服姿だ。それがまたりりしい。

別に特別な感情を持っているわけじゃない。

湯浅は、自分に自分で言い訳をしていた。バイクを駆る遊撃捜査隊に女性がいるという事実に興味を引かれたのだ。

機動力を駆使するトカゲは、多くは誘拐事件などの際に隠密行動の偵察や尾行を任務とするらしい。

機動隊の中に、遊撃捜査二輪部隊があり、それと混同されがちだが、トカゲは刑事部内の捜査員の中から時に応じて招集される。

実は、サツ回りをやっている頃には、そんなことは知らなかった。警視庁の地下駐車場に行ったとき、やたらにバイクがたくさんあるので驚いたことがあるが、それきり興味を引かれたことはなかった。

トカゲが関わったいくつかの事件を取材するうちに、白石涼子の存在を知り、俄《が》然《ぜん》興味が湧いてきた。

機動隊の遊撃捜査二輪部隊と違い、隠密行動が多いトカゲは、その存在をマスコミにも公表しようとはしない。

遊撃捜査二輪部隊が、堂々とパレードに参加する一方で、彼らは表に顔を出すことがない。

その点にも、湯浅は興味を引かれていた。そういうわけで、こうして訓練を見学に来たのだが、どうにも暑くてやりきれない。

すでにワイシャツは汗で肌に張り付く始末だ。

これはたまらん。どこかで水分を補給しないと、本当に熱中症でぶっ倒れるな……。

湯浅はそう思い、訓練の途中でその場を離れることにした。待たせていた社の車の中は冷房が利いていた。

車に戻る途中に自動販売機で買ったスポーツドリンクを一気に飲み、救われた気分になった。

あと少し、炎天下にいたら、本当に危なかったかもしれない。それくらいに、厳しい暑さだ。その中で、訓練を続ける涼子たちは、本当にたいしたものだと感心した。

もっとも、自分が情けないだけかもしれないと、湯浅は思った。

体を鍛えたという経験があまりない。まだ三十五歳だが、腹の出具合が気になりだした。

新聞記者など、もともと不健康な仕事だ。特に社会部には、めちゃくちゃな生活を続けている先輩記者がいたものだ。

今は、みんなおとなしくなってしまった。学歴が上がったからだという者もいるが、社の体制のせいもあると、湯浅は思っていた。

飼い慣らされた羊に、ろくな記事が書けるものか。かつて、大ベテランの先輩記者に言われた言葉だ。

結局、その先輩は肝臓病を患って亡くなってしまったが、その言葉だけは湯浅の胸の中で生きている。

湯浅は、運転手に言った。

「警視庁に向かってください」

「わかりました」

訓練が終わったら涼子たちは本部庁舎に戻ってくるはずだ。記者クラブで、彼らが戻ってきたときに、どんな様子か観察するつもりだった。

可能なら、涼子に訓練の感想など聞こうと思っていた。

車が走り出し、湯浅はぐったりとシートにもたれた。炎天下で失われた体力を少しでも取り戻そうとした。


警視庁本部庁舎内も暑かった。冷房の設定温度を上げているようだ。節電のためだろう。

まず記者クラブに行き、警視庁担当の記者に挨拶を通し、それから庁舎内を歩き回る。お目当ては、涼子がいる特殊班だが、その部屋には記者も立ち入ることができない。秘密に包まれた特殊班。そして、隠密行動のトカゲ。涼子は二重の意味でミステリアスだ。

彼女が戻ってきたのは、午後五時過ぎのことだった。同じ特殊班の上野という若い捜査員といっしょだ。

彼らは、すでに制服姿ではない。涼子は、白いブラウスに黒いパンツ。上野も同様に白い半袖のシャツに黒いズボンをはいていた。

彼らの他に二人の男がいっしょに戻って来た。彼らも半袖のシャツにズボンという格好だった。

そのうちの一人に見覚えがあった。捜査一課の波多野だ。もう一人は知らない顔だった。湯浅は、波多野とその男もトカゲなのだろうと思った。

湯浅は、足早に彼らに近づいて、声をかけた。

「白石さん。訓練だったんですか？」

涼子が立ち止まらずに言った。

「ええ、私たちは常に訓練をしているの」

「バイクの訓練ですか？」

「必要があれば、バイクにも乗るわ」

「トカゲが交機隊の訓練に参加するというのは、よくあることなんですか？」

四人が立ち止まった。波多野たち男性陣が厳しい眼を向けてくる。涼子だけが涼しい顔をしている。

湯浅は、慌てて言った。

「銀行員誘拐事件のときに、白石さんがトカゲだということを知ったんですよ」

波多野が言った。

「トカゲなんてものは、今は運用されていない」

湯浅は驚いた。

「運用されていないのに、訓練をしているんですか？」

「何のことかわからんな。とにかく、トカゲは存在しない」

ここは、追及すべきでないと、湯浅は思った。

「そうでしたか。私の勘違いだったようです」

涼子がかすかにほほえんでいた。眼が合うと、彼女が言った。

「何事にも、たてまえがあるのよ」

波多野がたしなめるように彼女に言った。

「おい、身も蓋もないことを言うな」

波多野が歩き去った。

涼子たちも歩き出した。湯浅は、その場に立ったまま彼らを見送った。どうせ、訓練のことを記事にするつもりはない。

だが、トカゲの存在は興味深い。波多野は、今は運用されていないと言っていた。実は、湯浅もその話は聞いたことがあった。もともと秘密めいた存在なので、なかなか実態がつかめないのだが、警視庁詰めの記者がこう言ったことがある。

「トカゲも、警察マニアや一部マスコミに名前が売れてしまったので、運用をやめてしまったようだ」

湯浅は驚いた。だが、独自に調べた結果、今日の訓練の情報を得たのだ。

実際に、涼子たちは交機隊に交じって訓練していた。特殊班の涼子や強行犯捜査係の波多野がバイクの訓練を受ける理由は、遊撃捜査以外に考えつかない。

トカゲは、まだ存在している。名前が世間に知られるようになったので、運用していないことにしたのだろう。

湯浅はそう考えていた。

涼子も、それを湯浅に伝えたかったのだろう。

そんなことを思っていると、涼子がまた出かける様子だ。表情が厳しい。何かあったようだ。

上野もいっしょだ。

ややあって、波多野ともう一人のトカゲらしい捜査員も出かけていく。

トカゲの出動なのか……。

湯浅は思った。

いや、いくらなんでも、訓練の直後に出動など……。

俺は、トカゲのことをずっと考えていたので、そう思ってしまっただけかもしれない。

湯浅は、彼らとは別のエレベーターで地下の駐車場に下りた。そこで、しばらく様子を見ることにする。

やってきた。ライダースーツ姿の二人組だ。一人はシルエットからいって涼子に間違いない。

彼らは、バイクに乗り駐車場を出て行った。それからさらに、バイクで出かけていった二人がいた。

トカゲの出動に間違いない。

何が起きているんだ。

湯浅は、本社に確認しようとした。その前に、ここを早く出なければならない。そう思った瞬間、大声が聞こえた。

「ここで何をしているんだ」

しまったと思った。地下駐車場は、職員専用だ。捜査車両や特殊な車両も駐車している。記者がここをうろうろしているところを見つかったら、ただでは済まない。

どう言い訳しようかと考えながら振り返ると、相手はにやにやと笑っていた。

湯浅に涼子が交機隊訓練に参加することを教えてくれた刑事部の庶務係の係員だ。正式には刑事総務課の所属だ。名前は板倉誠《いたくらまこと》。

「なんだ……、板倉さんか……」

板倉は湯浅より年下だが、湯浅はさん付けで呼んでいる。

「だめだよお、記者さんがこんなところに入って来ちゃ……」

「わかってます。すぐに退散します」

「目的は、やっぱり白石？」

図星だが、認めたくはない。

「記者は、刑事さんたちが慌ただしく出て行くと、つい追っかけたくなるんですよ」

「いいって、いいって。俺もね、白石のライダースーツ姿が見たくて、ちょっと持ち場を抜けだして来たんだ」

刑事総務課というのは、あなどれない。刑事部内のありとあらゆる動きに通じていると言っても過言ではない。

彼は、職場で涼子の出動について耳にしたのだろう。

……というか、こいつ、だいじょうぶか。

湯浅は、心の中でつぶやいていた。

女性警察官のライダースーツ姿を見たいがために、席を離れて地下駐車場にやってきたというのだ。

湯浅は尋ねた。

「彼らが出動したということは、緊急事態ですか？」

板倉は右手の人差し指を立てて、にやりと笑った。

「だめだよお。俺が何でもしゃべると思ったら大間違いだよ」

「白石さんの訓練のことは教えてくれたのに？」

「さすがに、捜査情報は洩らせないよ。俺、クビになりたくないもんね。せっかく公務員になれたんだ」

なるほど、公務員は何よりも処分を怖がる。それは、警察官も例外ではない。

板倉がしゃべらないとなると、他を当たるしかない。湯浅は、エレベーターに向かって、歩き出しながら言った。

「また白石さんについての、おいしい情報があったら教えてくださいよ」

「その代わり、抜け駆けはなしだよ。ファンの鉄則だからね」

ファンか。俺もそうなのかもしれない。湯浅は、そんなことを思いながら、記者クラブに向かった。担当の記者に尋ねる。

「今、バイクに乗った捜査員たちが出て行ったが、何かあったのか？」

「え？　緊急の無線とか、入っていませんけど……」

「四台のバイクが出て行った。何かあるはずだ」

警視庁担当の記者は、考え込んだ。

「バイクといえば、連続コンビニ強盗がありますが……」

「犯人がバイクを使っているという事件だな？」

「ええ……」

それかもしれない。湯浅は、いったん本社に戻って詳しく調べることにした。

6

社に戻ると湯浅は、席にいた木島孝俊《きじまたかとし》に命じた。

「コンビニ強盗のことを調べてくれ」

「はあ……？」

気の抜けるような反応だ。

「バイクを使ったコンビニ強盗が、連続して起きているだろう」

「ええ……」

「だから、それについて調べろと言ってるんだ」

「何を調べればいいんですか？」

だめだ。こいつは、根本的に記者に向いていない。これまで、何度そう思ったことだろう。

「関連の記事を全部集めるんだ。そして、いつ、どこで事件が起きたのか調べろ。死傷者は出ているのか、被害額はどれくらいなのか、目撃情報はあるのか……。わかる限りのことを調べるんだ」

「わかりました」

木島は席を立とうとしない。湯浅は、苛立《いらだ》ってつい、声を荒らげた。

「言われたらすぐにやるんだよ」

木島は、ぽかんとした顔で言った。

「やってますが……」

「何だって……？」

「記事は、データベースからすべて引き出せます。必要なことは、すぐにわかりますよ」

木島は、机上のノートパソコンを指さした。

湯浅は、ちょっと恥ずかしくなった。今は、そういう時代なのだ。湯浅が入社した頃にはすでに、記事はデータベース化されていたし、記者はみんなパソコンを持っていた。それでも、まだデータをプリントアウトして綴じたりしていた。木島の世代は、すべてパソコンの上でやってしまうのだ。

「資料ができたら、持って来てくれ」

「えーと、あらかた集まりましたけど……。今、メールします」

「メールだと……？」

「添付ファイルを開いてください。記事はテキストファイルに変換されていますけど」

「俺は文字データじゃなくて、記事のコピーがほしいんだ。見出しや写真がないと、雰囲気がつかめない」

「じゃあ、ＰＤＦにして送ります」

やることはやっているのだから文句は言えない。だが、何だか割り切れない気分になる。

記事は体を使って書くものだと、湯浅は思っている。足を使い、自分の眼で見て、耳で聞いて記事をものにするのだ。

そういう思いが強いので、何でもデータベースやインターネットに頼るのは感心しない。先輩に何かを命じられたら、取りあえず立ち上がり、駆け回って資料を集める。そういうものだと、湯浅は思っていた。

だが、ここ十年で事情は変わってしまったようだ。いや、木島が特別なのだろうか。

木島と初めて会ったのは、大阪本社だった。企業誘拐事件がらみで、大阪に取材に行った。そのときに、手伝ってくれたのだ。

手伝ってくれたというより、湯浅が面倒を見ていたと言ったほうがいいかもしれない。大阪本社勤務の木島とは、それきりもう会うこともないと思っていた。

それが、突然、木島が東京本社に転勤になったのだ。そして、再び湯浅が面倒を見ることになった。

もしかしたら、大阪本社は、木島を厄介払いしたのかもしれない。湯浅は、そんなことさえ考えた。

新聞記者は、独力で一人前になるものだ。いつまでも、上司や先輩の世話になっていてはいけない。

木島も、早く独り立ちしなければならない。だが、デスクの橋本栄蔵《はしもとえいぞう》は、しばらく湯浅が面倒を見ろという。

使い物にならないのなら、クビにしてしまえばいいんだ。

湯浅はそう思う。組合が何だというのだ。使えない記者を雇っていられるほど、社が潤っているとは思えない。

向いていない仕事でいくら頑張っても成功するとは思えない。記者は、当然ながら社員だから収入はある程度保証されている。だが、金だけの問題ではない。

新聞記者には、社会に対する責任がある。その自覚を持っていない者は記者をやるべきではない。湯浅は、そう考えていた。

もちろん、これは極論だ。だから、他人の前で声高に主張することはない。だが、それくらいの気概が必要だと思うのだ。

たしかに、遊軍記者になってからは、時間に余裕ができた。だから、橋本デスクは、木島の面倒を見ろ、などと言ったのかもしれない。

湯浅自身も、記者のいろはを手取り足取り教わったわけではない。先輩や上司に怒鳴られながら勉強をしていった。

社会部の第一線にいるときは、嵐の中にいるように感じていた。夜回りや、夜討ち朝駆けなど、どうやったらいいのかわからず、手探りで取材を続けた。誰でもそうなのだと思う。

だから、木島を見ていると、どうも甘やかされているように見えてしまう。

時代のせいなのだろうか。

湯浅は、木島から届いているメールを開いてみた。添付ファイルがいくつかある。コンビニ強盗に関するテキストファイルだ。

記事を読みはじめると、木島への不満など忘れて、たちまち集中した。テキストファイルをすべて読み終えたが、やはり何か物足りなさを覚えた。

ＰＤＦファイルを開くと、新聞に掲載された状態で記事を見ることができた。これでようやく実感が得られた。

記事を書くときは、もちろん文字だけの原稿なので、テキストファイルと変わりがない。だから、文字だけを読んでも問題はないはずだが、湯浅はどうしても紙面で見たいと思ってしまう。

他の記者はどうかわからない。だが、いまだにスクラップを作る記者がいることを思うと、やはり他にも湯浅と同じことを思っている者は少なくないのだろう。

ふと、木島に訊いてみたくなった。

「おまえ、テキストファイルだけ見て、事件のイメージがわくのか？」

「は……？」

何を尋ねられたのかわからないという顔をしている。

「俺はやっぱり紙面に掲載された記事を見ないとぴんとこない」

「そんなこと、考えたこともないです。自分は、普段はパソコンで記事を読むことが多いんで……」

なるほど、そういうやつなのだ。

湯浅は、ＰＤＦファイルの記事にも眼を通した。

三件のコンビニ強盗の手口はほぼ同じだった。フルフェイスのヘルメットを着けたライダースーツ姿の二人組がコンビニを襲撃して売上金を奪い、バイクで逃走する。捜査にトカゲが投入されたのは納得がいく。バイクを使う犯人に、バイクで対抗しようということだ。

通常、強盗事件などの記事の扱いは一過性だ。警察発表を記事にする程度だ。それ以上の発展は望めない。

だが、視点を変えてみれば記事の価値は増す。トカゲの武器は機動性と隠密行動だ。これまでは、目立たない偵察などが主な任務だったと言われている。そのトカゲが本格的に捜査に関わっている。成果が上がれば、今後もトカゲの起用があるだろう。

それは、捜査の新たな展開を意味するのではないか。そうした記事をものにすることこそ、遊軍の仕事だ。

湯浅は、そう思った。

「取材に行くぞ」

湯浅は、木島に言った。

「これからですか？」

木島は驚いた顔をしている。どうして、こんな反応をするのだろう。湯浅は不思議に思った。

木島が腕時計を見た。

そうか。彼は、すでに終業時刻を過ぎていると言いたいのだ。

記者が就業時間を気にしてどうする。怒鳴りつけてやろうと思ったが、木島を見ていると無力感を覚えて、大声を出す気も失せた。

「いいから、ついてこい」

「どこに行くんですか?」

都心から攻めていこうと思った。

「まずは、六本木だ」

湯浅は、すでに立ち上がって歩き出していた。

六本木五丁目のコンビニで、話を聞かせてくれないかと頼むと、店長だという男が露骨に嫌な顔をした。

「警察にあれこれ尋ねられた上に、新聞記者に対応していたら、こっちは商売にならないんですよ」

こういう反応には慣れっこだ。湯浅は、持ち前の粘りを見せる。

「わかります。一言、ほんの一言でいいんです」

「話を聞かせろって言いますけどね、もう知っていることは全部警察に話したし、事件のことはすでに報道されているじゃないですか」

湯浅は、かまわず質問した。

「バイクに乗った刑事が訪ねて来ませんでしたか?」

「ああ、びっくりしましたよ。こっちはライダースーツの男たちに強盗に入られたんですよ。それなのに、ライダースーツで乗り込んで来るなんて、無神経ですよね」

湯浅は、何度もうなずいてみせた。

「お気持ちはよくわかります。そのライダースーツの刑事は、男性でしたか、女性でしたか?」

「男性でしたよ。まだ、若そうに見えましたね」

上野数馬だろうと、湯浅は思った。涼子と同じ、特殊班に所属しているので、湯浅は、その名前を知っていた。

「何か特別なことを訊かれましたか?」

「特別なこと?」

「ここに話を聞きに来たライダースーツの刑事は、遊撃捜査を専門としているチームなんです。犯人が、バイクを駆使しているという事実を踏まえて、捜査に投入されたのだと思います」

「はあ……」

興味がなさそうだった。湯浅は、続けて言った。

「……ですから、ライダーにしか思いつかないような質問をしたかもしれないと思いまして……」

店長は、かぶりを振った。

「いや、他の刑事さんと同じでしたね」

「そうですか……」

「この近所で聞き込みをしていたようですよ。あの格好は目立ちますから、ちょっとした話題になっていました」

「なるほど……」

トカゲは、聞き込みには向いていない。そう思った。

バイクに乗って交通量の多い路上にいるからこそ、景色に溶け込んで、隠密行動が可能なのだ。たしかに、バイクを降りてライダースーツでうろついていたら目立つだろう。

これ以上ねばっても、このコンビニ店長からは何も聞き出せないと判断した湯浅は、礼を言ってひきあげることにした。

別れ際、最後の質問をした。

「ライダースーツの刑事の聞き込みが話題になっていたとおっしゃいましたね？　その話、誰となさったんです？」

「ああ、隣の串焼き屋の大将だよ」

「わかりました。どうもありがとうございます」

湯浅は、もう一度礼を言ってからコンビニを出た。

「おい」

退屈そうにしている木島に言った。「腹減らないか？」

「減りましたよ。もうこんな時間ですからね」

どうやら、木島は規則正しい生活を心がけているようだ。なるほど、大阪本社を放り出されるわけだ。

「そんな記者は珍しいよ」

「そうですか？」

皮肉も通じない。

「腹が減ったのなら、この串焼き屋で一杯やっていくか？」

「どうせなら、もっとちゃんとした食事をしたいですね」

湯浅は、溜め息をついてから言った。

「いいから、ここに入ろう」

店内は、それほど混み合ってはいない。湯浅は、カウンターに陣取った。木島が隣に座る。

まずビールを注文する。木島は、ウーロン茶を頼んだ。

「酒、飲めるんだろう？」

木島は、小声で言った。

「酔ってヘマをしたくありませんから……」

「食事をするなんて言って、これも取材でしょう？」

湯浅は、意外に思った。

へえ、ちゃんとわかっているというわけか……。

だが、いかにも取材でござい、という態度では相手も警戒する。

「いいから、酒飲めよ。リラックスした雰囲気で自然に振る舞うんだ」

「じゃあ、二杯目からはワインにします」

「ワインだと？」

「ビールとか苦手なんですよ」

湯浅は、思わずしかめ面になった。

「まあ、好きな物を飲め」

適当に食べ物を注文してビールをお代わりした。カウンターの中にいるのが、コンビニ店長が言っていた「大将」だろう。

すでに、彼とは二言三言、言葉を交わしている。

そろそろ仕事を始めるか……。

湯浅は、カウンターの中に向かって言った。

「隣のコンビニで強盗事件があったんだってね？」

「そうなんですよ。このへんも物騒になりましたね」

「ヘマ……？」

感触は悪くない。湯浅は、質問を続けることにした。

7

事件そのものについては、すでに報道されている。湯浅は、つまらない質問で時間を無駄にしたくなかった。

「変わった刑事が、聞き込みに来たって話、聞いたんだけど……」

「変わった刑事……？」

串焼き屋の「大将」がふと考え込んだ。「ああ、ライダースーツの刑事だね？　店に入ってきたときはびっくりしたよ。なんせ、コンビニに入った強盗が、ライダースーツ着てたっていう話だろう」

「どんな質問をしていったの？」

「刑事が訊くことなんて、たいがい同じだろう？　何か見なかったか、何か気づいたことはないか……。そんなことだよね」

まあ、それはそうかもしれないと、湯浅は思った。どんな服装をしていようと、刑事は刑事だ。トカゲならば、何か独自の視点があるかと思ったのだが、それは過剰な期待というものか……。

そのとき、木島が言った。

「バイクについて、何か質問してませんでした？」

犯人はバイクを使ったのだから、当然そういう質問をしたはずだ。改めて尋ねるほどのことではないと、湯浅は思った。

大将がこたえた。

「何か気づいたことはなかったかと訊かれたよ」

「どうこたえたんですか？」

「そんなの気にしていないからわからないってこたえたよ」

「本当にわからないんですか？」

大将は、少しだけ顔をしかめた。

「仕事中に質問されたからね……。面倒だから、ちゃんとこたえなかったんだ」

「じゃあ、何か覚えているんですか？」

「事件の前のことだ。買出しに行ったときに、コンビニの前をゆっくり通り過ぎるバイクに気がついたことがあるんだ」

湯浅は、食いつきたかったが、つとめてさりげない口調で、尋ねた。

「へえ……。でも、バイクなんて日に何台も通り過ぎてるでしょう？」

「印象に残ったんだよ。全身黒ずくめだったし、フルフェイスのヘルメットかぶってたからな……。この暑さだよ。バイク乗りだって、ライダースーツにフルフェイスは辛いだろう」

湯浅は尋ねた。

「それ、刑事に言わなかったんだね？」

「忙しいときに質問されてもねえ……」

木島が言った。

「僕たちも仕事中に質問してるんですけど……」

「これは、世間話。ちゃんと席について酒や料理を注文してくれてるんだから、お客さんじゃないですか。お客さんとの世間話ならいくらでもしますよ」

そういうものかもしれない。

湯浅は思った。

刑事が手帳を提示して質問すれば、一般市民がみんな協力するとは限らない。強制捜査でない限りは、善意に頼るしかないのだ。

だが、捜査中の刑事がこうして酒を飲みながら世間話をするわけにはいかないだろう。特にトカゲはバイクに乗っている。これも、遊軍記者の強みだと、湯浅は思った。

社でデスクが記事を待っているわけではない。時間を自由に使える。

大将が忙しそうなので、湯浅は「世間話」を切り上げることにした。小一時間で串焼き屋を出て、車に戻った。

湯浅は、運転手に告げた。

「次は、渋谷道玄坂です」

木島が驚いた声を出した。

「え、まだ取材を続けるんですか？」

「腹ごしらえをしただろう。まだまだ、これからだよ」

木島は、それきり口をきかなかった。むくれているのかと思い、そっと様子をうかがった。

どうやら、そうではないらしい。彼は、スマートフォンを取り出して、何か始めていた。ネットを巡回しているのかもしれないと、湯浅は思った。

彼にとって、実社会とネット社会のどちらが重要なのだろう……。ぼんやりと、そんなことを考えていた。

湯浅が若い頃には、今ほどインターネットが発達していたわけではない。スマートフォンもなかった。それでも情報過多だといわれていた。

たしかに、インターネットやスマートフォンは便利だ。だが、それに依存して生きている世代は、どこか危うい気がする。

そんなことを思うのも、年を取りつつあるせいだろうか……。

やがて、車が道玄坂下の交差点にさしかかった。

湯浅は運転手に告げた。

「しばらく坂を上ったところで停めてください」

「わかりました」

道玄坂の道幅は狭くて、路上駐車は難しいというので、適当に流してもらうことにした。

事件のあったコンビニに行って、レジ係に話を聞きたいというと、好奇心たっぷりの眼を向けられた。若い女性で、くりくりとした眼が印象的だ。

「刑事さん？」

「いや、そうじゃないんです」

湯浅は、名刺を取り出した。

「あ、ちょっと待ってくださいね」

客が湯浅の後ろにいた。営業を妨害するわけにはいかない。レジ係が仕事を終えるのを待った。

「へえ、新聞記者さん……？　強盗事件のこと？」

「そうなんだ」

「もうじき交代だから、待っててくれるかな……」

「話を聞かせてくれるのかい？」

「他のバイトとか、刑事に話を聞かれたんだって……。なんか、悔しくない？」

悔しいという感覚がよく理解できない。だが、ここは調子を合わせておくべきだ。

「そうだろうね。あと、どのくらい？」

「五分くらい」

「じゃあ、待ってる」

店内をぶらぶらした。木島は、雑誌の立ち読みをしている。きっかり五分後に交代要員が来て、女性アルバイトは解放された。

「バックヤードに行きましょうか？」

従業員専用というドアを開けて、彼女がバックヤードと呼んだ倉庫兼事務所に入る。

三人は立ったまま話を始めた。湯浅は尋ねた。

「事件のとき、あなたは店にいたの？」

「ええ、店にいたけど、レジにはいなかった。ここで仕事をしていた」

「強盗には気づいた？」

「それが、気づかなかったのよ。後でその時レジに入っていた人に聞いたら、あっという間の出来事だったんですって」

「そうらしいね」

「犯人はバイクで逃げたってニュースで見た。なんか、カッコイイよね」

「怖くないの？」

「そりゃ物騒だなって思うけど、あたしがレジにいたわけじゃないし、一度強盗に入ったコンビニに、また来るなんてことはないでしょう？」

「まあ、そうかもしれない」

湯浅は、質問を続けることにした。「今日のことなんだけど、変わった刑事が来なかった？」

「来た来た。あたし、レジに入っていたんだけど、けっこうびびったわ。だって、ライダースーツ着てんだよ」

「男だった？　女だった？」

「男だったよ」

波多野か、湯浅が名前を知らないトカゲだろう。

涼子の担当は、渋谷でもなかった。

「刑事に質問されたの？」

彼女はかぶりを振った。

「ううん。あたし、レジに入ってたから、別の人が話をした。だから言ったじゃない。他の人は話を聞かれてるのに、あたしは何にも質問されていないんだよ」

「忙しそうだったからだろう」

「まあ、たしかに刑事さんが来たとき、店が混んでたからね……」

「何か刑事に話したいことがあるの？」

「別に……。ただ、刑事さんに質問されるなんて、カッコイイじゃない」

また、「カッコイイ」か……。彼女の価値観は、湯浅とはかなりかけ離れている。

「強盗が入ったとき、バックヤードにいたと言ったね？　本当に何も気づかなかった？　物音とか……」

彼女は、スチールデスクの上にある音楽再生装置を指さした。

「あれで、がんがん音楽聴いてたから」

「事件当日じゃなくて、その前後で何か気づいたことはないかな?」

「気づいたことって……?」

「例えば、変なバイクを見た、とか……」

「ああ、同じバイトの子も、刑事さんからそんなこと訊かれたって言ってたな……。でも、店にいたら、そんなことはわからないよ」

「他のバイトの子も、何も気づかなかったのかな……」

「さあね。あたし、刑事じゃないから、他の子の話なんて聞いてないよ」

「バイトたちの間で、話題にならなかったの?」

「やっぱいよねえ、とか言ったりしたけど、事件のこととか、細かく話したわけじゃ……」

そこまで言って、彼女は、じっと湯浅を見つめた。若い女性に視線を注がれて戸惑ったが、どうやら彼女は湯浅の顔を見ているのではなく、考えているようだ。何かを思い出したのだろう。

「どうした?」

「そういえば、強盗が入って来たときレジにいたオッサンが、犯人が左手でお金をレジからつかみ出したって言ってた」

「左手で……？」

「そいつ、最初、左手でナイフ持ってたんだって。それを持ち替えて、左手をレジに伸ばしてきたって……」

「それ、警察に言ったのかな？」

「言ってないと思うよ」

「どうして？」

「だって、オッサンがそれを思い出したの、刑事さんたちが帰ってからだもん」

「それは、最初にやってきた刑事さん？」

「そうだよ」

「今日来た、ライダースーツの刑事には言わなかったわけ？」

「だって、今日はオッサン、シフト入ってないもん」

「なるほどな……」

もしかしたら、犯人は左利きなのかもしれない。ナイフを持っていたのを、わざわざ持ち替えて、左手をレジに伸ばしたというのだから、その可能性は高いと、湯浅は思った。

刑事たちは、その話を聞きそびれた。

そういうこともあるのだ。聞き込みや取材は、運に左右される。

湯浅は礼を言って、コンビニを後にした。木島が尋ねた。

「まだ、取材を続けるんですか？」

「当然だろう。まだ、九時じゃないか」

「もう九時ですよ」

「記者にとっては、まだまだ宵の口だよ」

「僕は、そういう不健康なの嫌なんですよ。がつがつ仕事して、早死にしたら、元も子もないでしょう」

「別に金のために働いているわけじゃない」

「賃金のための労働でしょう」

「そういうやつもいるかもしれない。だがな、俺が働くのは、いわば本能だ」

「本能？」

「そう。ネタを追わずにはいられない。それが記者の本能なんだ」

「へえ……」

まるで手ごたえがない。木島にこんな話をしても無駄かもしれない。

「周辺の取材もしたいが、今日は先を急ごう」

「先……？」

「もう一件の現場だ。三軒茶屋だよ」

湯浅は、電話で運転手と連絡を取り、車で三軒茶屋に向かうことにした。木島は、またスマートフォンをいじりはじめた。

それを無視して、湯浅は考えていた。

六本木の串焼き屋の大将が、黒ずくめのライダーを見たという話や、犯人が左手をレジに伸ばしたという渋谷の女性アルバイトからの情報は、交渉材料として価値があるだろうか。

もし、まだ警察が知らない情報だとしたら、それを提供することで、交換条件として何かネタをもらえるかもしれない。

湯浅が一番知りたいのは、トカゲの運用についてだ。もっと有り体に言えば、涼子がどういう役割を担っているのかが知りたい。

バイクを使った犯人を、バイクに乗った捜査員が追う。それは、話としては面白いが、実際にはそう簡単なことではないだろう。

車が三軒茶屋の交差点を通過して、世田谷通りに入った。最初の信号で、湯浅は運転手に告げた。

「そこを左に曲がったところで、停めてください」

「わかりました」

この道をまっすぐ行くと、左手に世田谷署がある。そこに涼子たちが集まっていることを、湯浅は警視庁記者クラブ担当の記者から聞いて知っていた。

車を降りたところのすぐ近くにコンビニがあり、世田谷通りを渡ったところにも、また別のコンビニがあった。

犯人は二店あるコンビニのうち、片方を選んだ。その理由はすぐにわかった。被害にあったほうのコンビニの出入り口は通りに面していないので、犯行を目撃される恐れが少なかったのだ。

湯浅は、六本木や渋谷のときと同様に、レジ係の手がすくのを待って、話を聞かせてもらえないかと、声をかけた。

店長が出て来て話をしてくれた。トカゲが来たかどうかを確かめると、店長がこたえた。

「ええ、ライダースーツの刑事さんが来ましたよ。しかも、女性でしたね」

涼子は三軒茶屋を担当していたのだ。

8

「暫定的に、シフトを決めたが、長期で安定的に任務に就くためには、シフトを考え直す必要がある」

波多野が、トカゲたちに言った。これまでは、一人が待機で、他の三人が捜査に当たるという態勢を取っていた。

波多野が新しいシフトを紙に書き出した。一日を四つに分ける。そして、一人が二コマずつ当番をする。二人が休憩を取る。

つまり、午前零時から朝の六時までを第一当番、朝の六時から昼の十二時までを第二当番、昼の十二時から午後六時までを第三当番、午後六時から午前零時までを第四当番とするわけだ。

上野は、第一当番と第二当番の担当だ。つまり、午前零時から昼の十二時までの任務だ。涼子は、第二当番と第三当番。朝の六時から夕方の六時までだ。明るい時間帯の担当だ。

波多野は、涼子が女性だから気を使ったのかもしれない。

その波多野は、第三当番と第四当番だ。昼の十二時から午前零時までの担当となる。

一番きついのが、三浦だろう。

彼は第四当番と第一当番、夕方の六時から、翌朝の六時までの勤務となる。夜勤だ。

当番の割り当てをちょっと見ると、何やら煩雑な気がするが、警察官は、こうした当番制に慣れている。誰もが若い頃に、四交代ないしは三交代の地域課を経験している。

要するに、自分が受け持つ時間帯だけを覚えておけばいいのだ。

十二時間勤務して、十二時間休むというのは、実はタクシーの運転手よりもずっと楽だ。だが、十二時間の休憩は、待機を兼ねている。文字通りの休憩ではないのだ。

もし、被疑者を特定し、所在が確認されたら、トカゲ全員が出動することになるのだ。

波多野が言った。

「では、このシフトに従って、仕事を始めようか」

三浦が時計を見た。

「午後九時三十分か……。俺と波多野さんが当番だな」

波多野がほくそ笑む。

「俺は二時間半働けば休憩だ。ラッキーだな」

涼子が波多野に言った。

「ライダースーツでの聞き込みは、インパクトがあり過ぎてマイナス面が大きいと思わない？」

波多野は、上野と三浦の顔を交互に見て尋ねた。

「どう思う？」

上野はこたえた。

「たしかに、コンビニに聞き込みに行くと、ぎょっとした顔をされますね」

三浦がうなずく。

「強盗がライダースーツ姿だったんだからな。悪い冗談だと思われかねない」

「わかった」

波多野が言う。「普段着にプロテクターを装着することも考えたが、いちいちプロテクターを着けたり外したりするのが面倒だ。それに、我々は地取りや鑑取りといったルーティンの捜査に参加することを期待されているわけではなさそうだ」

涼子が尋ねる。

「じゃあ、どうする？」

「巡回と偵察。それを主な任務としよう。何か不審な事柄があれば、職質を行う。それで、次の犯行を未然に防げるかもしれない」

さらに涼子の質問が続く。

「巡回と偵察の地域は？」

波多野がにやりと笑う。

「それは、あんたが示してくれただろう」

「２４６を中心にパトロールするということ？」

「そう。だが、２４６といってもずいぶんと長い。内堀通りの三宅坂を起点として、千代田区、港区、渋谷区、目黒区、世田谷区を経由し、さらに神奈川県を通って静岡県に至る」

「犯行は都内に限られてる」

涼子が言った。「パトロールも都内に限定していいのではないかと思うわ」

涼子の発言は、常に自信に満ちている。だから説得力があるのだ。

「県境を越えたら、神奈川県警や静岡県警に任せるしかないのだからな……。しかし、都内と言っても、範囲が広すぎる。行き当たりばったりのパトロールじゃ意味がない」

「犯行の順番を考えずに、六本木、渋谷、そして三軒茶屋と、現場を並べてみるとパターンがあるでしょう？」

上野と三浦は、改めて壁に貼られた都内の地図を見やった。

波多野がこたえる。

「たしかに、都心から郊外に向けて並んでいる」

「しかし……」

三浦が言う。「たった三件だけだ。これでパターンと言えるかな……」

「蓋然性は高いと思う」

涼子がこたえる。「犯罪者の行動パターンは、意外と単純なことが多い」

三浦が反論する。

「それは、無計画な常習犯の場合だろう。計画的な犯罪では、必ずしもそうじゃない。それに、パターンと思わせておいてその裏をかくということもあり得る。事実、今回、犯行の曜日がそうだった」

たしかに、最初と二件目の事件は土曜日に起きた。捜査員たちは、次の事件も土曜日に起きるのではないかと、警戒していたが、三件目が起きたのは木曜日だった。

「二件だとパターンとは言えないかもしれない。でも、三件なら……」

涼子が言うと、波多野はうなずいた。

「いずれにしろ、パトロールの計画が必要だ。白石のアイディアを聞こう」

三浦は納得したらしく、無言で涼子を見た。

上野も彼女の言葉を待った。

「パトロールの拠点は、三軒茶屋から郊外に向けての246周辺」

それを聞いた波多野が言う。

「それでも、二人でカバーするには広すぎる」

「機捜や所轄の地域課に連絡を取り、協力を求める必要があるわね」

「わかった。それについては、世田谷署の荒木係長に相談しておく」

涼子が波多野に言った。

「係長が帰ってきたら、私が話をしておく」

「そいつは助かるな」

彼はヘルメットを手にした。「じゃあ、俺たちは、パトロールに出かける。待機中も無線はオンにしておいてくれ」

涼子と上野は同時に「了解」とこたえた。

波多野たちが出て行くと、室内には涼子と上野の二人きりになった。所轄の捜査員たちは、聞き込みに出ている。

強盗事件の場合、鑑取り捜査があまり役に立たない。かつては、地取りと遺留品捜査に頼るしかなかったのだが、最近は街のいたるところに防犯カメラがあるので、その映像を利用することができる。

防犯カメラのおかげで、窃盗犯や強盗犯の捜査が楽になった。

検挙件数に反映されていないので、防犯カメラの効用を疑問視する声がある。その背景には、プライバシー侵害への危機意識があるのだ。

たしかに、防犯カメラが普及する前と現在を比較しても、強盗犯の検挙件数自体にそれほどの変化はない。

しかし、それは数字のマジックでしかない。犯罪の認知件数が減っているのだ。分母が減少しているので、成果が眼に見えて上がっていないように見える。

さらに、強盗犯はもともと検挙率が高かった。それは、捜査員たちの地を這うような努力の結果だ。

防犯カメラはそうした捜査を、おおいに助けてくれるのだ。

上野は、涼子に言った。

「捜査支援分析センターが、何か結果を出してくれるといいですけどね……」

涼子は、うなずいた。

「きっと何か見つけてくれる。そう期待するしかない。それより、あなた……」

「何です？」

「あと二時間ほどで、交代よ。今のうち、少しでも休んでおいたほうがいいんじゃない？」

「そうですね。そうします」

トカゲは当番制なので、仮眠を取る場所が必要だと、波多野が世田谷署の荒木係長に掛け合った。

その結果、世田谷署では部屋を一つ空けてくれて、そこにマットレスと蒲団を二組用意してくれた。

もちろん、この部屋はトカゲだけが使うわけではない。空いているときは、誰が使ってもいいことになっていた。

上野がその部屋に向かおうと、立ち上がったところに、荒木係長が戻ってきた。彼は一人だった。

涼子は、荒木係長にシフトについて説明した。荒木係長は説明を聞き終わると言った。

「たった四人でたいへんだと思うが、よろしく頼む」

「パトロールの範囲について話し合いました」

「説明してくれ」

涼子は、トカゲたちで話し合った内容を、簡潔に報告した。それを聞き終えると、荒木係長は言った。

「なるほど、このあたりから郊外に向けてパトロールするということだな?」

「たった二台のバイクで流していても、あまり効果的ではありません。機捜や所轄の地域係との連携が必要です」

「わかった。手配してみる」

その話し合いを見届けてから、上野は休憩室と名付けられた小部屋に向かった。

ライダースーツの上半身だけを脱いで、蒲団に横たわった。

最近はライダースーツはあまり使用されなくなりつつあるようだ。ライダージャケットとレザーパンツなどのほうがずっと使いやすいのだ。

だが、トカゲのメンバーはたいてい、ライダースーツを着ている。別に規定があるわけではない。

おそらく、初期メンバーの誰かが、ツナギタイプのスーツを着ており、それが伝統になったのだろう。

ちなみに、ライダースーツというのは俗称で、正しくは、ライディングウエアとかライディングギアという。また、レーシングスーツのことを、ライダースーツと呼ぶこともある。

まあ、決して着心地のいいものではない。だが、上野たちは一種の伝統として受け継いでいるのだ。

強盗も、ライダースーツを着ていたという。今時では、手に入りにくいかもしれない。そちらの方面からも犯人を絞り込めるかもしれない。

当然、捜査員たちはそうした手配をしているはずだ。余計な心配をしても仕方がない。交代まで、あと一時間半ほどしかない。体と神経を休めておこうと思った。

眠るつもりはなかった。だが、気がつくと眠っていた。はっと目を覚ますと、すでに交代時間が迫っていた。上野は慌てて起き上がり、みんながいる部屋に向かった。

すでに、波多野は戻ってきていた。三浦は、戻らずにパトロールを続けるという。どこかで適当に休憩を取るはずだ。でないと、体が持たない。

部屋の一番奥には、荒木係長がいた。すでに、午前零時が近いが、彼は帰宅しようとしない。

世田谷署の大沼と武原も残っている。係長が残っているので、帰ることができないのだろうか。

いや、そういうことではなく、彼らも一刻も早く犯人を捕まえたいと考えているのだろう。

麻布署と渋谷署の四人はいなかった。さすがに帰宅したのだろう。

上野が涼子に尋ねた。

「機捜や所轄の地域係との連携はどうなりました？」

「考慮する、という返事らしい」

「考慮する……？　それは、どういうことですか？」

「機捜も、所轄の地域課も、この事案にかかり切りになるわけにはいかないということよ。パトロールの回数を増やしたり、コンビニの周辺を重点的に見回ったりはするけれど、特別な措置は必要ないということらしい」

「無線はどうなんです？」

「現在のところ、こちらから機捜や所轄の地域課に直接話しかけることはできない。通信指令センターを通して車載通信系に流すことになる」

それではまったく通常と変わらない。

上野は、涼子に言った。

「機捜の機動力にさらにバイクをプラスする。それが、そもそもトカゲが投入された理由じゃなかったんですか?」

彼女にそんなことを言っても始まらない。それはわかっていたが、言わずにはいられなかった。

涼子は腕を組んだまま何も言わない。

代わってこたえたのは、荒木係長だった。

「機捜は機捜で忙しいんだ。それに、まだ事案が起きていない警察署は、本気になれない。彼らも、事案をいっぱい抱えているだろうからな」

上野は荒木係長に言った。

「しかし、犯人の身柄を確保しないと、また次の事件が起きかねないんですよ」

「そんなことは、わかっている。だから、こうして捜査してるんだ」

「せめて、機捜との直通のチャンネルを確保できれば……」

「無線のチャンネルは限られているんだ。俺たちがそのチャンネルを占有すれば、割を食う連中が出てくる。通信指令センターに任せるのが一番だ」

上野が何か言おうとしたら、先に波多野が口を開いた。

「交代の時間だ。パトロールに出るんだ」

上野は、波多野の顔を見て、それから荒木係長に視線を戻した。

「行ってきます」

そう言うと、上野はヘルメットを手に取った。

9

上野は、国道246号をバイクで流していた。受け持ちは、都心だ。内堀通りと青山通りの交差点である三宅坂から出発して、渋谷までゆっくりと走行する。フルフェイスのヘルメットの中から、周囲の車両や風景をすべて視界に捉えながら進んでいく。

上野の潜在意識には、そうした光景が次々と焼き付けられているのだ。カメラで連写をしているようなものだ。その中で印象に残るのは、ほんの一コマか二コマかもしれない。だが、映像や画像は間違いなく記録されている。

渋谷まで行くと、世田谷署に無線で連絡を入れる。無線に出るのは、たいてい荒木係長だった。

渋谷から三宅坂方面に引き返す。同じ景色でも、往路とは違って見えるものだ。その風景を記憶に刻んでいく。

何を見ているのか、自覚はない。だが、時間が経っても、何かのきっかけがあれば、思い出せるはずだ。

深夜の青山通りはすいていた。タクシーの空車が目立つ。

熱帯夜だが、昼間ほど暑いわけではない。バイクで流していると、風が心地いい。

巡回は、聞き込みよりもずっと楽だ。もともとバイクが好きで乗り回していた。その技術を買われて、トカゲに吸い上げられたのだ。こうして夜の国道２４６号を走行していると、独特の高揚感があった。

このまま、どこかに遠出したい気分になってくる。

コースを二往復したところで、上野は休憩を取ることにした。集中力はそれほど長くは続かない。

テレビのコマーシャルが十五分置きに入るのは、人間の集中力がそのくらいしか続かないからだと言われている。

もちろん、訓練することにより、集中力を持続することはできる。それでも限界があるのだ。

バイクを降りて、歩道で膝を伸ばすだけでも休息の効果はある。水分も補給したかった。上野は、南青山三丁目の交差点のあたりでバイクを停め、積んであったスポーツドリンクを飲んだ。

バイクのスタンドを立てるとき、ふと先日の訓練に参加していた赤と白の制服の女性たちを思い出していた。女性白バイ隊クイーンスターズだ。

彼女らは、軽々と大型バイクを乗り回し、難しいテクニックを難なくこなしていた。

上野は、白バイ隊のようなバイクの専門家ではない。あくまでも刑事だ。

だが、バイク乗りとして彼女らを尊敬していた。尊敬していながらも、悔しいと思っていた。また前回のような訓練があったら、しっかりテクニックをものにしていきたい。

スポーツドリンクのボトルをリアケースに戻したとき、上り車線を走るバイクが眼に入った。

ライダーは黒っぽい服装をしている。

上野は、下り車線にいた。渋谷に向かう車線だ。バイクにまたがり、エンジンをかけるとすぐに発進し、南青山三丁目の交差点でUターンをした。

黒っぽい服装のライダーを追跡しはじめる。

世田谷署に無線連絡した。

「本部、こちら、トカゲ4。黒っぽい服装のバイクライダーを発見。尾行します」

「本部了解」

荒木係長の声だ。世田谷署のあの部屋を、暫定的に本部と呼ぶことにしていた。正式な捜査本部を立ち上げたわけではないが、それに近い運用だ。「逐一《ちくいち》、報告されたし、どうぞ」

「トカゲ4、了解」

トカゲのバイクには、白バイのようなサイレンや赤色灯が装備されていない。拡声器もない。

だから、停止をうながして職質をすることもできない。ただ、追尾するしかない。

対象のバイクは、赤坂見附の交差点を直進して三宅坂を右折した。そのまま真っ直ぐに進み、晴海《はるみ》通りに入った。

バイクは銀座を通り抜ける。国道246号から遠ざかっていく。

これは、外れだな……。

そう思ったが、追尾をやめるわけにはいかない。中止するにはそれなりの理由が必要なのだ。

上野は、荒木係長に言われたとおり、要所要所で報告を入れた。

「当該バイクは、晴海通りを進行中」

「了解」

荒木係長の、のんびりした声が聞こえてくる。「そのまま、追尾を継続されたし」

もういいから、引き返せ。そう言ってくれるのを期待していた。だが、本部から続けろと言われたら続けるしかない。

銀座から築地《つきじ》を通過し、あたりは急にさびしくなる。車の数も減ってきた。道の先は暗い。隅田川の河口だ。

勝鬨《かちどき》橋を渡り、やがて晴海埠頭にやってきた。広大な埋め立て地に倉庫が点在している。

追っていたバイクがブレーキランプを光らせた。その先の闇の中に、いくつかのヘッドライトが光っている。

バイクの集団だ。

やばい……。マル走か……。

暴走族は年々少なくなっている。それでも完全に消滅したわけではない。

対象のバイクは改造をしているわけではなかった。排気管も通常のものだった。暴走族が乗るようなバイクには見えなかった。

上野はスピードを落として、無線で報告した。

「当該バイクは、晴海埠頭でバイクの集団と合流する模様」

「バイクの集団というのは、マル走か？」

「不明。しかし、その恐れあり。どうぞ」

「職質は可能か？　どうぞ」

無茶を言う。もし相手が暴走族だったら、職務質問などできるはずがない。

上野は、彼らから十メートルほど距離を置いて停止した。

「不明。繰り返します。職質が可能かどうかは、不明」

「接触を試みるように」

青山からここまでずっとあとをつけてきた。それだけでも、充分に相手を刺激しているはずだ。

すぐにでもここを立ち去りたかった。こういう場合は逃げるのが一番だ。

だが、荒木係長は話を聞けと言う。

仕方がない。これも警察官のつとめだ。上野は、前進してバイク集団に近づいて行った。生きた心地がしなかった。

バイクは、全部で五台。いずれもノーマルな車体に見える。だが、深夜に埠頭の倉庫街に集結しているのだ。まっとうな連中とは思えなかった。

さて、どうやって切り出す。

上野は、彼らの二メートル手前でバイクを停めて降りた。

アイドリングの音が聞こえてくる。野獣が低く唸《うな》っているように感じられ、ぞっとした。

上野はヘルメットのバイザーを上げた。どう話しかけようかと思っていると、上野がずっと追尾してきた相手が言った。

「何か用か？」

暗くてよくわからないが、相手は中年男性のようだ。少なくとも、二十代、三十代ではない。

「すいません、ちょっとお話をうかがいたくて……」

相手は、押し殺したような声で言う。

「話が聞きたいだけで、ずっとあとをつけてくるのか？」

周囲で仲間のバイク乗りたちが、じっと上野を見つめている。それを肌で感じた。

上野は、ゆっくりとライダースーツのジッパーを開けた。ここで無造作に素速く動くと、相手をさらに刺激してしまう。

警察手帳を取り出して開き、バッジと身分証を提示した。暗くて見えないはずだった。

仲間の一人がハンドルを動かしてヘッドライトを上野のほうに向けた。

追尾してきた相手が言った。

「警察……？」

「はい。警視庁の上野といいます」

「警察は、バイクに乗っているというだけで、俺たちを目のかたきにする。何かイチャモンをつけたいのか？」

「そうじゃないんです」

「じゃあ、どうして俺のあとをつけてきた？」

「バイクを使ったコンビニ強盗が三件起きているのをご存じですか？」

上野は、つとめて事務的に言った。心臓が飛び出しそうだが、そんなそぶりを見せるわけにはいかない。

職質は、二人一組でやるのが原則だ。それも対象者はたいてい一人だ。

「強盗が俺たちと何か関係があるというのか？」

緊張感が高まっていく。返答次第では、ここでフクロにされかねない。へたをすれば、殺されて海に捨てられる。

こういう場合、警察手帳など何の役にも立たない。度胸だけが頼りだが、上野の度胸などたかが知れている。

職業意識でなんとか質問を続けていた。

「目撃された犯人は、黒いライダースーツを着ていたのです」

「ライダースーツだって？　俺はそんなものは着ていない」

上野は、あらためて相手の服装を観察した。相手が言うとおり、ライダースーツではない。色は黒だが、プロテクターがついたライダージャケットだ。下はジーパンに黒いブーツだ。

「念のため、お声をおかけしました。免許証を拝見できますか？」

相手は、何か言いたげだったが、やがて面倒臭げに財布を取り出し、免許証を出した。

上野は、名前と住所を確認した。谷山滋《たにやましげる》、年齢は五十一歳だ。住所は、目黒区碑文谷《ひもんや》。

すでに谷山が、強盗とは関係ないと判断していたが、荒木係長に報告するだけのことは聞き出しておかなければならない。

上野は免許証を返すと、尋ねた。

「ここで何をしているのですか？」

「バイクの練習だよ」

「練習……？」

「俺たちは、じじいライダーだ」

「何ですか、それは……」

「若い頃にバイクに乗っていたが、働き盛りの頃には、なかなか乗る機会がなかった。手放したりして、しばらくバイクから遠ざかっていた者もいる」

「はあ……」

「リタイアしたり、仕事が暇になって、もう一度バイクに乗りたいと思ったじじいたちが集まったってわけだ」

「何もこんな時刻に集まらなくても……」

「仕事の都合とか、いろいろあってな。それにこの時間でないと、思う存分走り回れない。ブランクが大きいので一般公道はちょっと荷が重い者もいる。ここで練習をしてから、公道に出る。そして、いずれはみんなでツーリングに出かけるつもりだ」

そう言われて、メンバーたちを見ると、いずれもけっこうな年齢だった。

暴走族ではなかった。谷山も最初は反感を見せていたが、そのうちに語り口が穏やかになってきた。

上野は、ほっとしていた。そのとたんに、ライダースーツの中に汗が流れはじめた。

「そうですか……」

「別に法律に違反してはいないと思うが……」

どうだろう。道交法についてはあまり自信がなかった。

「わかりました。ただ、こういった場所は暴走族がやってきたりしますから、気をつけてください」

「俺たちのことを暴走族だと思ったんじゃないのか？」

そう思ってびびっていた、などとは口が裂けても言えない。

「自分たちは、強盗事件を追っているんです。バイク仲間から、何か強盗事件について聞いたことはありませんか？」

「ないね」

谷山はあっさりと言った。「ライダー仲間といっても、ここにいる連中とつるんでいるだけだ」

上野はうなずいた。

「そうですか」

「一つ訊いていいか？」

普通、警察官が質問しているときに、相手からの問いにはこたえない。だが、この状況では断りにくかった。

「何でしょう？」

「あんた、白バイじゃないよね？」

「ごらんのとおり、違います」

「暴走族対策に黒バイというのがいると聞いたことがあるが、それなのか？」

「いえ、それとも違うんですが……」

「強盗を追っているということは、刑事なのか？」

「ええ、そうです」

「どうしてバイクに乗ってるんだ？　しかも、レーサーみたいなライダースーツなんて着て……」

　こたえにくかった。トカゲといっても、一般人には馴染みがない。

「捜査の必要上、バイクに乗ってるんです」

「なるほどな……。犯人がバイクを使っているので、それでか……」

「まあ、そういうことです」

「捕まえてくれよ」

　谷山が真剣な口調で言った。「バイク乗りの印象が、また悪くなる。バイクを強盗に使うなんてもってのほかだ」

　こんなところで励まされるとは思ってもいなかった。上野は、思わず胸が熱くなった。

「全力を尽くします」

　谷山が挙手の礼をした。こちらが警察官なので、ジョークのつもりだったのだろう。

　上野は、気をつけをして挙手の礼を返した。

　それからバイクに戻り、無線連絡をした。

「世田谷署本部どうぞ、こちらトカゲ4」

「トカゲ4、こちら本部」

「職質を完了。当該バイクは、愛好者の団体の一員で、事件との関わりはなし。繰り返す。事件との関わりはなし。持ち場に戻れ」

「トカゲ4、本部了解」

「本部、トカゲ4了解」

上野は晴海埠頭をあとにした。

10

休憩を取りながら、パトロールを続けた。空が白んでくる。闇に包まれていた青山通りが青く染まっていく。

上野は、赤信号でバイクを停めて、空を見上げた。今日も暑くなりそうだ。

上野は昼の十二時までの当番だ。午前六時に無線の連絡が入った。三浦の声だ。

「本部、こちらトカゲ2」

「トカゲ2、こちら本部、どうぞ」

応答したのは世田谷署の大沼だ。所轄の捜査員たちも交代で任務に就いている。

「パトロール任務を終了。これから帰投します」

「トカゲ2、了解」

三浦が、任務終了を告げたのだ。続いて、涼子の声が聞こえてくる。

「本部、こちらトカゲ3」

「トカゲ3、こちら本部。どうぞ」

「ただ今より、パトロール任務に就きます」

「トカゲ3、了解」

三浦に代わって涼子が任務に就くという報告だ。三浦と涼子が渋谷から先を受け持つ。渋谷から二子《ふたこ》玉川までの範囲だ。

距離は長いが、都心よりも交通量が少なく、心理的な負担が軽い。

あと六時間か……。

上野は、心の中でつぶやいていた。

ただ青山通りを流しているだけだが、かなり体力を消耗する。

夜明け頃から、休憩を取る頻度が増えていた。朝食をハンバーガーショップで取ったが、バイクを降りて店の椅子に腰を下ろすだけで、充分な休息になった。

コーヒーの芳香がありがたい。

朝食後から昼までの時間は、意外と短かった。交通量が増えてきて、常に気を張っていたせいかもしれない。

十二時になり、無線でパトロール終了の報告をする。

波多野との交代を確認して帰投した。

本部には、荒木係長と三浦がいた。他の者は捜査に出かけているようだ。

荒木係長は上野を見ると、一言「ごくろう」と言った。

三浦が話しかけてきた。

「無線で聞いたぞ。肝を冷やしたらしいな」

中年ライダーたちのことを言っているのだ。

「あれが本物のマル走だったらと思うと、今でもぞっとしますよ」

「そのときは、俺たちも駆けつけるよ」

「心強いですね」

「そのための機動力だ。さて、俺はいったん帰宅する」

「自宅に、ですか?」

「今、荒木係長と話し合ったんだ。この態勢がいつまで続くかわからない。無理を続けていれば、早晩もたなくなる。俺たちだって人間なんだ。だから、俺は帰ってゆっくり風呂につかって、眠れるだけ眠る」

荒木係長が言った。

「トカゲがここに詰めている必要はない。帰宅するかどうかは、各々《おのおの》の判断に任せる」

上野はこたえた。

「了解しました」

今のところ、休憩室での休憩で充分だと上野は感じていた。そのうち、ストレスと疲れが溜まってきたら、一度寮に帰ろうと思っていた。

三浦が帰宅し、本部の室内には荒木係長と上野の二人だけになった。荒木は、無線に耳を傾けている。話すこともない。休憩室に引きあげようかと思っていると、そこに渋谷署の児嶋と西のコンビが帰って来た。

児嶋が荒木係長に報告する。

「SSBCから、報告書を受け取ってきました」

SSBCは、警視庁捜査支援分析センターの略称だ。防犯カメラの解析結果だろう。

荒木係長が尋ねる。

「それで……？」

「それらしいバイクが確認されました。日時と場所のリストと、静止画像をもらってきました」

「画像は、各捜査員とトカゲ全員のケータイに送っておけ」

若い西がこたえた。

「了解しました」

「リストを見せてくれ」

児嶋が書類を荒木係長に手渡した。荒木は、それを睨《にら》んで言う。

「事件の当日だけではないのだな……」

児嶋がこたえる。「事件の前日や、前々日にも映像に捉えられています。おそらく下見に来たのでしょう」

荒木係長が言った。「このデータも、メールで各自のケータイに送っておいてくれ」

「静止画像を見せていただけますか？」

上野が言うと、荒木係長がプリントアウトを差し出した。Ａ４判の紙に二コマずつプリントされている。

被害にあった店の従業員の証言どおり、黒のツナギのスーツに見える。ヘルメットも黒だ。フルフェイスなので、顔は見えない。グローブも黒。

静止画は、全部で二十コマほどあり、上野はつぶさにそれを見ていった。

「何かわかるか？」

荒木係長が尋ねた。上野は、顔を上げてこたえた。

「二種類のバイクが確認できます。いずれもオフロードタイプですが、別のバイクです。一台はヤマハのＴＷ２００、もう一台はカワサキのＤトラッカーです」

「犯人が二人で行動していたという証言と一致するな」

児嶋が言う。

「ナンバーがわかれば、Ｎシステムを使うこともできますが、ナンバーは隠されているということです」

荒木係長が静止画像を見つめた。

「たしかに、どの写真にもナンバーが写っていないな……」

児嶋がうなずいた。「ナンバープレートに、何かを吹き付けるか塗りつけるかして、一時的に見えなくしているのだろうと、ＳＳＢＣでは言っていました」

上野は言った。

「塗料のスプレーだと、誰の眼にも違法だとわかってしまいます。その状態で街中を走行するのは利口じゃありませんね」

児嶋が上野に言った。

「だから、すぐに洗い流せるようなものだ」

「オフロードタイプだし、泥とかなら、それほど不自然に見えないですね」

上野は、バイクの背後が写っている静止画像を探した。三コマ見つかり、そのうちの一つを指さして言った。

「これを見てください。ナンバープレートがひどく汚れているように見えます」

荒木係長がその静止画像を覗き込んで言った。

「たしかに泥がはねたように見えるな……」

「交通課に連絡して、ナンバーを確認できないオフロードタイプのバイクを片っ端から検挙するのも手ですね」

児嶋が言う。

「普段は、ナンバーを隠していないいんじゃないか」

「そうかもしれません。ですから、ナンバーを隠しているということは、犯行に及ぶときだということです」

荒木係長がうなずく。

「警視庁本部の交通部に連絡するように手配しよう」

荒木係長が課長に報告し、課長が署長に報告する。そして、署長が交通部に連絡することになるのだろう。係長が電話一本で連絡、というわけにはいかないのだ。

時計を見ると午後一時半だった。防犯カメラの映像の話題が一段落したので、上野は休憩室に行くことにした。

深夜零時までは休息の時間だ。眠るのも仕事のうちだ。コンディションを整えておかないと、いざというときに役に立たない。

疲労していると集中力がなくなるし、事故を起こしかねない。

横になると、ほどなく上野は眠りについた。

午後六時過ぎに目を覚まし、本部に行った。涼子が戻ってきていた。彼女は、誰かと電話で話をしていた。

部屋の中には、荒木係長をはじめとして、世田谷署、麻布署、渋谷署、すべての捜査員が顔をそろえていた。

彼らは、今日一日の聞き込みの成果を報告し、それについて話し合っている。

電話を切ると、涼子が荒木係長に言った。

「渋谷の犯人に関する情報が入りました。犯人の一人が左利きかもしれないということです」

荒木係長が言った。

「六本木の犯人についても、そういう証言があったな」

上野がこたえた。「はい。店長が証言しました。犯人は左手にナイフを持っていた、と……」

続いて、涼子が言った。

「渋谷の犯人の一人は、やはり左手にナイフを持っており、レジから金を奪うときに、右手に持ち替えたということです。左手でレジから金を取るためです」

荒木係長が言う。

「それらは同一人物と見ていいだろう。コンビニの防犯カメラに映っていたはずだな」

世田谷署の武原が、即座に防犯カメラの静止画像のプリントアウトを取りだしてテーブルの上に広げた。

「こちらの三枚が六本木の現場のもの、そして、こちらの三枚が渋谷のものです」

捜査員たちがそのプリントアウトを覗き込む。上野と涼子もそれに加わった。

麻布署のベテラン、小野田が言った。

「背格好が同じだな。同一人物と見ていいだろう」

渋谷署の児嶋が言う。

「もう一人のほうは、何とも言えませんね……」

「ああ」

世田谷署の大沼が言う。

「ちょっと身長が違うようにも見えるが……」

「これも、正式にＳＳＢＣに分析を依頼したほうがいいですね」

武原が言う。

「専門家が分析すれば、同一人物かどうかはっきりするかもしれません」

「そうだな……」

荒木係長が言う。

「そうしてもらおう」

小野田が顔をしかめる。

「ＳＳＢＣに頼むなら、もっと早くやるべきだったな」

荒木係長が冷静な口調で言った。

「今からでも遅くはない。思いついたことは何でもやろう」

児嶋が言った。

「犯人の中に、左利きの者が一人いる。そいつは、六本木と渋谷の現場に姿を見せている。そう断定していいですね」

荒木係長はうなずいた。

「間違いないだろう。ところで……」

彼は涼子を見た。

「渋谷の犯人に関する情報は、どこから入手した？」

涼子がこたえた。

「電話で情報提供してくれた者がおります」

「知り合いか？」

「はい。東日新報の記者です」

捜査員たちが、一斉に涼子を見た。荒木係長が言った。

「記者だって？　記者が情報を提供してきたというのか？」

「確認を取るためだと思います」

「それで、君は何とこたえたんだ？」

「こちらでは、確認が取れていない、と……」

荒木係長はうなずいた。

「何か質問されなかったか？」

「いいえ。質問はありませんでした」

「妙だな……」

麻布署の小野田が探るような眼を涼子に向けた。

「何か知りたいから電話をかけてきたんだろう」

涼子は平然とこたえた。

「事実、質問はされませんでした」

小野田がさらに尋ねた。

「では、記者があんたに電話をかけてきた目的は何だ？」

「今、申し上げたとおり、犯人の一人が左利きだったという事実の確認を取りたかったのだと思います。それと……」

「それと……？」

「その記者は、バイクを使った事件だということに注目しており、同様にバイクを使用するトカゲが捜査に投入されたことに興味を持っているようです」

「トカゲに興味を持っている？」

小野田は顔をしかめた。

「あんたらの周りをその記者がうろうろするということか？」

「記者がどういう行動に出るかはわかりません。また、取材活動を禁止することはできません」

「ふん、言論の自由か……。それは、向こう側の言い分なんだよ。いいか、くれぐれも記者に情報が洩れることがないように気をつけてくれ」

「心得ています」

小野田は、涼子を睨みつけてから眼をそらした。

荒木係長が涼子に言った。

「その記者は、個人的な知り合いでもあるんだね？」

「それほど親しいわけではありません。ですが、以前から名前と顔は知っていました」

「君個人の電話にかかってきたのか？」

「そうです。私の携帯電話にかかってきました」

「事実の確認を取るためと言ったが、君個人の携帯電話に、その記者がかけてきた理由はそれだけじゃないだろう。何だと思う？」

「想像するしかありませんが……」

「想像でいい」

「トカゲの動向を探ろうという目的があったのだと思います」

荒木係長はしばらく考えた後に言った。

「向こうが興味を持っているというのなら、それを利用する手もある。考えてみてくれ」

涼子はうなずいた。

「了解しました」

11

昨夜のコンビニの取材で、トカゲがどういう動きをしたかがだいたいわかった。彼らは、手分けして現場の聞き込みに回ったのだ。

だが、その後の動向はさっぱりわからなかった。湯浅《ゆあさ》は、木島《きじま》とともに、朝から現場を回り、トカゲの姿がないか探した。

彼らを見つけることはできなかった。

夕刻に社に戻り、湯浅は考えていた。

トカゲが捜査に参加しているのは間違いない。彼らは、交通部の白バイや機動隊の遊撃捜査二輪部隊とは違う。刑事部の捜査員なのだ。

機動力だけが武器なわけではない。高い捜査能力も合わせ持っている。

特に、白石涼子《しらいしりようこ》と上野数馬《うえのかずま》は、捜査一課特殊班の係員だ。誘拐や人質事件といった特殊な犯罪に対する訓練を受けている。

彼らはバイクで疾走する優秀な刑事なのだ。

「なぜだ……」

湯浅は、思わずつぶやいていた。隣の席の木島がそれに反応した。

「え？　何です？」

湯浅は、木島を見た。

「考えていたんだ。どうして、現場付近にトカゲの姿が見えないのか、ってな」

木島は肩をすくめた。

「僕たちが現場に行ったとき、たまたま別な場所にいたんじゃないですか？」

「別な場所ってどこだ？」

「そんなこと、僕にはわかりませんよ」

「トカゲってのは、白バイの隊員とは違うんだ。彼らは刑事なんだよ。だから捜査に投入された。だったら、現場近くで捜査をしていないとおかしいだろう」

「一度被害にあったコンビニには、もう強盗は入らないでしょう」

湯浅は、木島が何を言いたいのか理解できなかった。

「そりゃそうだろう。だから、どうした？」

「バイクに乗った犯人に対処するために、バイクに乗った捜査員を投入したわけでしょう。つまり、すでに強盗の被害にあったコンビニよりも、これから被害にあいそうなコンビニに配備するんじゃないですか？」

湯浅は、しげしげと木島を見つめていた。

「何ですか」

木島は、怪訝そうに言った。「僕が何か妙なことを言いましたか？」

「いや、まともなことを言ったので、驚いたんだ」

「僕は、いつだってまともですよ」

そうかもしれない。湯浅は、そう思った。

考えていることは、まともだ。だが、行動が湯浅の常識とずれている。

湯浅が考える記者の姿と、木島はどうしても重ならない。いつかは、記者らしい記者になってくれるのだろうか。

いや、その可能性はなさそうだった。

だったら、早いところ、自分の適性のなさに気づいて、社を辞めてくれないだろうか……。

「これから被害にあいそうなコンビニって、どんな店だろうな……？」

「さあ、どんな店でしょうね」

「頭を働かせろよ」

「湯浅さんは、どんな店だと思いますか？」

そう聞き返されて、湯浅は少しばかりうろたえた。

「今考えている最中だよ」

「湯浅さんがわからないことを、僕がわかるわけないでしょう」

「わからないとは言ってない。考えていると言ってるんだ」

「じゃあ、どういうふうに考えればいいか教えてください」

「そういうことは、自分で考えるんだよ」

木島は、顔をしかめた。頭を働かせようとしているようだ。やがて、彼は言った。

「やっぱり、次に被害にあいそうなコンビニなんて考えつきませんよ」

「じゃあ、こう考えたらどうだ？　被害にあった三店のコンビニの共通点は？」

「さあ……」

木島は、ろくに考えもしない様子で言った。「チェーンも違うし、店の規模もまちまちに見えましたね。共通点は、コンビニだということだけじゃないですかね……」

「もっとよく考えてみろ。立地はどうだ？　コンビニの近くに、なにか共通したものはなかったか……」

そう言いながら、湯浅自身が考えていた。六本木の店の周囲は、飲食店が入った雑居ビルだった。

渋谷の店の周りもそうだった。三軒茶屋もそうだ。

「住宅街にある店舗じゃない。どれも、繁華街にある店だった」

「そうですね」

気のない返事だ。

こいつは、本気で考えていないな。

「繁華街だと人通りも多く、目撃されるリスクが高い。それなのに、犯人はそういう店を選んだ。なぜだ？」

「なぜでしょうね……」

「おい」

「何です？」

「俺が必死に考えているんだから、おまえも真面目に考えたらどうだ」

「考えてますよ。でもね、犯人が何を考えているかなんて、わかりっこありませんよ」

「それを考えるのが記者なんだよ。筋を読むんだ。そうすることで、警察の動きも読めてくる」

「動きを読む必要なんてあるんですか？」

湯浅は、この発言に驚いてしまった。もう、腹も立たない。ただ、あきれるだけだ。

「おまえは、社会部の記者だ。事件記者なんだぞ。警察と同じくらいに頭を働かせないと、事件の報道なんてできないんだ」

「はあ……」

「ただ警察署や警視庁に出入りしているだけじゃ、何もわからない。刑事たちが何を考えているのかを想像するんだ。そうでないと、他社を抜けないぞ」

「それは、なんとなくわかるんですけどね……」

「だったら、言われたとおりにすればいい」

「考えてもわからないんだったら、訊けばいいんじゃないかと思いましてね……」

「訊く……？　誰に訊くんだ？」

「本人に、ですよ。トカゲのメンバーの電話番号、知ってるでしょう？」

「電話なんてしたって、すぐに切られるのがオチだよ」

「かけてみなければわからないでしょう。犯人の一人が左利きだって話、警察も知らないかもしれませんよ」

どうだろう。たしかに、渋谷のコンビニのバイトは、警察にはそのことがまだ伝わっていないようなことを言っていた。

だが、警察はいろいろなところで聞き込みをして、情報を得る。すでに犯人の一人が左利きであることを確認している可能性もある。

涼子に電話をかけたところで、出てさえくれないかもしれない。

電話をかけることのリスクを考えてみた。涼子を怒らせることになるかもしれない。

それが、湯浅にとっては最大のリスクだった。

湯浅が無言で考えつづけていると、木島が言った。

「ナンなら、僕がかけてみましょうか?」

「よせ」

湯浅は、即座に言った。「余計なことはするな」

木島は、また肩をすくめた。

「そうだな……」

湯浅は自分に言い聞かせるように言った。「犯人の一人が左利きだってことを、確認できるかもしれない」

「そうですよ。それに、今トカゲがどういう捜査をしているのか、聞けるかもしれませんよ」

湯浅は、携帯電話を取り出した。白石涼子の携帯電話の番号が登録されている。それを呼び出して、通話ボタンを押すだけだ。

ダメモトで電話をかけることなど、珍しいことではない。怒鳴られるのを覚悟で、刑事にかけたこともある。

そんなことをいちいち気にしていたら、記者はつとまらないと、湯浅は思う。そして、実際にこれまで、ずいぶんとずうずうしいことをやってきたのも事実だ。

刑事に疎まれることもあったが、それも仕事のうちだと思っていた。

だが、白石涼子に電話すると思うと、どうしても気後れしてしまう。別に特別な感情を抱いているわけではないと、自分では思っている。

いや、わざわざ自分に対してそんな言い訳をしていること自体、余計な意識をしているということなのだろうか。

これは、仕事だ。

自分にそう言い聞かせて、涼子の携帯電話にかけた。

呼び出し音が鳴る間、緊張していた。こんな気分は久しぶりだ。

電話はつながらなかった。「ただいま電話に出ることができません」というメッセージが流れてくる。

湯浅は電話をしまうと木島に言った。

「つながらない」

「嘘の電話番号を教えられたんじゃないですか？」

「そんなはずはない。前にかけたときはつながったんだ」

「じゃあ、電話を替えたとか……」

「警察官が、そう簡単に番号を変えるか。きっと、任務でバイクに乗っているんだ」

「なるほど……」

木島は、興味なさそうに言った。

最初にかけたときは、緊張した。だが、つながらないとなると意地になる。

それから、湯浅は、二度かけてみた。やはり同じメッセージが流れて、涼子は出なかった。

やはり、わざと出ないのだろうか……。

相手が出ないとなると、つながるまでかけたくなってくる。結局、つながったのは、午後六時を過ぎてからだった。

「はい、白石」

「東日新報の湯浅です」

「すいません、何度かお電話をいただいたようですね」

いつものことながら、涼子はそっけない。

「コンビニ強盗について調べておられるのですね？」

「それが何か……？」

「我々も、被害にあった店で話を聞いたんですよ。渋谷の店で、耳寄りなことを聞いたんですが……」

「耳寄りなこと……？」

「犯人についての情報です」

「どんなことでしょう」

「被害にあったときに、レジにいた男性従業員の話なのですが、犯人は左手にナイフを持っており、レジから金を取るときに、ナイフを右手に持ち替えて、左手を伸ばしたというのです」

「ナイフを持ち替えた……？　つまり、金を左手で取るために、持ち替えたということですね？」

「そうです。犯人は、左利きかもしれない。それについての情報はありますか？」

「こちらでは、確認が取れていません」

「本当ですか？　記者が行って聞き出せた話を、警察が知らないというのですか？」

「そういうことがあっても不思議はありません」

「じゃあ、俺は情報提供したということになりますね」

「どんな情報でもありがたいものです」

「俺に借りができるのは嫌でしょう。一つ教えてもらえますか？」

「何でしょう？」

「トカゲは、今どういう任務に就いているのですか？　被害にあったコンビニの周辺にはいらっしゃらないみたいですね。どこを重点的に捜査してらっしゃるのですか？」

「そういう質問にこたえられると思いますか？」

涼子の声は、笑いを含んでいた。嘲笑だろうか。それとも、親しみの表現だろうか。

後者であってほしいと、湯浅は願った。

「まあ、こたえてもらえないとわかっていても、質問するのが記者というものです。……で、どうなんです？」

「パトロールをしています。こたえられるのは、それだけですね」

「パトロール……？　聞き込みとかの捜査活動ではなくて……？」

「これ以上は、何もしゃべりませんよ」

「どこをパトロールしているのですか？　被害にあいそうなコンビニの目星はついているのですか？」

「おこたえできません」

湯浅は、小さく溜め息をついていた。

「わかりました。質問はここまでにしておきます」

「ご協力、感謝します」

湯浅は電話を切った。

「電話、つながったんですね？」

木島が尋ねた。

「ああ、ようやくな……」

「それで、どうだったんです？」

「犯人の一人が左利きだという確認は取れなかった」

「まあ、こたえてくれないでしょうね……」

「直接訊いてみろと言ったのは誰だ？」

「あれこれ考えるよりは、可能性が高いかもしれないと思ったんですよ」

「だが、耳寄りな情報もあった」

「何です？」

「トカゲは、聞き込み捜査じゃなくて、パトロールをしているということだ」

「それがどうかしましたか？」

「彼らは、刑事だと言っただろう。それが、捜査ではなくパトロールをしているというんだ」

「でも、バイクに乗っているんだから、別におかしくはないでしょう。機動捜査隊だって、刑事だけど、普段は車両でパトロールをしているじゃないですか」

言われてみればそのとおりなのだが、なんだか釈然としなかった。

「問題は、どこをパトロールしているか、だな……」

湯浅は、なんとかそれを知りたいと考えていた。

12

翌日は、水曜日だ。

湯浅は、再び六本木のコンビニにやってきた。周囲を歩き回り、何かないかと眼を凝らす。

午前中は、まだ三十度を超えないと天気予報では言っていたが、都内の歩道の気温は、とっくに超えているだろう。

これだけ汗をかいて歩き回っても痩せないのはなぜだろうな……。

湯浅は、密かにそんなことを考えていた。

「またこんなところを調べるんですか？」

木島が情けない声を出す。

「何度でも来るさ」

「何を探しているんです？」

「何かだよ」

「何かって、何です？」

「だから、何かだよ。はっきりとこたえられるもんじゃない。ひっかかるものを探すんだ」

「こんなところを歩き回るより、社でネットを検索していたほうがずっといろいろなことがわかりますよ」

湯浅は、街角で立ち止まり、木島の顔をしげしげと見つめた。

「いいか？　ネットの情報というのは、誰かがその眼で見たことや、何かを見て考えたことを書き込んでいるのだろう？」

「そうですよ」

「それは、二次的な情報だ。俺たち記者は、二次的な情報を当てにするわけにはいかないんだ。覚えておけ」

「もちろんそうでしょうけど、参考にはなりますよ」

「まずは、自分の眼で見る、自分の耳で聞く、自分の鼻で嗅ぐ、自分の手で触れてみる。それが大切なんだ。でなければ、記事は書けない」

「でも、犯罪の現場を見られるわけじゃないでしょう。現場の様子や詳しい犯罪の内容なんかは、警察から聞くしかないんじゃないですか。それも二次的な情報でしょう？　ネットの情報とどれくらい違うんです？」

湯浅は言葉に詰まった。

たしかに、事件の詳細については警察の発表や、洩れ聞こえてくる情報を頼りにするしかない。

それが二次的な情報だと言われたら、そのとおりだと言うしかない。

「いや、俺が言いたいのはそういうことじゃない。警察から流れてくる情報は、生の情報だ。ネットの情報は、誰かが書き込んだものだ。書き込むという段階で、恣意的なものだと考えざるを得ない」

「事典も恣意的なものだということですか?」

「何だって?」

「百科事典なんかも、誰かが記事を書いてそれを編集したものでしょう?」

「そういうのは、ネットといっしょには考えられないだろう」

「どうしてです?」

そう言われて、湯浅はこたえに困った。

「出版には責任が常について回る。だから、校閲や校正をしっかりやる。ネットにはそういうことがない」

「ネットではユーザーが校閲や校正の役割を果たしてるんだと言う人もいますよ」

「ユーザーが……?」

「間違った情報だと、それを誰かが訂正してくれたり、補足してくれたりするわけです」

「だが、間違ったままだったり、いい加減だったりする情報も垂れ流しにされるわけだろう?」

「ネットユーザーは、そういうものに敏感ですよ」

「俺は、何もネットが悪いと言っているわけじゃない。役に立つこともある。レストランや飲み屋を探すには便利だ。一般人は大いに利用すればいい。だが、俺たちは記者だ。こうして足で記事を書くんだよ」

「わかりました」

ちっとも、わかったという口調ではない。

とにかくネット論争は終わりにしたかった。何事も程度問題なのだ。要するに、ネットに依存するのがいけないのだ。

六本木の現場周辺を見て回り、それから渋谷、三軒茶屋と回った。すでに警察の姿はない。どの店も、日常の営業に戻っている。

警察からも、その後の発表はない。

翌日、そしてまたその翌日。湯浅は同じことを繰り返していた。

ぶうぶう言っていた木島も、やがてあきれたように何も言わなくなった。

夏の日差しを浴び、時にはゲリラ豪雨にあいながら、湯浅は、「何か」を探し続けた。

強盗事件そのものを追うのは、遊軍記者の仕事ではない。つまり速報性にはあまりこだわらなくていいので、いくらでも時間を使うことができる。

事件報道ではない、別の切り口が必要だ。それが、トカゲなのだ。

木島がいくらあきれようが、知ったことではない。俺はやりたいようにやる。ついてくるのが嫌なら、記者を辞めればいい。

湯浅はそう思っていたが、木島も思ったよりしぶとく、音を上げることはなかった。

瞬く間に五日間が過ぎた。

捜査員によってもたらされる情報は減っていき、機捜隊や所轄の地域課からの知らせも途絶えた。

上野たちトカゲは、毎日むなしく担当の区域を走行していた。トカゲたちの体力の消耗も激しい。

ついに、上野は、八月三十日土曜日の午後、寮に戻った。それまでは、休憩室で頑張っていたが、さすがに着替えもなくなった。

シャワーを浴びて、洗濯をする。ベッドでぐっすりと眠って午前零時に持ち場についた。

無線による交代の報告。そして、深夜のパトロール。すでに、ルーティンになっている。

慣れてきたときが危険だ。上野は、そう自分に言い聞かせた。無意識のうちに、いろいろなことを省略してしまう。

パトロール任務についた当初は、路上駐車している車や、対向車線の車のナンバーまでチェックしていた。すべてを記憶することはできないが、気になることがあれば記憶に残るはずだ。

だが、慣れてくると、それを怠りがちになる。とにかく、基本は見ることだ。見れば、必ず膨大な広さを持つ無意識の領域に記憶の断片として刻まれる。

任務について十二日目の、九月五日金曜日のことだ。上野が仮眠を取っていると、携帯電話が鳴った。

時刻は、午後七時半頃だった。

「はい、上野」

「本部の武原《たけはら》だ」

世田谷署の若いほうの刑事だ。

「どうしました？」

「用賀《ようが》でまたコンビニ強盗だ。犯人は、バイクで逃走。今、機捜とトカゲ2が現場に向かっている。すぐに本部に来てくれ」

トカゲ2は、三浦《みうら》のコールサインだ。

「了解」

上野は、本部まで駆けた。

捜査員全員が、携帯電話で誰かとやり取りをしていた。その場に、涼子がいた。

携帯電話を切った世田谷署の大沼《おおぬま》が言った。

「機捜車が現着した。トカゲ２は、国道２４６を走行中」

荒木《あらき》係長が、上野と涼子に言った。

「現場は、世田谷区用賀四の二十……」

壁の地図で現場を指し示した。「すぐに出動してくれ。無線で指示する」

「了解」

上野と涼子は同時に返答して、駐車場に向かった。地図を見たのは一瞬だが、すでに現場は頭に入っていた。

涼子が言った。

「私は世田谷通りから行く」

「了解」

上野はこたえた。「自分は２４６で向かいます」

涼子が先に駐車場を出た。最初の強盗事件の現場となったコンビニへ向かう細い道を通り、世田谷通りに出るようだ。

上野は、涼子とは逆に向かい、国道２４６号に出た。信号を右折して、用賀方面に向かう。

金曜日の夕刻だ。下り車線は混み合っていた。

「本部より、トカゲ各員」

荒木係長の声だ。すぐに応じたのは涼子だった。

「本部、こちらトカゲ3。どうぞ」

次が三浦だった。

「本部、こちらトカゲ2」

続いて波多野《はたの》の声。

「こちら、トカゲ1。どうぞ」

最後に上野が応じた。

「本部、こちらトカゲ4です」

「強盗犯は、二名。バイクで逃走。いずれも黒いライダースーツに黒いヘルメット。オフロードタイプのバイク二台。トカゲ2、トカゲ3、トカゲ4、各員は現場周辺を巡回のこと。トカゲ1においては、持ち場を離れないように。以上」

「本部、トカゲ1了解。現在の持ち場を維持します」

三宅坂から渋谷までの青山通りを往復するということだ。

「本部、トカゲ2了解」

「本部、トカゲ3了解」

無線で次々と応答がある。上野もこたえた。

「本部、トカゲ4了解」

道は混んでいたが、十分ほどで到着した。バイクの強みだ。現場の捜査は、所轄の地域課や刑事たちに任せて、逃走した犯人を発見することにつとめる。それがトカゲの役目だ。

上野は、周囲に視線を走らせながら、いったん現場に向かう脇道に入った。現場の周りを見てから、再び国道２４６号に向かった。

「トカゲ３、こちらトカゲ２」

三浦が涼子に呼びかけている。涼子がこたえた。

「トカゲ２、こちらトカゲ３。どうぞ」

三浦は、ちょっとくだけた口調になった。

「機捜は何か言ってるのか？」

「車両では満足に身動きがとれないと言ってます。道が混んでいますから……」

「ただ走り回ってても無駄だ。あんたが、指揮を執《と》ってくれ」

三浦のこの言葉に、上野は驚いた。三浦のほうが年も階級も上のはずだ。だが、意外に思う一方で、納得もしていた。

トカゲとしての涼子には、誰もが一目置くのだ。広い視野、瞬時の決断力、総合的な判断力。どの点においても優れている。バイクの腕前も一流だ。

「了解」

さすがに涼子だ。一瞬の迷いもなかった。「トカゲ４、こちらトカゲ３」

涼子の呼びかけに、上野はこたえた。

「トカゲ３、こちらトカゲ４。聞いてました。どうぞ」

「トカゲ４は、国道２４６、用賀から多摩川方面を巡回」

「トカゲ３、こちらトカゲ４、了解」

上野は、指示されたとおり、まず多摩川方面に向かう。涼子の指示が続いた。

「トカゲ２、どうぞ」

三浦がこたえる。

「トカゲ３、こちらトカゲ２」

「トカゲ２は、都心方向、三軒茶屋付近までを巡回されたし」

「トカゲ３、こちらトカゲ２、了解。三軒茶屋方向に向かう」

そのとき、波多野の声がした。

「トカゲ３、こちらトカゲ１。どうぞ」

涼子が即座にこたえる。

「トカゲ１、こちらトカゲ３」

「こちらは、持ち場を三軒茶屋まで延ばす。それで、渋谷、三軒茶屋間をカバーできる」

「トカゲ１、こちらトカゲ３。了解しました。そのようにお願いします」

まだ、下り車線は混み合っている。上野は、車の間を縫うようにして進みながら、黒ずくめのライダーの姿を探した。

下り方向の車線を走行しているとき、オフロードタイプのバイクをはるか前方に目視した。

だが、道が混み合っている上、距離が離れているので、車種は識別できない。ライダーは、スーツではなく、ジーパンにTシャツという軽装だ。Tシャツの色は、赤だった。近づいてみようとするが、いくらバイクとはいえ、幹線道路が混雑する時間帯で、思うように進めない。

涼子に指示を仰ぐことにした。

「トカゲ3、こちらトカゲ4。どうぞ」

「トカゲ4、こちらトカゲ3」

「オフロードタイプのバイクを視認。現在地、瀬田三丁目付近。多摩川方向に走行中。環八《かんぱち》の手前」

「ライダーの特徴は？」

「赤いTシャツにジーパンをはいている模様。バイクの車種は確認できず。尾行・追跡の要ありか、指示されたし。どうぞ」

しばらく間があった。もう一度尋ねようかと思ったとき、返答があった。

「ナンバーを確認されたし。繰り返す、ナンバーを確認するように」

「トカゲ3、トカゲ4了解」

上野は、何とか先行する対象のバイクに近づこうとした。こういうときに、白バイのようにサイレンと回転灯がついているとどんなに楽かと思う。

無理に車の脇をすり抜けようとして、怒鳴られることもあった。

対象のバイクが、瀬田の交差点の赤信号で停車した。環八通りと国道246号の交差点だ。上野は、停車中の車の間をすり抜け、なんとか前に出ようとする。

脇の車に傷をつけたりしないように細心の注意をはらった。こんなところで交通事故を起こし、事故処理に時間を取られるわけにはいかない。

信号が青になった。車列が動きはじめる。上野もその流れに乗ろうとした。

そのとき、無線から涼子の声が流れてきた。

「玉川署交通課、現着。交通部交通捜査課、現着」

玉川署の交通課に交通部交通捜査課……。

上野は、思わず頭の中で繰り返していた。何のために、警視庁本部の交通捜査課が、コンビニ強盗の現場にやってきたのだろう。

そんなことを思いながら、上野は、赤いTシャツ姿のライダーを追っていた。

13

上野は、じりじりと対象のバイクとの距離を詰めていった。多摩川が近づいてきて、上野は焦った。多摩川の向こうは神奈川県警の管轄だ。

もちろん、必要があれば追いつづけることはできる。しかし、できれば自分の受け持ちの地域内でナンバーを確認したかった。

そして、ようやく四桁の数字を視認できる距離まで近づくことができた。

上野は、それを無線で涼子に知らせた。

涼子は、報告を受けると言った。

「トカゲ4、トカゲ3了解。なお、トカゲ4は、世田谷署の本部に帰投されたし」

帰投だって……。

犯人について、何か手がかりがつかめたということだろうか。

とにかく、指示に従うことにした。

「トカゲ3、こちらトカゲ4。了解しました。本部に戻ります」

上野は、上り車線に移動して世田谷署を目指した。

走行中は、気を抜かなかった。本部に帰る途中に、犯人とすれ違い、それに気づかなかった、などということになれば、言い訳はできない。

カメラのシャッターを切るように、あらゆるものを視界に収めようとする。いや、シャッターを切るというより、連写に近い感覚だろうか。

トカゲだけでなく、警察官は「見る」ということを大切にする。刑事には観察眼が必要だし、警備部には危険を察知する眼が必要だ。公安にも独特の視点がある。

だから、警察官は目つきが悪くなるのだと、上野に言った先輩がいた。

世田谷署に戻ったのは、午後九時半頃だった。事件発生から約二時間経過している。緊急配備もすでに解除されていた。

犯人は、緊急配備の網をくぐり抜けたということだ。

本部に、新顔が増えていた。玉川署の捜査員二人だ。同一犯の犯行である可能性が高いので、情報を得るためにやってきたのだ。

トカゲの四人も顔をそろえ、部屋が狭く感じられる。そこに、さらに別の連中がやってきた。制服を着た二人組だ。

彼らは、交通捜査課だと言った。

荒木係長が尋ねた。

「交通事故だということだが、いったいどういうことなんだ?」

制服二人組の一人がこたえた。

「バイクがコンビニから逃走するときに、六十五歳の女性をひいた。女性は脚の骨を折った。ひき逃げ事件なんだ」

室内の捜査員たちは顔を見合わせた。

荒木係長が言った。

「それで、あんたらは、ここで何をしようと言うんだ?」

「すでに、交通鑑識が捜査をしている。我々も犯人を追うことになる。それを一言断っておきたかった」

「待てよ」

麻布署の小野田《おのだ》が交通捜査課の二人を睨んで言った。「これは強盗事件なんだ。勝手なことは許さんぞ」

交通捜査課の一人が、負けじと小野田を睨み返した。

「ひき逃げ事件だという通報があったんだ。我々は自分たちの仕事をする」

「ひき逃げの前にやつらは、強盗をやってるんだ。そっちの事案が優先だ」

「どちらが優先という問題じゃない。それぞれにやるべきことをやればいい。それだけのことだ」

「そうはいかない。あんたらに勝手なことをされると、やりにくくってしょうがない」

「六十五歳の女性が怪我をしているんだ。骨折だぞ。重傷だ。放っておくわけにはいかない。その女性は、強盗にあって怪我をしたわけじゃない。コンビニに買い物に行こうとして、駐車場から飛び出してきたバイクにはねられ転倒して怪我をしたんだ。これは我々の仕事なんだ」

交通捜査課の言い分も、もっともだと、上野は思っていた。

だいたい、麻布署の小野田は、何かにつけて一言文句をいいたがるタイプのようだ。

上野は、小野田のクレームよりも、交通捜査課の主張に軍配《ぐんばい》を上げたくなった。

荒木係長が言った。

「すでに、交通鑑識が捜査をしていると言ったな？」

交通捜査課の男は、視線を小野田から荒木係長に移した。

「言った」

「犯人の手がかりを見つけられるかもしれないということか？」

「我々は、ひき逃げ犯を絶対に逃がさない」

「ならば、その情報を我々と共有すべきだと思う。こちらの情報も、そちらの役に立つかもしれない」

「そういう建設的な意見を聞きたかったんだ」

交通捜査課の男は、ほほえんだ。すると、印象が一変した。いかにも実直そうな顔つきをしていたが、笑うと人懐こい。

荒木係長が言った。

「俺たちは今、とにかく情報がほしい。どんな情報でも助かるんだ」

「それは、こちらも同じだ」

「君たち二人は、この本部に詰めるということなのか？」

「そうできれば、効率的だと思う」

「人員が増えてここには収まりきらなくなってきた。それに、連続してすでに四件の強盗事件が起きているし、関連してひき逃げ事件も起きている。もともと、ひき逃げなどは、刑事部と交通部が合同で捜査するものだ。俺は、さらに拡充した合同捜査本部の設置を上に進言したいと思っている」

今の態勢では荷が重いということなのだろう。たしかに、合同捜査本部になると、規模は格段に大きくなるだろうし、警視庁本部からも捜査員がやってくる。

所轄同士や他部署との連携もうまくいくだろう。

だが、一方でデメリットもある。第一に、本部が置かれる警察署の負担がとてつもなく大きくなる。その警察署は、場所だけでなく、人員や機材を提供しなければならない。経済的な負担もある。

また、捜査幹部が強力に捜査を引っぱっていくことになるので、捜査員たちの意思が捜査に反映されにくくなる。

役割分担ははっきりするが、その分、縦割りで融通がきかなくなる恐れもある。

荒木係長は、それらのデメリットを充分に承知の上で、合同捜査本部の設置を進言することにしたのだろう。捜査本部は集中的な捜査についてはきわめて有効な手段であることは間違いない。

これまで、怪我人が出たことはなかった。ひき逃げの被害者が出たことが、荒木係長の背を押したのかもしれない。

「了解した」

交通捜査課の男が言った。「では、出直すとしよう」

「ちょっと待ってくれ」

荒木係長が言う。「名前を教えてくれないか」

「自分は、畑中彰男《はたなかあきお》。火偏《へん》の畑に大中小の中。顕彰碑《けんしょうひ》の彰に男。こっちは、河本等《かわもとひとし》。さんずいの河に本部の本。平等の等だ」

それだけ言うと、畑中は部屋を出て行った。

麻布署の小野田が、苛立たしげに言った。

「交通警察がでしゃばるようなヤマじゃないだろう……」

小野田は、いつも苛立っているように見える。彼の相棒の柴村《しばむら》は、きっとたいへんだろうなと、上野は思った。

世田谷署の大沼が、小野田に向かって言った。

「いいじゃないか。どんな部署だって、手がかりをつかんでくれれば、御《おん》の字だ」

大沼は、小野田とは対照的だ。彼は、見るからに穏やかそうだ。度量が大きいという感じだ。

渋谷署の児嶋《こじま》は実直なタイプで、よけいなことは言わない。

彼らはそれぞれ若手と組んでいるが、その若手たちは、上野から見てあまり特徴があるとは言えなかった。彼らは、だいたい上野と同じような年齢だ。上野もそうだが、まだ、自分の持ち味を出すような段階まで来ていないのかもしれない。

荒木係長は、小野田と大沼のやり取りには取り合わず、波多野に言った。

「無線は聞いていたが、何か特に報告したいことは？」

「いえ、ありません」

「犯人は二人とも緊配《きんぱい》をくぐり抜けた。やはり、バイクの機動力を活かしたということだろうか?」

「そう思います」

玉川署の捜査員の一人が言った。

「今、防犯カメラの映像を調べています」

年上のほうだった。紹介されたばかりで、名前は高橋永次《たかはしえいじ》、年齢は、大沼や小野田と同じくらいだ。

玉川署のもう一人の刑事は、稲垣史郎《いながきしろう》。三十歳の巡査だ。

小野田が言った。

「防犯カメラの映像も、あまり当てにならないかもしれないぞ」

玉川署の高橋が、驚いたように言った。

「どうしてだ?」

「SSBCの手まで借りて、国道246周辺に設置されている防犯カメラの映像を分析したんだ。だが、手がかりと言えるほどの手がかりはまだ見つかっていない」

児嶋が小野田に言った。

「間違いなく246を走行する、黒ずくめのライダーが確認されたんだ。手がかりだろう」

「だが、ナンバーも読み取れなかった。Nシステムも使えない」

涼子が荒木係長に尋ねた。

「トカゲ4が確認したナンバーはどうでした?」

「Nシステムにかけてみた。ヒットはしたが、事件発生時には、コンビニとはまったく無関係の場所にいた」

「事件とは無関係のバイクでしたか……」

「そういうことだな」

上野は、別に落胆はしなかった。

どうせ、ダメモトで追った相手だった。服装もまったく違った。ただ、オフロードタイプのバイクだったというだけのことだった。

小野田が言う。「ライダーは、赤いTシャツを着ていたというじゃないか」

「犯人は黒いライダースーツを着ていた。それは、今回も被害にあったコンビニの従業員や、居合わせた客などの証言からわかっている。別人だってことは、明らかじゃないか……」

「追跡してみて思いついたことなんですが……」

上野は発言した。「犯人は、緊配と我々の監視網をすり抜けました。いくらバイクの機動力があっても、なかなか難しいことだと思います」

小野田が上野を見て言う。

「向こうが一枚上手《うわて》だってことじゃないのか?」

皮肉に付き合っている暇はない。

「共有した情報が、かえってアダになったということも考えられます」

荒木係長が怪訝な顔で尋ねた。

「どういうことだ？」

「つまり、犯人は黒ずくめの姿で逃走しているという思い込みです」

「思い込みも何も……」

小野田が鼻で笑う。「そういう証言があるじゃないか」

「犯行時には、たしかに黒いライダースーツにヘルメットをかぶっていたと思います。もしかしたら、コンビニまでやってくるときもその格好だったかもしれません。しかし、逃走するときは別の格好だったかもしれないのです。バイクなら人目につかない細い路地などに、簡単に進入できます。そのような場所で、ライダースーツを脱いでしまえば、まったく別の服装になってしまいます。自分は、赤いTシャツ姿のライダーを追いながら、その可能性もあると考えておりました」

渋谷署の児嶋が、呆然としたような表情で言った。

「俺たちは、黒ずくめのライダーという手がかりを追っていたんだ。今さら、別の格好で逃走していたかもしれないと言われても……」

「児嶋さんの言うとおりだ」

小野田が言う。「黒ずくめのライダーという情報が、かえってアダになっているというのなら、俺たちは何を追っかければいいんだ？」

涼子がこたえた。

「犯行に使われたバイクの車種はわかっています」

小野田が涼子に言った。

「なんとも心許ない手がかりだな」

「ＳＳＢＣも引き続き防犯カメラの映像の分析をしてくれています」

荒木係長が、小野田と涼子の両方を見ながら言った。

「とにかく、俺は合同捜査本部の件を課長に相談してくる。署長から刑事部長に上げれば、結論はすぐに出るだろう」

その一言で、小野田と涼子は口をつぐんだ。

荒木係長が部屋を出て行くと、涼子が波多野に言った。

「私たちは、シフトに戻りましょう」

波多野は、ちょっと考えてから言った。

「いや、今日はパトロールの必要はないだろう。すでに事件が起きてしまった。犯人が外をうろうろしている可能性は極めて少ない。全員待機だ。合同捜査本部が設置されたら、我々の運用方法も変わってくるかもしれない」

涼子はうなずいた。

「了解しました」

波多野が言った。

「俺は休憩室に引きあげる。みんなも休むといい」

上野はその言葉に従うことにした。仮眠の途中で呼び出されたので、寝不足で疲れてもいた。休憩室で横になることにした。本部にいてもやることはない。やがて、うとうとした。

「正式に合同捜査本部ができる」

真夜中に目を覚まし、夢うつつの状態でその知らせを聞いた。

14

午後七時三十分頃、湯浅は、コンビニ強盗事件の発生を社で聞いた。にわかに社会部内が慌ただしくなる。

湯浅は、木島に言った。

「行くぞ。世田谷区用賀だ」

「え……」

木島は、驚いたように言った。「自分らも行くんですか？」

「あたりまえだろう」

すでに湯浅は、立ち上がり歩き出していた。木島がそれを追ってくる。

「だって、自分ら、遊軍じゃないですか」

「いいから、来るんだよ」

車を手配して、すぐに現場に向かった。まだ、夕方のラッシュが続いている。道は混み合っていた。

特に下り方向の道が混んでいる。

渋谷を通過する頃、電車にすればよかったかと思った。だが、車で来るメリットもある。電車で用賀に向かうとしたら、田園都市線を使うことになるが、地下鉄なので外の様子がわからない。

ふと、隣の席の木島を見ると、スマートフォンを車窓の外に向けて何かやっている。何をやっているのか尋ねようとしたが、やめておくことにした。

木島のやることなど、どうせ俺の理解を超えている。そう思ったのだ。

現場に到着したのは、八時半過ぎだった。渋滞で苛々した割には社から一時間ほどで到着した。

コンビニの前には、黄色いテープが張られており、制服を着た警察官たちが立っている。マスコミ各社が、そのテープの外で陣取り合戦をやっている。湯浅は、できるだけ現場に近づこうとした。

他社の記者たちと揉み合いになる。みんな殺気立っているので、怒号が飛び交う。そんな雰囲気は慣れっこだ。湯浅は、平然と記者たちをかき分け前に出た。

コンビニの前でバイクにまたがった女性の姿が眼に入った。ヘルメットのバイザーを下ろしたままだが、それが涼子であることが、湯浅にはすぐにわかった。

木島が、相変わらずスマートフォンで何かやっている。

「おまえ、さっきから何をやってるんだ？」

木島は、スマートフォンを目の前に掲げたままこたえる。

「動画を撮ってるんです」

「動画……？」

「そうですよ。映像です」

「何の映像だ？」

「別に何というわけじゃないですが……。先日、スマホを新しくしまして、メモリが三十二ギガもあるので、けっこう動画も保存できるんです。撮ってみたくって……」

やっぱり訊かなければよかったと、湯浅は思った。スマートフォンのことなど、聞いてもなんのことかわからない。

湯浅は、注意を涼子に戻した。何かを聞き出すチャンスはないものか……。

バイクにまたがったまま、どこかに移動する様子もない。しばらく観察していて、彼女が何をしているのかわかった。

無線で連絡を取っているようだ。

テレビ局のライトが、コンビニの出入り口を照らしており、その明かりが涼子にも当たっている。

放送記者やキャスターなどがカメラに向かって何かしゃべっている。

午後九時を過ぎたが、まだ鑑識の作業が続いている。鑑識係員は、店の外でも地面に這いつくばるように証拠を集めようとしている。

「あれ……」

木島が言った。「あそこに停まっているの、交通鑑識の車両ですよね……」

「交通鑑識……？」

木島の視線を追った。その先には、前方が白黒に塗り分けられ、後部がステンレス製の業務用冷蔵庫のような箱形になっている独特の車両があった。

その後部の箱形の部分に、木島が言ったように、はっきりと「交通鑑識」と書かれていた。

「じゃあ、あそこで作業しているのは、交通鑑識の人たちなんでしょうか……」

たしかに、地面を這うように調べる姿は、交通鑑識独特のものに思えた。木島は、ブルーの制服にキャップをかぶった彼らの姿をも映像に収めているようだ。

「よく気づいたな……」

本当は、「おまえにしては」を上につけて言いたかった。

強盗事件なのに、どうして交通鑑識が来ているのだろう。

湯浅が思案していると、涼子が動きはじめた。バイクのエンジンをかけると、報道陣の前を通り過ぎて、国道246号方面に向かった。

他のトカゲの姿はない。

今から、車に戻って涼子のバイクを追おうとしても無理だろう。

周辺から何か情報を得ようとした。同社の記者を見つけて声をかけた。

「あれ、遊軍の湯浅さんが、どうしてこんなところに……？」

「俺も記者だからな……」

「木島もいっしょですか？」

「ちょっといいか？」

「急いでるんですよ。これから記事を送らなきゃいけないんで」

「一言で済む」

「何です？」

「どうして、交通鑑識が来てるんだ？」

「ああ、ひき逃げですよ。被害者本人が通報したそうです」

「ひき逃げ……？」

「どうやら、コンビニ強盗の犯人が逃走するときに、通行人を引っかけたようです。被害者は、左脚の骨折だそうです」

「強盗犯が……」

湯浅がつぶやくと、記者が言った。

「じゃあ、俺、入稿しなきゃならないんで……」

駆けて行った。

湯浅は取りあえず現場を離れて、待たせてある車に戻ることにした。報道陣の輪を離れると、木島が言った。

「ひき逃げとなると、交通捜査課の仕事ですね」

「悪質な交通事案については、交通捜査課と捜査一課が合同で捜査するのが普通だ」

「ひき逃げしたのは、強盗の犯人だったということですから、もともと強行犯係が捜査していたわけですよね。それに、交通捜査課が加わるということですか？」

「どうだろうな……」

二人は、車に乗り込んだ。

運転手が尋ねた。

「どこに向かいます？」

湯浅はこたえた。

「社に戻ってくれ」

「えっ」

木島が目を丸くする。「まだ仕事ですか？」

「いい加減、いちいち驚くのはやめてくれないか」

「だって……」

「だっても、くそもない。社に戻れば、いろいろな情報が集まってくる」

「じゃあ、ずっと会社で待っていればよかったじゃないですか」

「現場を見る必要があるんだよ。現場に来たから、交通鑑識が出動したことに気づいたんじゃないか」

「それが、何か意味があるんですか？　ひき逃げなら交通鑑識が来るのは当たり前じゃないですか」

そう言われて、湯浅は考えた。

たしかに、ひき逃げだと通報されれば、自動的に所轄の交通課が来て、さらには交通鑑識、交通捜査課がやってくる。

それだけのことだと言ってしまえば、それまでだ。だが、湯浅はなぜかひっかかりを感じていた。

これまでの三件のコンビニ強盗で怪我人が出たことはなかった。このひき逃げ事件が、初めての怪我人ということになる。

それが、捜査に何か影響を与えるだろうか。怪我人のあるとないとでは、事件の社会的な影響に差が出る。当然、捜査のやり方も変わってくるのではないだろうか。

湯浅が今追っているのは、コンビニ強盗犯そのものではない。その捜査にトカゲがどう関わっているのかを知りたいと思っているのだ。

「それにしても、これで四件目だ。まるで、警察を嘲笑《あざわら》うかのような犯行だな」

木島がぷっと噴き出した。

「何だ？　何がおかしい？」

「それって、すごく新聞記者らしい陳腐《ちんぷ》な常套句《じょうとうく》ですね」

「新聞記者らしくて何が悪い。俺は新聞記者だ。おまえだってそうなんだぞ」

「今時の若者に、古くさい常套句は受けませんよ」

「受けるために記事を書くわけじゃない」

「事実を伝えるためですよね。だったら、もっと伝わりやすい言葉を使うべきです」

「ネットで使われているような言葉か？　俺たち新聞記者には、正しい日本語を守り伝える責任もあるんだ」

「言葉って、時代によって変わるものですよ。明治時代の新聞と今の新聞じゃ言葉遣いも違うでしょう？」

「おまえの屁理屈なんぞ、聞きたくない」

「屁理屈じゃないと思うけどなあ」

それきり、木島は口を閉ざし、スマートフォンをいじりだした。

社に戻ると、湯浅は橋本デスクのところに行った。午後九時半を過ぎていたが、橋本はまだ残っていた。

「コンビニ強盗の件ですが、犯人がひき逃げしたという知らせは？」

「もう、第一報の記事が入っている。ひき逃げの件、どこで聞いた？」

「今しがた、現場から戻ったところです。木島が交通鑑識の車に気づきましてね……」

橋本が、湯浅の隣にいる木島をちらりと見た。木島には照れた様子もない。

「現場に……？　どうしておまえがコンビニ強盗の現場に行ったんだ？」

「一連のコンビニ強盗事件を調べているんです」

「何のために？」

「トカゲに注目しているんです。今回の連続コンビニ強盗の犯人は、犯行にバイクを使用しています。それで、警視庁のトカゲが投入されたようなので……」

「トカゲ……？　刑事部のバイク部隊だな？　それで何か耳寄りな情報があるのか？」

「今のところ、トカゲはパトロールに当たっているようです」

「トカゲってのは、刑事部の捜査員なんだろう？　それがパトロールか？」

「バイクの機動力を活かすためでしょう。聞き込みに使うよりも、パトロールに使ったほうが、犯人に遭遇する可能性が高いと、上層部が判断したんじゃないでしょうか」

「それ、将来的に記事にできるのか？」

「そう思うから追っかけてるんです」

「わかった。現時点で判明しているのは、今回の事件でも、過去三件と同様に、黒ずくめのライダースーツ姿の犯人が目撃されているということだ。犯行はごく短時間。そして、逃走にバイクを使用した。逃走路は不明」

「ひき逃げに関しては？」

「犯人の一人がバイクで逃走しようとしたとき、通行人をひっかけたらしい。通行人は転倒して左脚を骨折。被害者は、六十五歳の女性。自分で携帯電話から一一〇番通報したそうだ」

「初めての怪我人ですよね」

「そういうことになるな……」

「警察の捜査の態勢に変化はありますかね？」

「怪我人が出たということもあるだろうが、四件目が起きたということのほうが影響が大きいだろうな。これまで、世田谷署に小規模な捜査本部を置いていたようだが、本格的な合同捜査本部に発展する可能性はあるだろう」

湯浅と同じ考えだった。

「そうなると、トカゲの運用にも変化があるかもしれません。俺は、引き続き追ってみます」

「わかった」

湯浅と木島は席に戻った。

ふと、思いついて木島に言った。

「おい、おまえ、現場に着く前からスマホで映像を撮っていたな？」

「ええ……」

「それを見せてくれないか？」

「見てどうするんです?」

「何か映ってるかもしれない」

「そりゃ、いろいろなものが映ってますよ」

「そうじゃなくて、事件に関係する何か、だ」

「えー、自分はただ試し撮りのつもりでカメラ回していただけですよ」

「とにかく、見せてくれ」

「わかりました」

木島は、ノートパソコンを立ち上げた。

「おい、パソコンじゃなくて、スマホに入っている映像だぞ」

「スマホじゃ画面が小さくて見にくいでしょう?」

「だっておまえ、パソコンにデータを移していないじゃないか」

「やだなあ、今時のスマホは、撮影するとクラウドに自動的に保存することができるんですよ」

「クラウド……?」

「ネット上のストレージです」

何を言っているのか、さっぱりわからない。

「とにかく、さっき撮影したものを、パソコンで見られるということだな?」

「そういうことです。さ、どうぞ」

パソコンのモニターで、映像が動き始めた。湯浅はそれをじっと見つめた。

一分から二分程度の映像が六本あった。

一番興味を引かれたのは、涼子が映っている映像だった。こいつは、あとでコピーしてもらってもいいな……。そんなことを、思っていた。

木島が言ったとおり、適当に周囲の風景を撮影しているだけだった。

何か事件の手がかりになるようなものが映っていないかと期待したのだが、世の中そんなにうまくいくものではない。だが、事件当日の現場付近の映像だ。見る人が見れば、なにかわかるかもしれない。

とりあえず、そう思うことにした。

15

九月六日土曜日、世田谷署内は、早朝からあわただしかった。

今まで「本部」と称していた小会議室に詰めていた捜査員たちが全員、講堂に移動することになった。

上野たちトカゲも、いっしょに移動した。トカゲは全員、ライダースーツではなく、普段着に着替えていた。

四人で話し合った結果、ライダースーツではなく、涼しい普段着でバイクに乗ることにした。真夏にライダースーツでは、どうしても、疲労が蓄積してしまう。

短期の任務なら、安全面からもライダースーツでいいが、これだけ任務が長引いてくると、体力の消耗を充分に考慮しなければならない。

上野は、ジーパンにポロシャツという軽装だった。他のトカゲも似たような服装だ。

講堂にはまだ机や椅子も運び込まれておらず、捜査員たちは、床に車座《くるまざ》になって話し合いをしていた。

荒木係長が言った。

「合同捜査本部になると、本部長は刑事部長ということになる。各署の署長も列席することになるかもしれない。実質的には捜査一課長が仕切るだろう。管理官も複数やってくるはずだ。そうなると、今までのように、我々が自分で判断して動くのではなく、捜査幹部の指示を仰《あお》ぐ形になると思う」

麻布署の小野田が、皮肉な調子で言う。

「頭を使わなくて済むなら、楽でいいや」

荒木係長がそれにこたえる。

「頭は使ってもらう。今まで以上にな。すでに最初の事件発生から、四週間が過ぎた。その間に、第二、第三、そして第四の事件が起きた。これは、警察に対する挑戦とも言える」

渋谷署の児嶋が言った。

「まさに、その言葉が的を射ていると思いますよ。犯人グループは、警察に挑戦をしているんです」

荒木係長がうなずいた。

「もはや、単なる金ほしさの犯行とは思えない。愉快犯の一面も持っている」

世田谷署の大沼が言った。

「トカゲの白石さんが言ったことが、証明されたように思うんだがね……」

小野田が尋ねる。

「トカゲの白石って、誰だっけ？」

涼子が言った。

「私です」

「そうか。済まんな、トカゲは別行動なんで、名前を覚えられなくてな……」

済まなそうな口調ではなかった。上野は、少しばかりかちんと来たが、涼子はまったく気にした様子はなかった。

荒木係長が、大沼に尋ねる。

「ヌマさん、白石君が言ったことが証明されたって、どういうことだ？」

「犯行現場が、ほぼ国道２４６に沿っているということです。今回の世田谷区用賀もそうだ」

新たに参加した玉川署の二人のうち、年長の高橋が言った。

「犯行現場が、ほぼ246に沿っている……？」

大沼がうなずいて、かつて涼子が主張したことを説明した。話を聞き終えると、高橋が言った。

「そこまでわかっていて、被疑者をまだ特定できないのか？」

荒木係長が渋い顔でこたえた。

「合同捜査本部ができて、幹部たちがやってきたら、真っ先にそれを言われるだろうな」

高橋が取り繕うように言った。

「いや、別に、俺は責めているわけじゃないんです。不思議なんですよ。犯人はバイクを使用しているということで、捜査にトカゲを投入したわけでしょう？」

小野田が言う。

「バイクにバイク、という発想が安易だったのかもしれない」

荒木係長は、小野田を牽制するように言った。

「犯人たちは、思った以上に計画的だ。ナンバーが読み取れないように工作しているようだ。Nシステムのことを知っているのかもしれない。ただ、犯行にバイクを使っているというだけではないんだ」

渋谷署の若手の西《にし》が発言した。

「犯人は、逃走時に黒のライダースーツを脱いでいるかもしれないという意見は、充分に考慮する必要があると思います」

小野田が西に言った。

「どう考慮するんだ？　黒のライダースーツというのは、大きな手がかりだと思っていた。それが、振り出しに戻ったというだけのことだろう」

西は、ここにいる捜査員の中で一番の若手だ。小野田に反論されて、返す言葉をなくしたようだ。

助け舟を出すように、渋谷署の児嶋が言った。

「間違ったターゲットを探し求めていたのなら、それを改めればいい」

「そうだ」

荒木係長が言った。「手がかりは他にある。大きな捜査本部になると、若手はなかなか発言できなくなるだろう。西君同様に、今のうちに何か意見があれば、発言してくれ」

世田谷署の若手、武原が言った。

「SSBCの分析は、今のところ空振りに終わっている感がありますが、ターゲットを絞り直せば別の結果が出るかもしれません」

荒木係長が聞き返す。

「ターゲットを絞り直す？」

「SSBCでは、黒いライダースーツに絞り込んで防犯カメラの映像を解析したのでしょう？　犯人が逃走時には、別の服装をしているかもしれないということを伝えて、分析をやり直してもらえば……」

「そう」

渋谷署の西が勢いを得たように言った。「トカゲのメンバーが、実際に路上を走り回って出してくれた結果です。防犯カメラの解析をやり直せば、きっと何かわかりますよ」

さらに、世田谷署の武原が言う。

「やはり、トカゲのメンバーが入手した情報ですが、犯人の一人は左利きの可能性が高いということでしょう？　これも、防犯カメラの分析や目撃情報の洗い直しに役立つかもしれません」

彼ら若手は、トカゲが捜査に参加したことを評価してくれている。上野は、それだけで胸が熱くなった。捜査員たちが、トカゲのことをどう思っているか不安に思っていたからだ。

「わかった」

荒木係長が言った。「それらの意見を取りまとめて、やってくる捜査幹部に伝えよう」

小野田が、麻布署の相棒である柴村に言った。

「おまえも何か言ったらどうだ？」

柴村は、他の署の若手よりも年上のようだ。三十代半ばというところだろう。彼は、遠慮がちに言った。

「いえ、特に言うことはありません」

小野田が口うるさいタイプなので、普段から苦労しているのかもしれない。上野は、そんな想像をしていた。

午前八時を過ぎた頃、講堂に机が運び込まれた。続いて、無線機、パソコン、電話などが次々に設置されていく。

講堂内は、あっという間に捜査本部の体裁が整っていった。

世田谷署、渋谷署、麻布署、玉川署から、若干名ずつの補充がある。本庁からの捜査員は、二班、つまり二十数名。それと所轄の捜査員の人数をそろえなければならない。

午前九時には、捜査幹部がやってきて、捜査員全員が起立して迎えた。ひな壇には、刑事部長、捜査一課長をはじめ、四つの所轄署の署長と刑事課長も並んでおり、壮観だった。

捜査一課の管理官も、二名来ていた。

刑事部長の挨拶で、捜査会議が始まる。捜査本部長は刑事部長で、副本部長が四人の署長だが、彼らは実際には捜査本部に常駐することは難しいので、実質的な指揮を執るのは捜査一課の田端守雄《たばたもりお》課長だ。

トカゲたちは、ひとかたまりになって捜査員席にいた。

三浦が波多野にささやいた。

「あんたらは、三人とも捜査一課だから、警視庁本部からやってきた捜査員の中に知っているやつがたくさんいるんだろうな」

「そうだな……」

「俺だけ三課だから、ちょっと場違いな感じがするよ」

それを聞いて涼子が言った。

「強盗は一課の仕事だけど、盗みには違いない。盗犯専門家の眼も必要だと思う」

三浦は、かすかにほほえんだ。

「そう言ってもらうと、アウェイの気分も和《やわ》らぐな……」

波多野が言う。

「それに、俺たちは捜査員として期待されているというより、バイクの機動力を頼りにされているんだ」

三浦はうなずいた。

「ま、そういうことだね」

講堂の出入り口に新たな一団が姿を見せた。

「起立」の声がかかる。幹部以外の全員が起立した。

新たにやってきたのは七人だった。そのうちの一人がひな壇に向かった。刑事部長と署長たちに礼をしてから、田端課長の隣に着席した。

他の六人は、捜査員席に座った。その中には、交通捜査課の畑中と河本もいた。

刑事部長が言う。

「紹介しよう。交通捜査課長の戸倉祥一《とくらしょういち》だ」

戸倉は立ち上がり、捜査員一同に向かって礼をした。

「戸倉です。よろしくお願いします」

彼が着席すると、刑事部長が説明した。

「知ってのとおり、用賀の事案で、犯人と思われる人物がバイクで逃走する際に、通行人と接触し、怪我をさせた。通常、ひき逃げは、交通部と刑事部が合同で捜査する。従って、この合同捜査本部に、交通捜査課にも参加してもらうことにした」

それは、昨日畑中たちが世田谷署にやってきたときから予想していたことだ。だが、実際には、どういうふうに捜査が進むのか、上野にはわからなかった。

上野や涼子が捜査本部に参加することは、あまりない。特殊犯捜査係は、常に現在進行中の犯罪と対峙《たいじ》する。

だから、出動要請があれば出ていき、解決すればすぐにまた待機に入る。

誘拐事件や立てこもりなどの指揮本部に参加することはあるが、指揮本部は捜査本部とかなり雰囲気が違う。

捜査本部がすでに起きてしまった犯罪の捜査を目的とするのに対して、指揮本部は、あくまで作戦の遂行を目的とするからだ。

上野は、捜査本部の雰囲気が意外にのんびりしていると感じていた。

指揮本部は、一瞬一瞬の判断が重要だ。それに対して、捜査本部はやはり過去の出来事を追っているという印象を否定できなかった。

しかし、考えてみれば、連続コンビニ強盗事件は、現在進行中なのだ。新たに四件目が起きたし、これからも起きないとは限らない。

犯人は五件目を計画しているかもしれず、それはできる限り防がなければならない。

田端捜査一課長が言った。

「では、これまでの経緯を順を追って説明してもらおう」

世田谷署刑事課長が、荒木係長を指名した。荒木係長が、第一の事件発生から順を追って説明した。

報告が終わると、田端課長が言った。

「ＳＳＢＣが防犯カメラを解析したが、犯人の逃走路を確定できなかったということだな？」

荒木係長が起立したままこたえる。

「黒ずくめのライダーの映像を発見したことは事実です」

「逃走の途中で、黒のライダースーツを脱いだという可能性が高いということだな……」

「それは充分に考えられると思います」

「黒いライダースーツというのは印象に残る」

田端課長が思案顔で言う。「だから、緊配でもその情報を流す。みんな、黒のライダースーツを着てバイクに乗っているやつを探す。それが、逆に犯人を逃がす結果になったということか……」

「そういう可能性が高いと思われます」

「犯人の一人が左利きだというのは、確かなのか？」

「別ルートから二度、そういう情報が入りましたから、まず間違いないかと……」

「わかった」

田端課長が、荒木係長の着席をうながす。「ひき逃げのほうはどうだ？」

ひな壇の戸倉交通捜査課長が発言した。

「被害者の目撃情報、タイヤ跡などの分析、微物の採取と鑑定……。いずれもすみやかに進めております。必ず手がかりが見つかるものと考えております」

刑事部長が発言した。

「ひき逃げ犯が、すなわち強盗犯でもあるということだ。せっかくの合同捜査本部だ。情報は交通捜査課で独占せずに、共有してくれよ」

「もちろんです」

「初動捜査で何かわかったか？」

「いえ、今のところ発表すべきことはありません。目撃情報については、今世田谷署の荒木係長が発表されたとおりです」

「犯行にバイクが使用されたということを踏まえて、トカゲを投入した。それがどのように機能しているか聞いておきたい」

ひな壇で、署長や課長が顔を見合わせた。同様に、上野たちトカゲも互いの顔を見ていた。波多野は、発言すべきかどうか迷っている様子だ。

そのとき、戸倉交通捜査課長が、再び発言した。

「そのことですが、トカゲは現在四名だけだと聞いております。それでは、充分な活動ができないのではないかと懸念しております」

刑事部長が尋ねた。

「では、人数を増やそうか？」

戸倉課長はかぶりを振った。

「交通部から、交機隊などを出動させてはどうかと考えますが、どうでしょう」

16

戸倉交通捜査課長の申し出に、刑事部長がちょっと渋い顔をした。

「トカゲは、捜査員でありながらバイクを乗りこなす。あくまでも、捜査員であるということが重要だと、私は考えている」

戸倉課長は、落ち着いた口調でこたえた。

「おっしゃるとおりだと思います。しかしながら、現状ではトカゲの負担があまりに大きいのではないかと、私は懸念しているのです」

その言葉を聞いて、涼子が小声で上野に言った。

「たしかに負担は大きいわね……」

上野はこたえた。

「白バイを投入して、どうするつもりでしょう」

「捜査の主導権を握ろうとしているのかもしれない」

「まさか……。強盗事件ですよ」

「彼らにとってはひき逃げ犯よ。なのに、交通部長が来ていないでしょう?」

「ええ、コンビニ強盗の捜査本部ですからね」

「交通部長は、刑事部主導で捜査が進むことを不満に思っているのかもしれない。もし、ひき逃げ事件捜査の主導権を、交通捜査課が握ったとなれば、交通部長は喜ぶでしょうね。戸倉課長はおおいに点数を稼ぐことになる」

上野は、そんなことまでは考えが及ばなかった。

「それは、考え過ぎじゃないですか……」

涼子は何もこたえなかった。上野はその横顔を見た。かすかにほほえんでいるようだった。

刑事部長が、田端捜査一課長に尋ねた。

「トカゲの負担が大きいという意見だが、その点は、どうなんだ？」

田端課長が質問を受けて、さらに世田谷署刑事課長に尋ねた。

「実際に捜査をしていてどう感じた？」

刑事課長がこたえた。

「現場の状況を最もよく把握しているのは、荒木強行犯係長なので、彼から説明してもらおうと思いますが……」

田端課長が刑事部長の顔を見た。刑事部長がうなずいたので、世田谷署刑事課長が荒木係長に発言をうながした。

「現在、トカゲたちは一日を二交代でパトロールに当たってくれています。たしかに、これは、負担が大きいと言えるでしょう」

荒木係長が言うと、刑事部長が直接質問した。

「トカゲ投入から二週間が過ぎようとしている。しかも、また新たな事件が起きた。これは、トカゲが機能していないということではないのか？」

部長から直々に質問されたとあって、荒木係長は緊張を露《あら》わにした。

「いえ、着実に成果は上がっていると思います。被疑者を特定できたとき、さらにトカゲの役割は重要になってくると思います」

刑事部長はうなずいた。だが、満足している様子ではなかった。

バイク部隊を投入すれば、すぐにでも犯人を検挙できるとでも思っていたのだろうか。

だとしたら、その認識を改めてもらいたい、と上野は思った。

もちろん、犯人を目視したら、追跡には自信がある。だが、上野たちが犯人に出会う確率は、きわめて低い。

地道にパトロールを続け、機捜隊などと連絡を密に取り合うしか方法はないのだ。

戸倉交通捜査課長が、さらに発言した。

「また事件が起きたということを重く見なければならないと思います。トカゲは誘拐事件などの特殊事案の偵察といった隠密行動には実力を発揮しますが、巡回には適していない側面があります」

刑事部長が眉をひそめる。

「どういうことだ?」

「パトロールには、犯罪の発見、摘発と同時に、抑止する目的もあります。したがって、制服やパトカー、白バイといった、すぐに警察だと認識されるサインが重要なのです」

一理ある、と上野は思った。

たしかに、パトカーや白バイが近くを走行しているだけで、ドライバーはスピードを落としたりする。そういう心理が働くのだ。

犯罪の抑止のためには、警察が巡回しているのだと知らしめることが重要だ。その点、トカゲはあまり効果がないと言える。

役割が違うのだ。

犯罪者に気づかれずに近づき、摘発するような場合には有効だが、犯罪そのものを抑止する直接的な効果は期待できない。

刑事部長が言った。

「交機隊を投入すれば、コンビニ強盗の抑止に役立つということだな？」

「はい」

刑事部長は、田端課長に尋ねた。

「どう思う？」

「その効果はあると思います。しかし、それは同時に犯人たちがより慎重になるということで、検挙を遅らせることにもなるのではないかと思います」

それに対して、戸倉交通捜査課長が言った。

「これ以上の被害を出さないことが重要なのではないですか？　被疑者の特定に関しては、我々がお役に立てると信じております。我々は、ひき逃げ犯を決して許しません」

田端課長は反論しなかった。

「わかった」

刑事部長が言った。「交機隊を使おう」

戸倉課長が満足げに言った。

「了解しました。すぐに手配します」

「ただし」

刑事部長が言った。「交機隊は、捜査本部の指揮下で動いてもらう。直接指揮を執るのは、トカゲだ。それでいいな？」

戸倉課長は、一瞬躊躇《ちゅうちょ》するような表情を見せた。だが、反論はしなかった。

「わかりました」

彼は、表情を消し去り、それだけ言った。

刑事部長は田端課長に言った。

「他になければ、すぐに捜査にかかろう」

田端課長が捜査会議の終了を告げた。

管理官がトカゲを呼んだ。四名のトカゲは、管理官席の前に並んだ。

「会議で聞いたとおりだ。交機隊がパトロール要員として参加する。君らがそれを仕切ってくれ」

波多野が代表してこたえる。

「了解しました」

「君らが成果を上げてくれていれば、交機隊の出番などなかったんだ」

管理官は不満げに言った。

上野たちは反論できる立場ではない。たしかに、目に見える成果を上げてはいないのだ。管理官に何を言われても仕方がなかった。

第四のコンビニ強盗が起きてしまったことも事実なのだ。

管理官はさらに言った。

「結果を出せ。でないと、刑事部長の顔をつぶすことになるぞ」

言われなくてもやるべきことはやる。

上野はそう思っていた。

波多野がこたえた。

「ご期待にこたえてごらんにいれます」

管理官席を離れると、すぐに世田谷署の荒木係長が近づいてきた。

「ＳＳＢＣに、防犯カメラの解析をやり直してもらうことになった。合同捜査本部ができると、こういうことが円滑に進む」

波多野がうなずく。

「そのための捜査本部ですからね」

「解析にはポイントを絞る必要があると言われた。前回は黒ずくめのライダーということで解析してもらったが、あまり成果は上がらなかった。今回は、どういう解析にするか、意見を聞きたい」

涼子が言った。

「まず、犯人は左利きかもしれないという情報は伝えるべきだと思います」

「わかった。それから……？」

上野は、考えていた。

自分がもし犯人ならどうするだろう。まず、犯行時にはライダースーツを着ている。逃走の途中でそれを脱ぐ。ライダースーツは、バイクに装着したリアボックスなどに収納することができるだろう。だが……。

「ヘルメットです」

上野は言った。

三人のトカゲと荒木係長が一斉に上野に注目した。荒木が聞き返した。

「ヘルメット?」

「そうです。ライダースーツはたためばそれほど嵩張《かさば》らず、バイクに装着するリアボックスなどに収めることができます。しかし、ヘルメットを替えることはできないでしょう。嵩張るヘルメットを二つ持ち歩くというのは考えられません」

三浦が言った。

「まあ、ヘルメットをすっぽり収納できるリアボックスもないわけではないが……」

涼子が言う。

「それでも、ライダースーツとヘルメットをいっしょに収納するというのは現実的じゃないわ」

「たしかに、そんな大きなリアボックスをオフロードタイプに取り付けるとは思えない」

波多野が言った。

「防犯カメラに映っていた黒いライダーのバイクにリアボックスはついていたか？」

荒木係長が言った。

「確認しよう」

彼が写真を収めたホルダーのところに移動した。トカゲたちはそれについていった。

写真を確認したが、犯人と思われる人物が乗っているバイクには、リアボックスはついていなかった。

ヤマハＴＷ２００と、カワサキＤトラッカーの二台が確認されているが、どちらの車体にもリアボックスは装着されていない。

それを見て涼子が言った。

「犯人が黒いライダースーツを脱いだとして、それを収納する場所がないわ」

三浦がそれを受けて言う。

「……ということは、バックパックなどのバッグを所持していたということかな……」

波多野がうなずいた。

「その線だ。犯人は、脱いだライダースーツを所持していたバッグに収めて、それを持っていたに違いない。その場合も、やはり、上野が言うように、ヘルメットとライダースーツを両方詰め込むのは、荷物が大きくなり、あまり現実的ではない。ヘルメットは替えていない可能性が高い」

荒木係長が言った。

「つまり、犯人は黒いフルフェイスのヘルメットをかぶっており、荷物を持っているということだな?」

波多野がうなずいた。

「荷物は背負っている場合が多い」

「わかった。黒いライダースーツではなく、バックパックなどを背負って、黒いフルフェイスのヘルメットをかぶっているライダーを探せばいいんだな?」

荒木係長の言葉に、四人のトカゲは同時にうなずいた。波多野がこたえた。

「そう考えて、まず間違いないと思います」

「それを、SSBCに伝えよう」

四人のトカゲは、荒木係長のもとを離れた。

涼子が波多野に小声で言う。

「交機隊をどうやって運用するか、私たちに任されたと考えていいのよね」

「そういうことだな……」

「それで、どうするつもり?」

「指揮を執れと言われたんだ。そのとおりにやるさ」

「具体的には……?」

「やってきた交機隊員を四つの班に分ける。そして、我々が一人ずつその班に付いて指揮を執る」

正直に言って、上野は不安だった。

交機隊の訓練に参加したときのことを思い出していた。彼らは、バイクの扱いについて強固な自信を持っている。

明らかにバイクの腕は上野より上だ。そうした思いが、彼らの行動に反映するのではないだろうか。

つまり、上野の指示に従わないという事態も考えられる。誰だって自分より劣る者の指示には従いたくはない。

そんなことになれば、捜査にも支障を来すかもしれない。

考えれば考えるほど不安は募っていく。だが、今はそんなことを言っているときではない。

上野は、不安を頭から追い出すことにした。自信がなかろうが不安だろうが、やるべきことはやらなければならない。

上野は捜査員だ。そして、交機隊員たちは、強盗事件の捜査のために呼び寄せられる。

上野が彼らの指揮を執るのは当然のことなのだ。

そう自分に言い聞かせていた。

波多野が言った。

「今までのシフトは、負担が大きい。そのために人数を増やしたんだ。シフトを考え直そう」

波多野と涼子が相談をして、新たなシフトを作った。

まず、一日を二つに分ける。午前六時から午後六時までのパートと、午後六時から午前六時までのパートだ。

前者を第一当番として後者を第二当番とする。簡単に言えば、日勤と夜勤だ。

第一当番が終わった者は、四十八時間後に第二当番に就く。第二当番が終わった者は、二十四時間後に第一当番に就く。

波多野が第一当番で、涼子が第二当番だった翌日は、三浦が第一当番で、上野が第二当番となる。その翌日は、涼子が第一当番で波多野が第二当番、さらに、その翌日は、上野が第一当番で、三浦が第二当番、といった具合だ。

パトロールに就く時間は今までと同じく十二時間だが、休みが二十四時間または四十八時間になるので、今までよりも楽になるはずだ。人数が増えたことで、こうしたシフトが可能になる。

波多野が説明した。

「受け持ちの班は、担当者と同じシフトで行動する。つまり、俺の班は、全員が俺と同じシフトになるということだ」

涼子が質問した。

「主たる任務はパトロールということでいいのね？」

波多野はかすかにほほえんだ。

「やり方は、それぞれに任せるよ」

17

橋本デスクの声が聞こえて、湯浅はそちらを見た。橋本デスクは、電話を受けていた。

「世田谷署だな？　わかった。おまえはそっちに張り付いていてくれ」

おそらく、世田谷署詰めの記者からの知らせだ。午前九時を過ぎたところだ。隣の席では、木島が眠そうな顔をしている。もっとも、木島の場合、一日中眠そうに見える。

湯浅は席を立って、橋本デスクに近づいた。デスクが電話を切るのを待って尋ねた。

「合同捜査本部って、コンビニ強盗の、ですか？」

「合同捜査本部？」

「そうだ。世田谷署に、麻布署、渋谷署、玉川署、それに警視庁本部の捜査員が集まるそうだ」

「捜査本部なら、マンモス署の渋谷署に作るべきでしょう」

「どういう事情か知らないが、世田谷署に設置されるんだ。最初の事件が世田谷署管内だったからだと、俺は思う。世田谷署の強行犯係長が指揮を執る、小規模な捜査本部があったというからな」

「交通捜査課も参加するんですか？」

「交通捜査課？」

「用賀の件はひき逃げ事件でもあるんです。現場に交通鑑識が来ていたんですよ。ひき逃げの捜査となれば、当然交通捜査課も参加するんじゃないですか？」

「捜査本部の詳しい態勢についてはまだ知らせが入って来ない」

そのとき、電話が鳴り、橋本デスクが受話器を取った。

湯浅は、席に戻ろうとした。すると、橋本デスクは片手を挙げて「待て」という仕草をした。

電話を切ると、橋本デスクが言った。

「世田谷署にいるやつからの報告だ。捜査本部にやってきた捜査幹部の顔ぶれを確認したそうだ」

「部長は参加していますか？」

「来ている。刑事部長だ。それから、捜査一課長、世田谷署、渋谷署、麻布署、玉川署、それぞれの署長と刑事課長、それに、交通捜査課長だ」

「あ、やっぱり……」

「何か気になることがあるのか？」

「いや、気になるというわけじゃないんですが、ひき逃げの捜査というのは、警察本部の交通部や警察署の交通課と、刑事部、刑事課が共同でやりますけど、交通部や交通課がメインでしょう？　今回の捜査本部では、どういう扱いになるのかと思いまして……」

「別にいつもと変わらんだろう」

橋本デスクは関心なさそうだった。「現場に交通鑑識が来ていたと言ったな？　だったら、ひき逃げについては交通捜査課がメインでやるんじゃないのか？」

「でも、そのひき逃げ犯は、強盗事件の被疑者でもあるわけですよね」

「だから、合同捜査本部でいっしょに捜査する。そういうことだろう」

「そりゃまあ、そうですが……」

「なんだ、やっぱり何かひっかかっているのか？」

「強盗事件ではありながら、これまでけが人は出なかった。今回も、店内では誰もけがをしていないんですよね。でも、逃走の途中にひき逃げをやってしまった……。犯人は、ミソを付けたってことになりますね」

「それが、犯人逮捕のきっかけになるかもしれない」

「交通部の活躍で犯人逮捕、ということになれば、トカゲまで投入した刑事たちの面子《メンツ》がつぶれるってことになりませんかね？」

「刑事の面子なんて、どうだっていいことだ。余計なことにこだわっていると、他社に抜かれる」

それを言われると弱い。記者は抜かれるのが何より悔しいのだ。

「それは真っ平なんで、とにかく俺なりに、事件に食いついてみますよ」

「トカゲを追っかけると言っていたな」

「それが近道だと思っていたんです。バイクを使った犯人に対して、機動力を活かした捜査をする……。こりゃ、捜査の切り札になるかもしれないと考えていたんです」

「期待外れだったような言い方だな」

「俺がそう思っているわけじゃなくて、もし、警察内部でそういう評価があれば、問題じゃないかと思いまして……」

「別におまえが問題に思うことじゃないだろう」

たしかに橋本デスクが言うとおりだ。

俺はいったい、何にこだわっているのだろう……。

湯浅は、そんなことを思っていた。何かがもどかしい。

「他社や番記者と同じことをやっていても仕方がありません。俺は俺なりのルートで当たってみます」

「記事にできるなら、好きにやってくれ」

湯浅は、席に戻ると警視庁に電話をした。刑事総務課の板倉《いたくら》を呼び出してもらう。

「なあに？　直接電話をかけてきたって、おいしいネタなんてないよ」

「おいしいネタは、こっちにあるんですよ」

「何だい？」

「現場の白石さんの映像」

「何それ……」

「コンビニ強盗の現場にライダースーツで駆けつけた白石さんを、スマホで動画に収めたんですよ」

「訓練とかじゃなくて、現場なの？」

「そうです」

「ライダースーツ姿なんだ……」

「ええ。もし、ご希望ならコピーして差し上げますよ」

板倉がにわかに用心深くなったのが、声でわかった。

「ちょっと……。報道機関から警察にそういう映像を提供するのは、まずいんじゃないの？」

「そんなおおげさな話じゃないんですよ。俺の後輩が個人的に撮影したものなんです。お互いに、白石さんのファンじゃないですか。こういうお宝映像を、独り占めするのは気が引けるんですよ」

「個人の映像を売買すると、罪に問われるかもしれないよ」

「何の罪です？」

「個人情報の保護に関する法律とか……」

いわゆる個人情報保護法というやつだ。

「素人《しろうと》みたいなことを言わないでください。その法律の対象となるのは、会員名簿などの個人情報のデータベースを持っている事業主でしょう」

「さすがに記者だね。じゃあ、迷惑防止条例違反か、軽犯罪法違反だ」

「俺は、売買をする気なんかないんですけどね……。映像がほしくないんですか？」

しばらく間があった。迷っているのだろう。湯浅は、黙って返事を待つことにした。

こういう場合は、沈黙が効果的だ。

「そういうの、高くつくからなあ……」

「そんな心配はしなくていいです。駐車場に入り込んだのを、見逃してくれたお礼ですよ」

「わかった。じゃあ、僕個人のメールアドレスを教えるから、そこに送ってよ」

「直接手渡したいんですよ」

「そんな必要ないだろう」

「大切な映像ですからね。わかるでしょう？」

板倉は、渋っていたが、結局折れた。

「どこで会う？」

「どこでもいいですよ」

「カイシャの中はまずいな……。誰が見ているかわからない」

警察官は、警察のことをカイシャと呼ぶことが多い。

たしかに、記者から怪しげなものを受け取るところを、他の職員に見られたくはないだろう。

もし見られたら、上司に何を受け取ったか追及されるかもしれない。それが涼子の現場での映像だとわかったら、どういうことになるだろう。処分を受ける恐れもある。

「よろしければ、一杯おごりますよ」

「何だ？　夜回りかい？」

「だから、そういうんじゃないんですって……」

「カイシャの近くはだめだよ」

「わかっています。渋谷とか新宿はどうです？」

「渋谷がいいな」

「わかりました」

湯浅は、たまに行く渋谷道玄坂の居酒屋を指定した。この店は、少人数でも使える個室があるので重宝している。「十九時でいいですか？」

「こっちは、十七時十五分に終わるんだよ。十八時にしてよ」

「定時に上がれるんですか？　てっきり残業されるものと思っていたんで……」

「今日は定時に終わらせるよ」

「では、十八時に……」

電話を切ると、湯浅は木島に言った。

「女性トカゲの映像、コピーを二つ作ってくれ」

「はあ……？」

相変わらず反応が鈍い。眠そうな顔で湯浅を見た。「何のために……？」

「いいから、先輩に言われたら、はいと言ってすぐに作業にかかるんだよ」

「あれ、自分のスマホで自分が撮影したものなので、理由もなく他人に渡すわけにはいきませんよ」

「理由はある」

「何です？」

「刑事総務課の板倉というやつから、話を聞きたい。その餌《えさ》にするんだ」

木島は驚いた顔で言った。

「あの映像が餌になるんですか？」

「なるんだよ。あのトカゲの女性は白石涼子といってな、なかなか人気があるんだ」

「それは理解できますね」

「おまえが理解なんかしなくていい。とにかく、コピーを頼む。そして、別々のメディアに入れてくれ」

「どうして二つ必要なんです？　板倉という人に渡すだけなんでしょう？」

「いいから、二つ作ればいいんだ」

「理由や行き先がわからないと、コピーは作れません。不正に利用される恐れもありますからね」

「おい、俺が不正に利用するとでも言うのか？」

「行き先をはっきり知りたいだけです」

湯浅は、一つ息をついてからこたえた。

「一つは俺がもらう」

木島はぽかんとした顔でしばらく湯浅を見ていた。それから、にやにやと笑い出した。

「何だ？」

湯浅は言った。「何がおかしいんだ？」

「湯浅さんが、どうしてトカゲを追っかけてるのか、ようやくわかりましたよ」

「何のことだ……」

「白石という人が目的なんですね？」

「そうじゃない。仕事とそういうのは別だ」

「そういうのって、何です？」

「そういうのは、そういうのだよ」

湯浅は腹が立った。

「いいから、早く作業しろ。今日、十八時から板倉に会う。それまでに準備しておけ」

「すぐにできますよ。メディアはＵＳＢメモリでいいですか？　それなら、手もとにいくつかあるんで……」

「ああ、それでいい」

木島はようやくパソコンに向かって作業を始めた。

USBメモリを差し込んで、すぐに抜いた。もう一つのメモリで同じことをする。

「できました」

「もうできたのか？」

「ファイルをコピーするだけですからね」

湯浅は、二つのUSBメモリを受け取った。色も形もばらばらのUSBメモリだった。

木島は、それきり湯浅がトカゲを追いかける理由になど関心を失ったようだった。

湯浅は言った。

「たしかに、白石に個人的な興味を持っている」

「え……？」

木島は驚いたように湯浅の顔を見た。「何です……？」

「だから、俺がトカゲを追っかける理由だよ。白石のことは、まったく関係ないと言えば嘘になる。だがな、それはきっかけに過ぎない。警察の捜査の形として、興味深いと本気で思っているんだ」

「どこが興味深いんですか？」

「機動力だ。バイクは、車が入れないような狭い路地や段差がある道でも走行できる。

渋滞にも強い。トカゲが、そうした機動力を発揮できれば、犯人の検挙におおいに役立つと思っていた」

「でも、最初の事件からすでに四週間も経っています。あまり役に立っているとは思えませんね」

「手強い相手なんだ。いつかは、トカゲの機動力が役に立つ時が来る」

木島は、あまり興味なさそうな顔でうなずいた。

湯浅は話題を変えることにした。

「昨日、おまえが撮った映像をもう一度見せてくれないか？」

「白石さんの、ですか？」

「そうじゃない。全部だ。何かヒントがあるかもしれない」

「どうですかね……。自分は、スマホの動画機能のテストをするために、適当に映していただけですからね……」

「とにかく、見せてくれ」

木島は、ノートパソコンに映像を映し出して、湯浅のほうに向けた。湯浅は、それを覗き込む。

木島が言った。

「ファイルを次々に連続して再生するようにセットしてありますから……」

画面を見ながら、生返事をする。

「ああ……」

それぞれの映像は、だいたい一分から二分。全部で六つのファイルがある。もちろん、涼子の映像も含まれていた。

ふと、湯浅はひっかかるものを感じた。国道２４６号を通行している車両の群れの、何の変哲もない映像を見ていたときだ。

何が気になるのか、自分でもわからなかった。だが、たしかに何かが気になった。湯浅は、その違和感について考えていた。

18

午後一時頃、スカイブルーの制服を着た一団が合同捜査本部にやってきた。交機隊だ。彼らは、ひな壇の前に整列して、着任の報告をした。

捜査員たちは、作業の手を止めて、彼らに注目していた。

刑事部長と、署長たちはすでに退席していた。彼らは、多忙なので捜査本部に常駐はできない。

着任の報告を受けたのは、捜査一課の田端課長と、交通捜査課の戸倉課長だった。

刑事部長が退席した今、この二人の力関係は五分と言ってもいいのではないかと、上野は思っていた。

捜査本部を構成する人員の多くは刑事だが、交機隊の存在感はかなり強かった。彼らは九名だった。

課長たちへの挨拶が終わると、交機隊員たちは、管理官席へと移動した。彼らの行動は統率が取れている。団体行動に慣れているのだ。

刑事たちは「ニコ一」、つまり二人一組が原則なので、あまり団体行動を取らない。警察官は、若い頃に徹底的に集団の規律を叩き込まれるが、刑事になるとそれがかなりいい加減になってくる。だが、彼らは違うのだ。常に統率の取れた行動を訓練している。

管理官が交機隊員たちに何かを話している。これまでの経緯の説明だろう。それが終わると、トカゲの四人が、再び管理官席に呼ばれた。交機隊員たちの視線が気になった。

管理官が波多野に一枚の紙を渡して言った。

「交機隊員たちの氏名だ。君が管理してくれ」

「はい」

「君らバイク部隊は、捜査というより、犯行の抑止につとめてもらう。これまでの捜査で、犯行現場は、ほぼ国道２４６号に沿った地域だということがわかっている。そのエリアでパトロールを行う」

すでに上野たちは、その任務について心得ている。これは、主に交機隊員たちに向けた説明だった。

交機隊員の一人がこたえた。

「了解しました」

年齢は四十歳前後だろうか。髪を短く刈っており、引き締まった体格をしている。

管理官が波多野に言った。

「こちらは、小隊長の三宅真《みやけまこと》。彼と運用について話し合ってくれ」

「了解しました」

管理官が「以上だ」と告げると、波多野は三宅小隊長に言った。

「あっちへ行って相談しよう」

おそらく波多野のほうが少々年下だが、敬語は使わなかった。波多野の性格でもあるのだろうが、まずは強気に出ようということだろうか。

あるいは、バイク乗り同士の親しみを強調したいのかもしれなかった。

トカゲと交機隊は、長机を四つ寄せ合わせて島を作り、その周りで立ったまま打ち合わせを始めた。

波多野が、シフトについて説明をした。その間、交機隊員たちは何も言わなかった。

小隊長の三宅を除くと、若い連中ばかりだ。

半分以上が二十代かもしれないと上野は思った。若いが、自信に満ちた顔つきをしている。

毎日バイクに乗っている連中だ。経験もテクニックもトカゲなどには負けないと思っているに違いない。

説明の最後に、波多野が言った。

「白バイは、基本は日勤で夜の勤務はないと思うが……」

三宅小隊長がこたえた。

「問題ない。我々がまったく夜間の任務に就かないわけじゃない」

波多野がうなずいた。

「管理官が言っていたように、我々の任務はパトロールがメインだ。だが、被疑者を発見した場合は追跡・追尾もあり得る」

「了解した」

「我々のコールサインだ。俺がトカゲ1、こちらの三浦がトカゲ2、白石がトカゲ3、上野がトカゲ4だ。それぞれのトカゲのもとに、二人ずつついてもらう」

「俺はどうする？」

「本部にいて、情報の交通整理をしてくれると助かる。機捜などとも連絡を取り合わなければならない」

「無線は、車載系を使うんだな？」

「そうだ」

「トカゲというコールサインは、正式のものなのか？」

「俺たちは、臨時に招集される。だからコールサインも臨時のものだが、活動するときはいつもこのコールサインを使用している」

「わかった」

「氏名の一覧表をもらったが、名前を覚えるよりもコールサインを覚えたほうがいいな。どうせ、無線ではコールサインでやり取りをするんだ」

波多野は管理官から受け取った紙をテーブルの上に置いた。上野はそれを覗き込んだ。三宅以下九名の氏名が書かれており、その脇にコールサインが並んでいた。

「1交機50」が三宅だ。

隊員は、「1交機51」から「1交機58」まで。

三宅が言った。

「そう思って、連番のコールサインをそろえてきた」

「1交機」の1は、第一方面本部のことだ。二桁の数字がそれぞれに割り当てられた番号だが、それはランダムだと聞いたことがある。

たしかに、数字が並んでいると覚えやすくて管理がしやすい。

「では、トカゲ1の俺に1交機51と52がついてくれ。トカゲ2の三浦には、53と54、トカゲ3の白石には55と56、トカゲ4の上野には57と58」

隊員たちが無言でうなずく。

波多野が時計を見て言った。

「すぐに仕事にかかろう。現在、十三時二十五分。トカゲ1チームが当番につこう。俺たちトカゲ1チームは、三人で三宅坂から多摩川までのすべてのエリアをカバーする。

他のチームは待機だ。体を休めておいてくれ」

交機隊員たちは、一斉に三宅小隊長を見た。指示を待っているのだ。彼らは、波多野の指示だけでは動こうとしない。

それを見て三宅が言った。

「何をしている。ここでの指揮官はトカゲ1だ。今後は彼の指示に従え。いちいち俺の指示を待つことはない」

「了解しました」

隊員たちが声をそろえて言った。

これは重要な一言だと、上野は思った。これでやりやすくなった。

交機隊員たちのプライドの高さを心配していたが、杞憂《きゆう》だったかもしれない。

波多野のチームが出かけて行った。それと同時に、三宅小隊長が無線席に近づいた。無線係と何やら打ち合わせをしているようだ。

三浦が言った。

「さて、柔道場で仮眠を取ることもできる。当番に備えて休んでくれ。俺は明日、早朝からの当番だから、ちょっと休ませてもらうぞ」

三浦が立ち去ると、六人の交機隊員が残った。いずれも、上野より年下に見える。

「トカゲ2チームの二人も休んでおいたほうがいい」

交機隊員の一人が言った。

「自分らは平気です」

三浦のチームの隊員だ。コールサインは1交機53だ。丸顔でちょっと太り気味だ。当たり前の話だが、交機隊にも太ったやつはいる。

上野は言った。

「一度任務に就くと十二時間帰って来られない。これはなかなかきついぞ。一日二日は平気だが、それが続くと疲労が蓄積する。注意力が散漫になり、事故につながりかねない。白バイが事故を起こすなんて、しゃれにならないだろう」

別の隊員がこたえた。上野のチームの1交機57だ。

「たしかに、しゃれになりませんね。でも、そんな心配はありません。我々は事故など起こしません」

その言葉には、やはり交機隊のプライドが感じられた。

「わかっている。言葉のアヤだ」

休めと言っても、彼らは動こうとしなかった。

そうか、小隊長がいる限り、彼らは休もうとしないのかもしれない。

上野は、まだ無線席にいる三宅小隊長のほうを見た。三宅がその視線に気づいて近づいてきた。

「何か問題でも？」

「いえ、問題というわけではありませんが……」

上野はどう言えばいいのかわからなかった。隊員たちが小隊長を信頼しているのは悪いことではない。同じ警察官でも、部署によって特徴がある。交機隊には、一糸《いっし》乱れぬ統率が必要なのだ。

それを批判するようなことは言いたくなかった。

「待機のときは、なるべく体を休めてほしいと言ったのですが、自分たちはだいじょうぶだ、と……」

三宅小隊長は、六人の隊員たちを順番に見ていった。彼らが緊張するのがわかった。上野も緊張した。

なんだか、自分が先生に言いつけをした小学生のような気がした。ここで三宅が六人の隊員に説教でも始めたら、彼らは自分に反感を抱くのではないかと、上野は思った。

上野は、六人の交機隊員同様に、三宅小隊長の表情をうかがっていた。

三宅は、突然笑い出した。

上野は戸惑った。

「こいつらは、あんたたちにいいところを見せたいんだ」

「は……？　いいところを見せたい……？」

「捜査本部に参加するなんて、初めてのことだから、緊張しているんだ。まあ、俺もそうだがな」

上野は驚いた。

意外な言葉だった。交機隊は、自信満々で乗り込んで来ると、勝手に思い込んでいたのだ。

言われて気づいたが、考えてみれば当然かもしれない。路上では怖いもの知らずの彼らも、捜査となれば勝手が違うだろう。

上野がバイクのテクニックにおいて、彼らに気後れしているように、彼らは捜査員たちの前でへまをしたくないと考えているに違いない。

三宅の言葉で一気に、彼らに対する親近感が湧いた。

さきほどから、三宅小隊長の一言一言が、雰囲気を変えているような気がする。隊員たちの信頼感は、単なる組織上だけのものではない。彼らは個人的にも三宅を慕っているに違いない。

上野は言った。

「何も心配することはありません。与えられた任務を着実にこなせばいいだけのことです」

三宅がうなずいた。

「我々の任務がパトロールだと聞いて安心した。それなら、普段やっていることだからな」

太めの1交機53が言った。

「追尾や追跡もお手の物ですよ。いつも違反車やマル走を追っかけてますからね」

上野はほほえんだ。

「頼りにしている。先日、俺は交機隊の訓練に参加したんだ。交機隊の技術の高度さに目を丸くしたよ」

三宅がこたえた。

「覚えている。大型バイクを起こすのに四苦八苦していたな」

「お恥ずかしい限りです」

「何も恥ずかしがることはない。俺たちは、バイクのスペシャリストだ。あんたたちトカゲは、誘拐事件などの緊迫した状況で偵察任務などに当たる。それは、我々には想像もできない世界だ」

1交機57が言った。

「これまでの捜査の状況を詳しく聞きたいのですが……」

上野は言った。

「管理官から説明は受けていないのか？」

その質問にこたえたのは隊員ではなく、三宅小隊長だった。

「捜査の進展について説明は受けた。だが、俺たちが知りたいのは、具体的な話だ。実際にバイクが捜査にどうやって絡んでいるのか、とか……」

上野は順を追って説明することにした。

「トカゲは刑事ですし、参加した当初は本部の規模もずいぶん小さかったので、現場の聞き込みに出かけました。しかし、ライダースーツ姿は聞き込みには向かないし、もっとバイクの機動力を活かすために、俺たちはパトロールを担当することになったのです」

「たった四台でパトロールをしても、あまり効果はないと思うが……」

「犯行が国道246に沿った地域で起きていることは、すでにおわかりですね。そのエリアに絞ることでなんとかやってきました。しかし、正直言って、四人ではきつかったですね」

「俺たちが来たんだ。少しは楽をさせられる」

「そう願いたいです。先ほど、隊員の方にも言いましたが、十二時間任務に就き、二十四時間、あるいは四十八時間休憩というローテーションは、日が経つにつれてこたえてきます」

「そうだろうな……」

「しかも、新たな事件が起きたら、シフトは関係なく総動員態勢になります」

「緊配のときは、非番でも招集されることがあるから、それには慣れている」

「交通違反の取り締まりが目的のパトロールと、違う点が一つだけあります」

「何だ？」

「記憶することです。走行中はとにかく何でもかんでも見ることです。覚えようとしなくても、視覚に捉えたものは記憶に残るものです。我々トカゲは、自分自身がカメラになるのです」

「カメラになる……？」

三宅小隊長が驚いた顔を向けた。

「それは、どういうことだ？」

上野は、潜在意識に残る記憶について説明した。人間の脳にはおびただしい記憶が蓄積されている。たいていは、それを引き出すことができずに一生を終える。

だが、何かのきっかけさえあれば、潜在意識の奥底にしまい込まれた記憶を引き出すことができる、という話だ。

「……つまり、覚えようとしなくても、ただ見るだけで記憶を蓄積することができます。カメラに画像を記録するように……」

三宅小隊長が言った。

「なるほど、それは納得できる話だ。では、隊員たちにそれを徹底しておこう」

「お願いします」

その日から、交機隊をパトロールに加えたのだが、やはり肉体的、精神的な負担はずいぶんと軽くなった。

日勤と夜勤は入れ替えなので、捜査会議に出席できる班は日によって変わる。それぞれ出席したメンバーから会議の内容を教えてもらい、情報を共有することになっていた。

捜査が進むと捜査会議が開かれないことが多くなってくる。管理官のもとに情報が集約され、管理官の指示で捜査員たちが動く態勢が整うからだ。

19

夕刻、湯浅は刑事総務課の板倉との約束の店にやってきた。奥の個室を押さえてあった。一人で来るつもりだったが、木島が付いてくると言った。こいつの行動は、まったく予想がつかない。いつもは、残業を嫌がって早く帰りたがる。今日もそうだろうと思っていた。だが、珍しいことに、木島は同行したいと言ったのだった。

五分ほど待つと板倉が個室に姿を見せた。

「え、何……？　新聞社って、こんな贅沢《ぜいたく》な店を使うの？」

入ってくるなり、板倉が言った。いちおう、上座を空けてある。板倉は、何も考えない様子でそこに腰を下ろした。

別に贅沢な店だとは思わなかった。大衆酒場に毛が生えた程度だ。個室が多いので高級店のように感じられる。

いや、若い警察官にしてみれば、この程度の店でも充分に贅沢なのかもしれない。

「何を飲みます？」

「ビールね……。あ、言っておくけど、割り勘にするからね。誰かに知られて『贈収賄』なんてことになったら、しゃれにならないからね」

「わかりました。でも、贈収賄は成立しませんよ」

警察官にもいろいろいる。人の財布でしか飯を食おうとしないようなやつも、たまにはいる。

キャリアは別だ。彼らは国家公務員倫理法でがんじがらめに縛られている。もしかしたら、板倉はキャリアの真似がしたいのかもしれない。

ビールで喉を潤し、つまみを注文することにした。

「え？　コースとかじゃないの？」

板倉が言った。湯浅は苦笑した。

「料亭じゃないんで……。普通の居酒屋と同じですよ」

料理の注文になると、木島が俄然元気になった。こいつは、おそらく夕食代を浮かせるつもりで付いてきたに違いない。

よし、板倉が言ったとおり、しっかり割り勘にしてやると、湯浅は木島を見ながら思っていた。

「それで、本当に任務中の白石の動画があるの？」

「ここにあります」

湯浅はUSBメモリを取り出した。

「へえ……」

板倉は、すぐには手を出さなかった。ビールを一口飲んで、見つめる。

「条件は……？」

湯浅は、わざと眼を合わせなかった。

「条件なんてないですよ。私は偶然この映像を手に入れた」

「自分が撮影したんですよ」

木島が言った。湯浅は、無視することにした。

「どうぞ、お持ちください」

「本当にただでくれるわけ？」

「さっきも言ったでしょう。私だけがこういうものを持っているのは、気が引けるって……。お互い、ファンなんだ。こういう情報は共有したほうが楽しみが増すでしょう」

板倉は疑り深い眼差しを湯浅に向けていた。警察官は、皆疑り深い。

湯浅は言った。

「ほしくないのならいいですよ」

USBメモリを引っ込めようとした。

「待ちなよ」

板倉が慌てた様子で言った。「誰もほしくないなんて、言ってないだろう。ほしいからこうして、渋谷までやってきたんじゃないか」

「なら、素直に受け取ってくださいよ」

「そっちこそ、素直に言ったらどう？　何か訊きたいんでしょう？　でも、しゃべれることと、しゃべれないことがあるよ」

「俺は、トカゲに興味があるだけですよ」

「公式にはもうトカゲは存在しないんだけどなあ」

「でも、実際に運用しているじゃないですか」

「警察ってね、そういうのけっこう多いんだよ。ないことになってたり、なくしたはずのものを、また使ってみたり……」

「用賀の事件のときに、白石さんがライダースーツ姿で現れたってことは、トカゲが世田谷署の捜査本部にいたって考えていいんですね？」

「なんだよ、やっぱりそういうことを、俺から聞き出したいわけ？　だめだよお。そんなことしゃべったら懲戒処分だよ」

「別に記事にするとか、そういうことじゃないんですよ。白石さんが、どうしてコンビニ強盗の現場に現れたのか、それが知りたいんです」

「だから、知ってるんじゃない」

　湯浅は、にっと笑った。

　トカゲは世田谷署の、コンビニ強盗捜査本部に詰めているということを、板倉が認めたということだ。

「世田谷署の捜査本部は、合同捜査本部に拡大されたんですよね」

「そうだよ」

「合同捜査本部にもトカゲが参加しているんですね？」

「そんなの、そっちに詰めてりゃわかる話じゃない」

「だから、仕事で訊いてるわけじゃないって言ってるじゃないですか。興味があるんですよ。白石さんが実際にどんなことをやっているか……」

「俺だって知らないんだよ」

この間、料理がやってくるたびに、何度か話が中断していた。板倉は旺盛な食欲を発揮しはじめた。木島も遠慮もせずによく食べる。

湯浅は言った。

「交通捜査課も参加しているそうですね？」

「うん……？　そうなの？」

「刑事総務課の板倉さんが知らないはずないでしょう」

「捜査本部や指揮本部って、ケースバイケースでいろんな人が参加するからね……」

「ご存じなんでしょう？　交通捜査課のこと……」

「これ、もう発表になったから言うけど、四件目の最初の通報は、ひき逃げ事件だったんだよ」

湯浅はうなずいた。

「そうらしいですね」

「まず、バイクと接触して倒れた通行人が自分で通報したんだ。その後、コンビニの従業員から強盗の通報があった。だから、最初に事案に触ったのは交通部だったんだ」

「なるほど……」

板倉がビールのおかわりをする。

「だから、交機隊も呼ばれた」

「交機隊が……？」

「トカゲだけじゃ間に合わなくなったんじゃない？」

そんな単純な話だろうか。

湯浅は疑問に思った。

合同捜査本部に交通捜査課が参加していることと、交機隊が呼ばれたことは、無関係ではありえない。

湯浅はあくまで独り言のような口調で言う。

「トカゲが頼りないってことかな……」

板倉がこの言葉に反応した。

「頼りないってことはないだろう」

「でも、交機隊の助けを借りなければならなくなったわけでしょう？　それって、捜査本部内でトカゲがあまり評価されていないってことじゃないですか？」

「そうじゃないよ。いいかい、トカゲってのは、刑事部の捜査員なんだよ。だが、今回は捜査感覚や隠密行動を期待されて招集されたわけじゃないんだ。防犯というかね、犯罪抑止というか、そういう面が重要だったわけだ。それで、パトロール任務に就いた。もちろん、犯人を発見した場合は、追尾・追跡の役割も担うわけだけど……。でね、いくらトカゲが優秀だって、四人で二十四時間のパトロールを毎日こなすのはすごくたいへんなんだよ。それで、交機隊の手を借りたということなんだよ」

湯浅は、しめしめと思いながら、そっぽを向いて話を聞いていた。幸い、木島も余計な口を挟まなかったので、板倉は興奮した面持ちでしゃべり続けた。

「犯罪抑止のためには、隠密行動よりも、制服と白バイのパトロールのほうがずっと効果があるのは明らかだ。でもね、だからといってトカゲに価値がないということにはならないんだよ。第一、交機隊を指揮しているのはトカゲのはずだ」

そこまでしゃべって、板倉は明らかにしゃべり過ぎたと気づいたようだ。

酒が入り気が大きくなったせいもあるだろう。わざとトカゲを低く見たような湯浅の挑発にまんまと乗ってくれた。

板倉はしまったという顔をしている。それをちらりと見て、湯浅は興味なさそうな態度を装って言った。

「まあ、俺としては、白石さんが活躍してくれればそれで満足ですけどね」

板倉は、安堵した表情になった。

「心配ないよ。任務はちゃんと果たす」

それからは、雑談で充分だった。

板倉の話から、いろいろなことがわかった。トカゲが交機隊とともにパトロール任務に就いていること。

指揮を執っているのはトカゲであること。

トカゲと交機隊によるバイク部隊は二十四時間態勢でパトロールをしていること……。

午後八時頃に、お開きになった。

社に戻ろうかと思ったが、また木島に文句を言われるのが面倒くさかった。たまには、このまま帰ってもいいだろうと、湯浅は思った。それも遊軍記者の特権だ。

湯浅は、木島に言った。

「じゃあ、また明日な」

木島は、ちょっと恨めしそうに言った。

「しっかり割り勘でしたね」

「ああ、板倉がそう言い張るんでな」

「先輩が後輩の分を持ってくれても、罰は当たらないと思いますよ」

ふざけるなと言いたかったが、やめておいた。どうせ、木島に何を言っても無駄な気がした。

「じゃあ、また明日」

湯浅は、もう一度言って、木島と別れた。

三日後、九月九日火曜日の朝、湯浅はどうしても木島が撮影した動画が気になって言った。

「すまんが、もう一度おまえが撮影した動画を見せてくれないか」

「いいですけど、あの女性ライダーの動画はコピーしてあげたじゃないですか」

「あれが見たいわけじゃない。何かひっかかるものがあるんだ」

「何がひっかかるんです？」

「それがわからないんだ」

「そんな妙な話がありますか。気になっているのに、それが何だかわからないなんて……」

「そういうこともあるんだよ。それが大きなネタにつながることもある」

「へえ……」

「いいか？　記者には、そういう感覚も必要なんだ」

言外に、「おまえはそういう感覚が理解できないからだめなんだ」という意味をにおわせたのだが、相手が木島なので、まったく効果がなかった。湯浅は言った。

「とにかく見せてくれ」

「わかりました。また、連続して再生するようにしておきます」

「おまえもいっしょに見るんだよ」

「自分が見ても意味がないじゃないですか」

「注意して見れば、何かわかるかもしれない」

「わかりましたよ」

二人でパソコンのモニターを覗き込んだ。車の中から撮影した街並みや、車道を走る車両の動画だ。

涼子の映像も混じっている。

ひとときおり見終わったが、やはり何が気になるのかわからない。

腕組みしてしばらく考える。それからもう一度再生してもらった。

街並み、国道246号、並行して走る車……。何度見ても、何の変哲もない光景に見える。

俺は、いったい何が気にかかったのだろう……。

そんなことを思いながら、モニターを眺めていた湯浅は、はっとした。

「もう一度戻して、再生してみてくれないか」

木島は言われたとおりにする。

湯浅たちが乗ったハイヤーとは反対側の車線を、バイクが走行していた。それが映っていたのは、ほんの一瞬だ。

湯浅は、そのバイクに違和感を覚えたのだ。つぶやくように言った。

「今のバイクだ」

木島が即座にこたえた。

「ああ、たしかに妙な感じですね」

「おまえもそう思うか？」

「ええ、思いますよ」

「なぜ違和感を感じるんだろうな……」

木島が湯浅を不思議そうな顔で見た。どうしてわからないのだと言っているようだ。

湯浅は尋ねた。

「おまえには理由がわかるのか？」

「だって変な恰好じゃないですか。Tシャツにジーパンという軽装なのに、ごついフルフェイスのヘルメットですよ」

「それが妙なのか？」

「まあ、そういう趣味の人もいるでしょうけど、ちぐはぐな感じがしますよね。それに、オフロードタイプのバイクなのに、フルフェイスもなんだかちょっとアンバランスな気がしますね」

そうか……。そういうことか。

湯浅は、バイク乗りの恰好などに興味はない。まあ、涼子のライダースーツだけは別だが……。

それでも、木島が言ったちぐはぐさは感じたのだ。それが違和感の正体だった。

「まあ、たまたまフルフェイスのヘルメットしか持っていなかったのかもしれないし……。別にどんなヘルメットだろうと、かぶってさえいれば法律違反にはなりませんよね」

木島が言うとおりだ。単に、ちぐはぐな恰好をしたバイク乗りがいたというだけの話だ。街中には妙な恰好があふれている。

だが、待てよ、と湯浅は思った。

そのちぐはぐさに何か意味があるとしたら……。場所はコンビニ強盗の現場のすぐ近くだ。湯浅は、ちょっとこだわってみることにした。

20

何が気になっていたのかはわかった。だが、それからどうしていいのかがわからなかった。

さらに、この動画が何か意味を持っているのかと考えてみて、自信がなくなってきた。

ちぐはぐな恰好をしたやつは、街にあふれている。軽装で、オフロードタイプのバイクに乗っているライダーが黒いフルフェイスのヘルメットをかぶっていたからといって、それがそれほど不自然なことだろうか。

木島がちぐはぐさを指摘した。だが、こいつも根拠があって言ったわけではないだろう。

「なあ……」

湯浅は木島に言った。「あのライダーの恰好が不自然だと言ったが、本当にそうなんだろうか……」

「はあ?」

木島が、間抜けな顔を向けてきた。

「Tシャツにジーパンでフルフェイスのヘルメットをかぶっているやつなんて、他にも大勢いるんじゃないか?」

「いるでしょうね」

湯浅は肩すかしを食らったように感じた。

「おい、ライダーの恰好がちぐはぐだと言い出したのは、おまえだぞ」

「湯浅さんが、違和感を感じると言ったので、その理由として考えられることを指摘しただけですよ」

「いい加減なやつだな。おまえだって妙な感じだと言ったじゃないか」

「妙だと思いましたよ。でも、同じような恰好をしているやつは大勢いるだろうと言われると、そうですね、と言うしかないじゃないですか」

「ちょっとこだわってみようと思ったんだがな……。自信がなくなってきたんだよ。単なる思い過ごしじゃないかってな……」

「自分にそんなこと言われても……」

「軽装にフルフェイスのヘルメットという恰好は、街中でいくらでも見かける。なのに、俺はこの動画を妙だと感じた。それは、なぜなんだろうな……」

「知りませんよ」

むかつくやつだ……。

「ありふれた恰好だが、たしかに俺もおまえも違和感を覚えた。その理由を考えてみてくれ」

「自分は、オフロードタイプのバイクに引っかかったんです。オフロードタイプのバイクを選択する人って、ウエアやヘルメットにもこだわるんじゃないかって思いました」

「そういうものなのか？」

「考えろというから考えたんです。本当にそうなのかはわかりません」

「説得力に欠けるな。俺は、バイクのことなど何も知らない。オフロードタイプのバイク云々《うんぬん》と言われてもぴんとこない。にもかかわらず、違和感があったんだ」

「違和感というより、何かを思い出したのかもしれませんよ」

「思い出した？」

「潜在意識にある何かを、あの動画が刺激したのかもしれません」

「潜在意識だって……？」

湯浅は考え込んだ。「何が刺激されたというんだ？　言ったように、俺はバイクのことなんて、何も知らない」

「知ろうとしていたんじゃないんですか？　だって、トカゲの女性捜査員が好きなんでしょう？」

「誰がそんなことを言った。俺はトカゲの運用に興味があるだけだ」

「へえ、そうですか」

「なんだ、その言い方は。俺には何のやましいこともないぞ」

「まあ、いいです。トカゲに興味を持っているんだから、バイクについて勉強しようと思っていても不思議はないと……」

「勉強したところでどうしようもないよ。バイクの免許を持っていないんだからな」

「じゃあ、やっぱり、事件のことを連想したんでしょうね」

「事件……？」

「ええ。コンビニ強盗ですよ。犯人は、黒ずくめだったということですよね。黒いライダースーツに黒いフルフェイスのヘルメット……。だから、湯浅さんの潜在意識が黒いフルフェイスのヘルメットに反応したんです」

「なるほど……」

湯浅は言った。「それは説得力があるな」

「ずっと事件のことを考えていたでしょうし、第四の事件の現場に向かう途中だったんですからね」

そういうことだったのか……。

「俺は、黒いフルフェイスのヘルメットに反応しただけのことで、あのライダー自体は何の意味もなかったということなのか……」

「そうかもしれませんね」

だとしたら、これ以上あの動画にこだわっても仕方がない。

何かの取っかかりになるかもしれないと思っていたが、どうやらそういうことではなかったようだ。では、この件はこれで終わりだ。

湯浅がそう思ったとき、木島が言った。

「でも、やっぱり、現場近くで黒いフルフェイスのヘルメットというのは、引っかかりますよね？」

湯浅は、木島が何を言ったのか、しばし理解できなかった。

「それ、どういうことだ？」

「犯人だったかもしれないじゃないですか」

「犯人は、黒ずくめだったと、おまえ今、自分で言ったばかりじゃないか」

「それがわかっていて、これまで犯人が捕まらなかったのはなぜでしょうね？」

「何だって……？」

「考えてみてくださいよ。警察は、バイク捜査隊のトカゲや交機隊の白バイまで投入しているんでしょう？　それに、都内には防犯カメラやオービスなんかの撮影システムがあるじゃないですか。それなのに、まだ犯人が捕まっていないんです。そればかりか、犯人の特定すらできていない様子です。これ、なぜでしょうね？」

「なぜって……。それだけ犯人が巧妙だということだろう。犯行にバイクの機動力を活かしているわけだ」

「機動力で、警察が負けるはずがないと思いませんか？　人数だって犯人より捜査しているほうがずっと多い」

たしかにそのとおりだ。

合同捜査本部は、おそらく百人態勢だ。普通の捜査員だけでなく、機動捜査隊も参加しているはずだ。

「犯人は、その捜査の網の目をくぐり抜けているわけだ」

「だから、どうしてそんなことができるのかって言ってるんです」

「おまえは、どうしてだと思う？」

「頭がいいからでしょうね」

「警察だってばかじゃない」

「でも、おそらく犯人が仕掛けたちょっとした手品に引っかかっています」

「手品だって？」

「手品って、観客の心理を巧みに操るわけですよね。だから、タネ明かしをされると、必ず、なあんだ、そんなことかって思うんです」

「要点を言ってくれ」

「犯人は、黒いライダースーツとフルフェイスのヘルメットを被害者や目撃者に強く印象付けたんです。警察はその情報をもとに、黒いライダースーツとフルフェイスのヘルメットの男たちを追うことになります」

「当然だな」

「でもね、ライダースーツなんて、すぐ脱げるんですよ」

湯浅は、あっと思った。湯浅も今までライダースーツに囚われていたのだ。

「逃走の途中でライダースーツを脱ぐこともできるはずだな」

「そういうことです。ライダースーツの下にTシャツを着てジーパンをはいていたとしたら、あの動画のような恰好になると思いませんか？」

湯浅はすっかり驚いていた。

「おまえ、意外と頭が回るじゃないか」

「まあね」

別にほめたわけじゃないのだが、木島はほめられたと思っているようだ。やはりおめでたいやつだ。

「しかし、日本の警察は優秀なんだ。おまえが思いつくくらいのことは、すでに考えているんじゃないかな……」

「どうでしょうね……。こういうのって、頭が柔らかいかどうかでしょう」

「すでに気づいているとしたら、防犯カメラの映像や目撃証言でわかったバイクのナンバーを片っ端から調べて、所有者を割り出すだろう。Nシステムを使えば、何時にどこを走行していたかがすぐわかる。被疑者を絞れるはずだ」

「どこまで絞っているんでしょうね。警察はそういうことは発表しませんからね……」

「かなりのところまで犯人に近づいているという可能性もある。犯人にそれを知られたくないから、秘匿しているのかもしれない」

木島は肩をすくめた。

「あるいは、何かの理由でナンバーがわかっていないとか……」

「もう一度、あの動画を見せてくれ」

木島はすぐに再生した。

湯浅はじっと動画を見つめる。

「角度が悪くてナンバーが見えないな……」

「そうですね……。でも、さっき気づかなかったことに気づきましたよ」

「何だ？」

「ライダーがバックパックを背負っています」

湯浅はぴんと来た。

「脱いだライダースーツをしまうのにはちょうどいい大きさだな」

「自分もそう思います」

「この映像ではわからないが、警察が入手できる映像になら、必ずナンバーが映っているはずだ」

「もし、自分らの推理が正しくて、ライダースーツのトリックで警察を煙に巻くような連中なら、当然ナンバーに対する対策も練っているんじゃないでしょうか」

「ナンバープレートを付け替えるとか……？」

「それは、手間がかかり過ぎます。もっと簡単な方法がありますよ」

「どんな方法だ？」

「要するに、ナンバーが防犯カメラやオービス、Ｎシステムなんかに写らなけりゃいいんです。暴走族なんかは、ナンバーを水平に取り付けたり、見えないように角度を変えられる金具を車体との間に取り付けたりしますね。いずれも、違法行為として取り締まりの対象になりますけど、見つからなければいいんです」

「なるほど……」

「赤外線を吸収したり、あるいは反射したりするカバーを取り付けることもあります。これも警察に撮影されることへの対策です。もちろんこれらも違法ですが、そうした違法行為は簡単には摘発できないんです」

「ほう……」

「もっと簡単なのは、水性塗料や泥などで汚してしまうことですね。洗ってしまえば、摘発の対象にはなりません」

湯浅は感心してしまった。

「おまえ、いろいろなことを知っているな……」

少しは見直していいかもしれないと思った。

「これくらいのことは、ネットで検索すればすぐにわかりますよ」

またネットだ。自分の足でかせいだ情報ならば認めてやってもいいと思ったのだが……。

「確認をしてみる価値はあるな」

湯浅は携帯電話を取り出し、白石涼子に連絡を取ってみた。

呼び出し音が十回以上鳴っても、彼女は出なかった。

警察官が電話に気づかないというのは考えられない。バイクで走行中なのかもしれない。あるいは、故意に無視しているのか……。

無視されているのではないことを祈るしかない。

湯浅は、知り合いの刑事に次々と電話をかけてみた。だが、電話に出た刑事たちは、自分が担当していない事案のことは知らないと言うだけだった。まあ、それは当然のことだ。

コンビニ強盗事件の合同捜査本部に誰か知り合いがいないかと尋ねたが、そんなことを記者に教える義理はないという意味のことを、全員に言われた。やはり、白石涼子と連絡を取るしかなさそうだと、湯浅は思った。

立ち上がり、橋本デスクの席に行った。

今、木島と話し合ったことを伝えた。橋本デスクは、じっと話を聞いていたが、やがて、言った。

「その映像を見せてみろ」

湯浅は、大声で木島を呼んだ。

「パソコンを持ってこい」

木島に命じて、問題の動画を橋本デスクに見せた。それを見終わると、橋本デスクは言った。

「これじゃ、さっぱりわからんな。ただ、バイクが映っているに過ぎない」

「ですから、合同捜査本部のほうから、何かそういう情報が流れてきていないかと……」

橋本デスクがむっとした顔になった。

「おまえ、デスクの俺から裏を取ろうってのか？」

彼が腹を立てるのも無理はない。橋本デスクは記者たちから報告を受ける立場であって、情報を与える側ではない。

「わかりました。合同捜査本部に行ってきます」

「待て」

デスクの席を離れかけて、湯浅は立ち止まった。

「何です？」

「遊軍が捜査本部なんかに顔を出すと、サツ回りの連中がへそを曲げる」

「俺はやりたいようにやります」

「話を聞いていると、トカゲのことも、なんだか進展がないようだな」

「これからですよ」

「ちょっと一休みして、これを取材してきてくれ」

橋本デスクは、チラシを差し出した。『王と貴族のきらめき』という見出しが見える。

「何ですか、これ」

「宝石の問屋の催し物だ。目玉として、ヨーロッパのさる貴族の家に伝わるダイヤモンドとルビーとエメラルドのペンダントを展示するんだそうだ」

「何の冗談です？　それとも嫌がらせですか？」

「これも仕事だよ」

湯浅は、その場に立ち尽くしていた。

『王と貴族のきらめき』というチラシと、それに関係するプレスキットを前に、湯浅はぼんやりとしていた。

取材に行けと言われたが、イベントは、九月二十一日から三日間。日曜日から始まって、メインイベントは、二十三日の秋分の日だ。十日以上も先のことだ。

告知記事なら、プレスキットを元に適当に仕上げればいい。だが、社会部の遊軍記者に取材しろということは、それでは済まないということだ。

第一、告知ならば別の部署がやる。橋本デスクがそんなことを湯浅に命じるはずがない。

チラシを眺めていて気がついた。協賛・東日新報とある。

「なるほどね……」

湯浅がつぶやいた。それに、木島が反応する。

「何が、なるほどなんですか？」

「どうして、こんなイベントを社会部で取材しなければならないのかと思っていた。これ、うちの会社が協賛していたんだ」

「え、知らなかったんですか？」

湯浅は木島の顔を見た。

「おまえ、知ってたのか？」

「誰でも知ってると思いますよ」

社が主催したり協賛したりする催し物は少なくない。湯浅はほとんど興味がないので、気にしていなかった。

「協賛ということになれば、社を挙げていろいろな露出を考える。それで取材しろということなんだろうな」

「そうでしょうね」

「それにしても、どうして新聞社が宝石の展示会の協賛なんてやるんだ？」

「『オリオンの三つ星』のためでしょうね」

「なんだ、それは……」

「ある貴族の家に代々伝わるペンダントだそうです。たしか、ダイヤとルビーとエメラルドでできていたはずです」

「高価なものなんだろうな？」

「時価、数億円とも十数億円とも言われています」

湯浅は仰天した。

「なんで、宝石ごときがそんな値段するんだ？」

「歴史的な価値でしょうね。そもそもその宝石を所有していたのは、ブルボン家で……」

その後、ブルボン家に嫡男が絶え、傍系のブルボン・モンパンシエ家と縁組をして共同で公位を継いだの何だのと解説があった。

湯浅は、興味がないので話がまったく頭に入らなかった。結局、『オリオンの三つ星』と呼ばれるペンダントは、そのブルボン・モンパンシエ家の血筋を引く貴族が所有していたものだということだけは理解した。

さらに木島が言った。

「そういうものを国外に持ち出すのには、何か文化的なバックボーンが必要です。本当は文化庁なんかが嚙めばいいんでしょうけど、新聞社もそこそこ社会的な立場がありますからね……」

「ブルボン家だの貴族の宝石だのといった話ならば文化部が取材すりゃあいいんだ」

「当然すると思いますよ。湯浅さん、自分で言ったじゃないですか。社を挙げて露出を考えているって……」

「なら、事前の取材や告知はそういう部署に任せておけばいい。俺たちは別の切り口を考えなけりゃな……」

「そうですね……」

木島は関心なさそうに言った。

まあ、無理もない、と湯浅は思った。湯浅自身、まったく関心がないのだ。橋本デスクがなぜこんな取材を湯浅にやらせるのか理由がわからない。

たぶん、トカゲに入れ揚げて、他の仕事をおろそかにしていると見られたのだろう。

そのトカゲについても、成果は上がっていないのだ。

『王と貴族のきらめき』の取材は、その懲罰の意味合いがあるのかもしれない。

長い付き合いなのに、つれないことをするものだ……。

湯浅は木島に言った。

「それにしても、おまえ、妙なことに詳しいな」

「チラシ読んだだけですよ」

湯浅は、チラシを裏返してみた。たしかにそこには、『オリオンの三つ星』の解説が書かれていた。

これを読んだだけで、すらすらと歴史的な価値について解説できるとは思えなかった。少なくとも、湯浅には無理だ。オタクは常人には理解できない力を持っているのかもしれない。

仕事とあればやらなければならない。だが、どうにもやる気が起きない。湯浅は言った。

「いい機会だ。おまえ、取材の切り口を考えてみろ」

「え、自分が、ですか?」

「そんなに驚いた顔をすることはないだろう。おまえも遊軍記者なんだ」

「そりゃまあ、そうですが……」

木島の考えていることは想像がついた。彼は、責任を背負い込みたくないのだ。いつまでもそうやって安穏と生きていけるわけではない。それをわからせたかった。

用賀の事件から四日が経過した九月九日火曜日、久しぶりに夜の捜査会議が開かれた。田端捜査一課長と戸倉交通捜査課長が合同捜査本部にやってきたので、そのための会議と言ってもよかった。世田谷署、渋谷署、麻布署、玉川署の署長も臨席している。

まず、管理官を含めた捜査幹部だけの話し合いがあり、それに続いて捜査会議が始まった。会議の開始は午後八時だ。

冒頭で田端課長が言った。

「これまで、事件は、一週間か二週間に一度起きている。用賀の事件から、一週間目、あるいは二週間目が重要だ。特に、バイク部隊はそれに留意してくれ」

田端課長が、管理官に目配せした。管理官が立ち上がり、説明を始めた。

「SSBCから、報告があった。条件を変えて分析をしてもらった結果、新たな可能性が明らかになってきた。手もとに配った写真を見てくれ」

会議の前に、A4の用紙にプリントアウトされた写真が配布されていた。一枚に四コマ印刷されている。

いずれも、オフロードタイプのバイクに乗った人物の写真だ。ジーパンにTシャツ、あるいはポロシャツといった軽装だが、黒いフルフェイスのヘルメットをかぶっているところが共通している。そして、その人物はバックパックを背負っていた。

上野の発言がもとになって防犯カメラなどを分析した結果だ。上野は、自分が捜査の役に立てたことで、少しばかり誇らしい気持ちになっていた。

管理官の説明が続いた。

「犯人が逃走途中に黒のライダースーツを脱いでいるという可能性があり、防犯カメラの映像を洗い直した。その結果、いくつかの映像がピックアップされた。そこにあるのは、その静止画像だ」

上野は、それらの画像を見つめた。まず第一に、やはりバイクの種類が気になった。静止画像に写し出されているバイクは、二種類しかなかった。間違いない。ヤマハTW200とカワサキDトラッカーだ。いずれも、前回の映像分析で、黒ずくめの犯人たちが乗っていたオフロードタイプのバイクだ。

上野は、涼子に言った。

「この軽装のライダーたちが、ライダースーツを脱いだ犯人たちと見て、ほぼ間違いないですね」

涼子がうなずいてから、一コマの写真を指さした。

「これを見て」

上野は、自分の手許にあるその写真を見つめた。最初、何のことかわからなかった。涼子は何を言っているのだろう。しばらく写真を見つめていてようやく気づいた。

「こいつ、時計を右手にしていますね……」

「そう。時計を右にする理由はさまざまだけど、左利きの人がそうする場合が多いと思う」

「ますますこいつらが犯人の可能性が高まったということですね」

管理官が、上野と涼子のほうを見て言った。

「そこ、何か言いたいことがあるなら、挙手して発言するように」

上野と涼子は起立した。涼子が言う。

「申し訳ありません。気をつけます」

管理官が二人を睨みつけてから、涼子に尋ねた。

「何か、気づいたことがあるのか？」

「静止画に写っているライダーの一人が、右手に時計をしています。これは左利きの可能性があることを意味しているのではないかと思います」

管理官が田端課長を見た。田端課長が言った。

「犯人が左利きかもしれないという複数の情報を入手していたな……。こいつが犯人と見て間違いないだろう」

戸倉課長が言う。

「しかし、フルフェイスのヘルメットのせいで、人相が確認できませんね……」

田端課長がこたえた。

「ＳＢＣがさらに詳しい情報をくれるだろう。映像を分析して、被疑者の身長、体重などを割り出してくれるはずだ。そして、防犯カメラが捉えた犯人たちが、全部で何人なのかもな」

「全部で何人……？　二人じゃないんですか？」

「二人組の犯行だったことはわかっている。しかし、二人ともフルフェイスのヘルメットに黒いライダースーツ。それが四件起きている。すべての事件が同じ犯人だったかどうか、確認できていない」

「なるほど……」

「SSBCがさらに映像を詳しく分析してくれれば、映像に捉えられた被疑者たちの特徴を洗い出して、すべての事件の犯人が同一人物かどうか明らかになるだろう」

「ナンバーは?」

戸倉課長が尋ねる。その質問には、管理官がこたえた。

「確認できていません。ご覧になっておわかりかと思いますが、いずれのバイクもナンバープレートに泥のようなものが付着しており、確認できないのです」

「ナンバープレートが汚れていて見えないだって?」

戸倉課長が、腹立たしげに言った。「それ自体が交通法規に違反している。どうして、そんな車両を野放しにしているんだ?」

管理官がこたえる。

「見つければ、注意なり、検挙なりできたでしょう」

管理官の言うことが正しいと、上野は思った。

犯人たちが、姿を現し、そして去って行くまでは、ごく短時間だ。その後は、交通の混雑に紛れて、どこかに姿を消してしまう。ナンバーが確認できていないので、Nシステムも役に立たない。

ナンバープレートが汚れているバイクを、警察官が見つけたら注意するか、悪質と思われる場合は検挙する。だが、警察官が直接犯人たちと出会う確率は低かった。

だから、防犯カメラ等の撮影機器が役に立つのだ。

映像や画像を分析することで、犯人を特定できるかもしれない。少なくとも、何を見つければいいかがはっきりした。

ヤマハTW200とカワサキDトラッカーだ。

そのライダーが黒いフルフェイスのヘルメットをかぶっていたら、さらに被疑者である確率が高まる。

右手に時計をしていたならなおさらだ。

そして、バイクのナンバープレートが泥のようなもので汚れていたら、ほぼ間違いないと言える。

トカゲと交機隊のバイク部隊の役割が、俄然大きくなったように思えた。今のところ、有力な手がかりは、SSBCの映像分析だけと言ってもいい。

地取り、鑑取りといった捜査員たちの捜査は、まだ結果を出していない。バイク部隊がパトロール中に被疑者を発見する可能性のほうが高いのではないかと、上野は考えたのだ。

「以上だ」

田端課長が会議の終了を告げた。幹部たちは、またひな壇で打ち合わせを始めた。管理官たちが、ひな壇の前に立って、その打ち合わせに参加している。

午後九時を過ぎたところだ。上野班の当番は翌々日の十八時からだ。それまで少しでも休んでおくため、上野は柔道場へ行こうとした。

涼子に呼び止められた。

「ここ一両日で、何か気づいたことはない？」

上野は考えた。

「そうですね……。南青山三丁目のショッピングセンタービルに、大きなポスターが貼り出されましたね」

「ポスター……？」

「大きなイベントがあるらしいです。宝石店のイベントのようですけど……。名前は覚えていませんが、なんか人気の女優がイメージキャラクターのようで、その女優が写っている大きなポスターです」

涼子はほほえんだ。

「ポスターに見とれて、大切なものを見落とさないようにね」

「了解です」

「係長に経過を報告しておくけど、何か伝えることはある？」

上野は、特殊犯捜査第一係の高部《たかべ》一徳《いっとく》係長の、いつも冷静な顔つきを思い浮かべて言った。

「いえ、特にありません。係長によろしく伝えてください」

涼子は、高部係長を信頼している。上野が配属になった頃、涼子の高部に対する想いは、信頼以上のものなのではないかと疑ったことがあった。

だが、高部や涼子のことを理解するにつれ、それが間違いであったことに気づいた。

高部は信頼に足る上司だ。それも、全面的な信頼に、だ。上野は、そのことがわかってから、妙に勘ぐるのはやめることにした。

涼子が携帯電話を取り出すのを見て、上野は、柔道場に向かった。


その日、夕方まで、湯浅は何度も涼子の携帯電話に連絡を取ろうとした。

やはりつながらない。

無視されているのだろうか。湯浅は唇を噛んだ。これだけ電話をかけてもつながらないということは、それしか考えられなかった。

折り返し電話が来ることなど、もちろん望んでいない。だが、せめて電話に出てほしかった。

木島は、パソコンをのぞきこんで何事か調べている。取材の切り口を考えろと言われたので、そのための調査をしているのかもしれない。

いや、木島のことだから、ＳＮＳか何かをやっているのかもしれない。

調べるにしても、やはりネットではなく、足で情報を集めてほしかった。

時計を見ると、すでに午後七時半だ。今日は引きあげようか。

そう思ったとき、携帯電話が振動した。表示を見ると、白石涼子からだった。

「はい、湯浅です」

「何度もお電話をいただいたようで申し訳ありません。昨日は夜勤で、今朝から休んでいたもので……」

「いや、お忙しいところすいません」

「何かありましたか？」

湯浅は笑い出しそうになった。これは、通常、記者が刑事に言う台詞《せりふ》だった。

「用賀の現場近くで、スマホのビデオカメラを回していまして、気がついたことがあるんです」

「どんなことです？」

「オフロードタイプのバイクに乗ったライダーです」

「それがどうかしましたか？」

どうも、涼子の感情は読みにくい。たいていの刑事は、声の調子や話し方、言葉と言葉の間などで、何を感じているかわかるものだ。

だが、涼子はわからない。こちらが緊張しているせいかもしれないが……。

「そのライダーは、Tシャツとジーパンという軽装でしたが、ごついフルフェイスのヘルメットをかぶっていたんです。色は黒」

「そんなライダーはいくらでもいると思いますが……」

　やはり気持ちが読めない。

「用賀で事件が起きた直後のことですよ。俺は黒いフルフェイスのヘルメットというのにひっかかったんです。強盗犯は、黒いライダースーツに黒いフルフェイスのヘルメットという恰好だったんですよね。だから、当然、警察もマスコミも黒ずくめのライダーの姿を追い求めていた……。しかしですね、ライダースーツはすぐに脱げるんです」

　そこで言葉を切って、涼子の反応を探った。涼子は何も言わない。

　湯浅は続けた。

「そのライダーはバックパックを背負っていました。ライダースーツを押し込むのに丁度《ちょうど》いい大きさだと、俺は思いました」

「想像力がたくましいのはいいことですけど、憶測で記事を書いたりしないようにしてくださいね」

「警察では、いまだに黒いライダースーツの犯人像を追いつづけているんじゃないでしょうね？」

「捜査情報については何も話せません」

「この動画、提供してもいいですよ」

「見返りを期待されてのことでしょう？」

「この動画が役に立ったとしたら、それなりの見返りはほしいですね」

「でも、必要ありません」

「捜査に役立つかもしれないのに……?」

「街頭防犯カメラやオービスなど、こちらにはいくらでも必要な映像を入手する手段があるのです」

湯浅は唇を噛んだ。涼子は強がりを言っているわけではない。

「わかりました」

湯浅は言った。「では、一つだけ教えてください。犯人が逃走の際にライダースーツを脱いでいるという可能性に、警察は気づいているのですか?」

「おこたえできないのは、ご存じでしょう?」

「確認を取りたいんですよ」

「警察はばかじゃない。それだけ申しておきます」

やった、と湯浅は思った。

涼子は否定しなかった。つまり、同じことを警察も考えているということだ。

「では、会議が始まりますので、失礼します」

電話が切れた。

湯浅は、携帯電話をポケットにしまうと、木島に言った。

「どうやら、警察も俺たちと同じことを考えているようだぞ」

「そうですか」

気の抜けるような返事が聞こえてきた。

それから、何事もなく三日が過ぎた。用賀の事件発生からまるまる一週間経ったことになる。

何事もなくというのは、言葉のアヤで、実は管理官席には、聞き込みの捜査員らから、さまざまな情報が入る。

また、交通捜査課の捜査も進んでいた。現場の微物鑑定がもうじき終了するという。ひき逃げ事件では、被害者に付着した車両の塗料や、割れたライトカバーのかけらなどの微物が犯人逮捕におおいに役立つのだ。

だが、大きく捜査が進展したわけではない。それで、上野は何事もなく、と感じていたわけだ。

パトロールは、ルーティン化していった。それは、いい面と悪い面がある。慣れるというのは、心理的な負担が軽減することを意味している。その一方で、注意力が低下するのは否定できない。

上野は、無線で連絡を取りながら、街を走り続けた。

追い求めるのは、ヤマハTW200とカワサキDトラッカーだ。とにかく、それらのバイクを発見したら、停車をうながして職質をかけるようにと、上野班の交機隊員に指示していた。

1交機57と、1交機58は、よくやってくれた。十二時間のバイクによるパトロールは長い。上野班は、随時交代をしながら任務を続けた。

さらに一週間が過ぎて行った。

用賀の事件から二週間経った。つまり、合同捜査本部ができてから、二週間になるということだ。

捜査本部は、だいたい二週間で一期目が終わる。それまでは、機動捜査隊や鑑識なども参加しており、百人以上の態勢だが、二週間の一期目が終わると、それらの人員が引きあげ、人数が一気に減る。

それに合わせて、交機隊も引き上げさせるかどうかが幹部たちの議論に上ったようだ。

最初の三件は、ほぼ一週間置きに発生していた。三件目から四件目までは、二週間の間があった。

そして、四件目から二週間経ったが、事件は起きていない。

これについて、交機隊の投入が功を奏したという見方もあったようだ。制服姿によるパトロールはやはり犯罪抑止効果があったのかもしれない。

また、犯人がすでに目的を達成したのではないかという意見も出されたようだ。

被害金額は、それほど多くはない。だから、目的を達したとは考えられないのではないかという反対意見に対して、犯人たちの目的は金ではなかったというのが、目的達成説派の意見だ。つまり、世間を騒がせることが目的の愉快犯だったという意見だ。

もし、犯人がすでに目的を達成したと考えているとしたら、今後犯行に及ぶ可能性は少ない。そうなれば、交機隊によるパトロールはそれほど意味を持たなくなってくる。またトカゲだけのつらいパトロールが始まるかもしれない。

上野はそれを想像すると、さすがにげんなりした。パトロール任務がいつまで続くかわからないということが問題だった。目標が絞れず、どうにもやる気が出ない。それでも、任務は続けなければならないのだ。

いずれにしろ、合同捜査本部の人員は半分以下になった。日が経つにつれて、さらに減っていくだろう。それでも、解決しない場合は、継続捜査を担当する部署に移されることになる。

交通捜査課のひき逃げ捜査でも芳しい結果は出ない。さすがに捜査幹部に焦りの色が見られた。

21

捜査本部が第二期に入った初日だ。捜査本部の人数がすっかり減り、講堂も明け渡すことになった。通常の会議室に移動する。

各署の署長も臨席することはなくなり、田端《たばた》捜査一課長もごくたまに顔を出すだけになるだろう。

この先は事実上、管理官が指揮を執ることになる。この日はまだ田端捜査一課長が臨席していたので、会議が開かれていた。この時期以降、ほとんど会議は開かれなくなる。捜査員たちにはすでに情報は行き渡っているし、新たな情報は入らなくなってくる。

これがもしかしたら、最後の会議かもしれないと、上野《うえの》は思った。

上野は昨日、第一当番だったので、午後六時に上がった。それで、今日は朝の会議に出席できたのだ。今日の第二当番の涼子《りょうこ》も出席していた。

三浦《みうら》は明け番で欠席。波多野《はたの》は任務中だ。

昨日は、第一期最終日で、大人数での最後の会議となったが、上野は出席しなかった。出席した涼子から、交機隊を引きあげるかどうかを幹部たちが話し合っていたらしいことや、二週間以上犯人が鳴りを潜めている理由について話し合われたことを聞いた。

今日の会議は、その続きという感じだった。

結局、交機隊は引き続き捜査本部の任務に就くことが発表された。

交機隊導入の犯罪抑止効果が評価されたようだ。上野は、やれやれと思った。涼子に小声で言った。

「これで、辛いシフトに戻らなくて済みますね」

「それより、気になるのは、どうして犯人は動きを止めたか、ね……」

会議の議題も、それに移っていた。

意見は、おおよそ、「目的達成説」と「警察の防犯効果説」に二分されていた。犯人たちは、すでに目的を達成したので、犯行をストップしたという説と、警察の捜査と警戒が功を奏して、犯行を諦めたという説だ。

どちらも可能性はあるが、いま一つ説得力に欠けるような気がした。

田端課長が言った。

「他に何か意見がある者はいるか？　人数が減って互いの顔が見えやすくなった。忌憚《きたん》ない意見を聞かせてくれ」

誰もが考え込んでいる。上野は、他の可能性を見いだそうとしたが、思いつかなかった。

涼子が挙手をした。管理官が指名する。

起立した涼子が言った。

「これまでの四件の犯行が、何かの予行演習だったとは考えられないでしょうか？」

田端課長が、思案顔になる。

「予行演習……？　それはどういうことだ？」

「何か大きな犯行を計画するための予行演習です。強盗自体が目的だったのではなく、警察のレスポンスタイムを計ったり、捜査態勢や警戒態勢を観察するのが目的だったのかもしれません」

田端課長は管理官に尋ねた。

「どう思う？」

「被害額がそれほど多くなく、強盗の目的を達成したと見るには無理があるという意見がありました。しかし、予行演習だったということであれば、すでに当初の目的を達成したと考えることもできますね」

田端課長が言った。

「つまり、犯人たちはこれから、もっとでかいヤマを計画している恐れがあるということだな？」

起立したままの涼子がこたえた。

「これで、犯行が終結したと考えるのは危険だと思います。最悪の事態を想定して対処すべきです」

「最悪の事態……？　どういうことが考えられる？」

「例えば、テロです」

捜査員たちは食い入るように涼子を見つめている。田端課長がうめくように言った。

「テロか……」

「それは極端な例ですが、それくらいを想定しておいたほうがいいと思います。そして、その犯行は、国道２４６沿道か、そのごく近いところで起きるはずです」

田端課長が涼子に言った。

「合同捜査本部の一期を終えて、大幅に人員も減った。どうすりゃいいと思う？」

涼子がこたえた。

「特殊犯捜査係がお役に立てると思います」

22

田端課長は、考え込んだ。

「特殊班か……。たしかに、テロといえば特殊班だが……。どう思う？」

管理官に尋ねた。

「そうですね。SITというと、誘拐や立てこもりといったイメージがありますが……」

田端課長が涼子に言った。

「コンビニ強盗が何かの予行演習だというのは、あくまであんたの推測だ。それでも、特殊班を呼ぶ必要があると思うか？」

涼子は、まったく迷いなくこたえた。

「先ほども申しましたように、最悪の事態に備えるべきだと思います。特殊犯捜査係は、テロを未然に防ぐための訓練も受けております」

田端課長が言う。

「万が一に備える、か……。まあ、何事もなければそれに越したことはないわけだ。よし、特殊班を呼ぼう」

それを受けて、管理官が言った。

「トカゲのうち二名が、特殊犯捜査第一係から来ているんですね？　だったら、その係に来てもらいましょう」

「そうだな。そのほうがやりやすいだろう」

田端課長が涼子に言った。「じゃあ、高部《たかべ》係長に連絡を取って、すぐこちらに合流するように言おう」

会議が終了し、管理官がすぐに高部係長に連絡を取った。

上野は、高部以下係の仲間たちがやってくると知り、心強く感じた。

同じ係の仲間がやってきたからといって、上野や涼子の役割は変わらないかもしれない。高部係長たちは、テロ対策に追われるが、上野と涼子は、バイクによるパトロールを継続することになるだろう。

それでも、気心が知れた係の仲間が同じ捜査本部にいるというだけで、気が楽になる。

涼子が上野に言った。

「私は、今日の午後六時からのシフトだから、一休みすることにするわ」

「自分は明日の第二当番なので、係長たちの到着を待つことにします」

「帰宅できるときは、しておいたほうがいいわよ。洗濯物とか溜まっているんじゃないの？」

たしかにそのとおりだ。独身の警察官は、そういう類のことが切実な問題だった。

「係長たちに会ったら、いったん帰宅することにします」

「そうしたほうがいい。でないと、交機隊員たちが休みづらくなる」

「わかりました」

涼子は、休憩室に引きあげて行った。

特殊犯捜査第一係の面々が合同捜査本部に到着したのは、午後一時過ぎだった。高部一徳《いっとく》係長を含めて六名やってきた。

上野と涼子を含めて八名だ。第一係には係長が一人、係員が十四名いる。この十四名を半分にわけて、交代で訓練を行う。

大きな事案のときは十四名全員が出動することもあるが、たいていは七名ずつの出動だ。

高部ら六名は、ひな壇の前に立ち、田端課長に着任の報告をした。それから、上野のところにやってきた。

高部が尋ねた。

「状況は？」

上野は、四件のコンビニ強盗事件の経緯と、これまでの捜査でわかった事実を報告した。六人はじっと聴き入っている。

「……今のところ、五件目は起きておらず、犯人が動かない理由について、捜査会議で話し合われました。交機隊とトカゲを投入したパトロールが功を奏して、犯人が動けなくなったという説と、すでに目的を達したのだという説に分かれました。そこで白石さんが発言をしまして……。コンビニ強盗は、何か大きな計画のための予行演習のようなものだったのではないかと……」

東海林孝《しょうじたかし》が尋ねた。

「何か根拠があるのか？」

東海林は、五十歳のベテラン捜査員だ。

「いいえ。これといった根拠があるわけではありません。しかし、充分に考え得ることだと思います」

加賀美陽一《かがみよういち》が言った。「可能性があれば、それに備えなければならないからな……」

「なるほど……」

加賀美は、四十二歳の警部補で、交渉のプロだ。

「それで……？」

池端達郎《いけはたたつろう》が尋ねる。「白石はどこだ？」

池端は、四十歳の警部補だ。

「今日は午後六時から朝六時までの当番なので、今は休憩を取っています」

「状況はわかった」

高部係長が言った。「麻田《あさだ》と細井《ほそい》は、国道２４６号を要人が通行する予定がないかどうか洗い出してくれ」

「了解しました」

二人は声をそろえた。

麻田和美《かずみ》は三十二歳、細井光広《みつひろ》は三十五歳でともに巡査部長だ。細井は、ＳＡＴ（特殊急襲部隊）から来た。ＳＩＴとＳＡＴは、仲が悪いといういわれのない噂があるが、決してそんなことはない。ＳＩＴは刑事部、ＳＡＴは警備部の所属で、ちゃんと棲み分けができている。さらにＳＡＴの訓練がＳＩＴの任務に役立つことがあるので、こうした人事交流もある。

管理官席のそばに、机の島ができており、そこがＳＩＴに与えられた。和美と細井は、さっそくその特殊班席で作業を開始した。

高部が言った。

「残りの係員で、バイクによるテロの可能性について検討してみる。上野は、パトロールによって入手した情報を提供してくれ」

高部係長以下五名は、壁に貼り出されている地図の前に移動した。地図には、四件のコンビニ強盗の現場と、目撃情報などが書き込まれている。上野は言った。

「ご覧の通り、強盗にあったコンビニから国道２４６へは容易にアクセスできます。逃走路は国道２４６だったと考えて間違いないと思います」

「なるほど……」

東海林が言った。「現場は、ほぼ国道246に沿っているな……」

「SSBCが、防犯カメラなどの映像を分析したんだろう？　どうして犯人をトレースできなかったんだ？」

加賀美が上野に尋ねた。

「当初、黒いライダースーツに黒のフルフェイスのヘルメットという服装のライダーを探していたからです。犯人は、逃走の途中にライダースーツを脱いでいる可能性が高いと思われます」

「なるほど、黒のライダースーツというのはおそらく印象に残るだろうからな。それがカムフラージュにもなったということか……」

池端が高部係長に言った。

「バイクというのは、たしかに逃走には便利ですね。渋滞も抜けられるし、悪路や、場合によっては階段などの障害物も走り抜けることができます。しかし、テロの場合、逃走する必要があるでしょうか。テロの主流は爆弾テロです。時限爆弾や遠隔操作の爆弾を使えば、現場にいる必要はなく、逃走の必要もありません」

なるほど、と上野は思った。

たしかに、事前に爆弾を仕掛ければ、離れた場所で成り行きを見守っていれば済むことだ。現場にバイクでアプローチする必要もなければ、逃走する必要もない。

高部が言った。

「爆弾を仕掛けるためには、ターゲットが移動するコースとタイムテーブルを知っていなければならない。あるいは、ターゲットが使用する乗り物などに事前に爆弾を仕掛けるために接触する必要がある。犯人にそれが不可能だとしたら、現場で近づく必要があるかもしれない」

加賀美が考えながら言った。

「どうも、ぴんときませんね……。バイクで接近し、何者かを殺害して、そのまま逃走する……。池端が言ったとおり、バイクを使う必然性をあまり感じない」

高部は加賀美に言った。

「テロというと、洗練された手段を想定しがちだ。アメリカなどで爆弾を使用したテロが起きているからだ。しかし、そうでない場合も想定しておかなければならない」

加賀美が尋ねた。

「そうでない場合……？」

「例えば、マルBの鉄砲玉だ」

「なるほど、ヒットマンはたいていターゲットに接近しますね」

「犯人たちに、爆弾の知識や狙撃の技術がない場合は、マルBのヒットマンと同様の手段を取らざるを得ないだろう。日本では爆弾やその材料、狙撃をするための銃などはきわめて入手困難だ。そういう事情も関係しているのかもしれない」

加賀美がうなずいた。

「それは考えられますね」

東海林が上野に尋ねた。

「コンビニ強盗の際に、犯人たちは武装していたのかね?」

「ナイフを持っていました」

東海林が、加賀美と高部を交互に見て言った。

「いくらなんでも、ナイフでテロとは考えられないな。本番では、何か別の武器を使用するはずだ」

池端が言う。

「拳銃くらいは使うと考えていたほうがいいですね」

高部が言った。

「よし、あとはターゲットを特定することだ。麻田と細井の調査結果を待とう」

一同は、特殊班席に戻った。和美と細井はパソコンと電話を駆使して、国内外の要人が国道246号を通過する予定があるかどうかを調べている。

結果が出るには、まだしばらくかかりそうだ。

管理官が田端課長のもとに行き、何事か報告した。田端課長は、高部係長を呼んだ。情報を共有するためだろう。

しばらくして高部係長が戻ってきて告げた。

「SBCから報告があったそうだ。映像を詳しく分析した結果、コンビニ強盗の犯人は、少なくとも三人いたということだ。それぞれの身長・体重を映像から割り出した。一人は、百七十五センチ、体重七十キロ前後。一人は、やはり百七十五センチで、体重が六十キロ前後。残る一人は、百七十センチ、六十五キロだ」

東海林が尋ねた。

「四件のコンビニ強盗はすべて二人組の犯行だったな。つまり、三人もしくはそれ以上の中から入れ替わりで二人組を作っていたというわけだ」

その可能性については、合同捜査本部になる前から検討されていた。

上野は、三人の身長・体重の特徴を頭に叩き込んだ。パトロールの際に役に立つ情報だ。

使用しているバイクも判明している。徐々に犯人に迫っているという実感があった。

パトロールで彼らを発見できるかもしれない。だが、それも犯人たちが動き出せばこそだ。

高部係長が和美に尋ねた。

「何か見つかったか？」

和美がこたえた。

「この先一週間の間に、海外の要人の来日予定はありません。国内の政治家なども調べましたが、国道２４６で特別なことをやる予定はありません」

「この先一週間に区切った理由は？」

「四件目の事件から、すでに二週間以上経っています。もし、強盗が何かの予行演習だとしたら、実行までにそれほど間を置くことはないだろうと考えました」

高部係長がうなずいた。

「妥当な考えだと思うが、念のためにさらに一週間先まで調べてくれ。それと、外国人については、来日の予定だけでなく、在日本の各国大使館などの予定についても調べてくれ」

「了解しました」

加賀美が高部係長に言った。

「ターゲットが政治家とは限りませんよね。アメリカでは一般市民を巻き込んだ無差別テロが起きています」

それに対して池端が言った。

「だが、無差別テロに使用されるのは爆弾が多い。さきほど、爆弾の使用に関しては否定されたはずだ」

加賀美が池端に言う。

「バイクを使ったヒット・アンド・アウェイだとしても、ターゲットが政治的な要人とは限らないということさ。一般企業の役員なども、ターゲットにはなり得る」

「それと……」

東海林が言った。「先ほども話に出た、マルB関係だ。そっちの情報も当たる必要があるな。俺が、組対三課、四課に当たっておこう」

高部係長が言った。

「お願いします」

東海林は、携帯電話を取り出した。

ベテラン捜査員だけあって、顔が広い。組対三課や四課にも知り合いの捜査員が何人かいる様子だ。

細井がパソコンを見ながらつぶやくように言った。

「これじゃないかな……」

高部係長が尋ねる。

「何だ？」

「アメリカの駐日大使が、テレビ出演する予定があります。赤坂のテレビ局です。このテレビ局と国道２４６は三百メートルほどしか離れていません」

「その出演予定の日時は？」

「明日の午前十時オンエアです」

「出演することが、いつ決まったか確認を取れ」

細井がすぐにテレビ局に電話した。何度かかけ直した後に、彼はかぶりを振って言った。

「すいません。外れのようです。出演依頼をしたのが二週間前、返事が来たのが一週間前だということです」

加賀美が言った。

「犯人は六週間前から計画を立てていた。二週間前じゃあな……」

細井が言った。

「そういうことです」

「だが、警戒する必要はある」

高部が言った。「明日は、そのテレビ局の周辺を固める」

23

「捜査本部が大幅に縮小?」

橋本《はしもと》デスクの声が聞こえた。電話を受けているのだ。

金曜日の午前十時過ぎのことだった。湯浅《ゆあさ》は、橋本デスクが電話を切るのを待って近づいた。

「コンビニ強盗の捜査本部ですか?」

「ああ。合同捜査本部ができて二週間目だ。一期が終わったということだな」

「そうですね。一期が過ぎると機捜や応援部隊がいなくなって、捜査本部の人員は半減しますからね」

「コンビニ強盗の件はいいから、『王と貴族のきらめき』のほうを、しっかりやってくれ」

「ねえ、それって懲罰ですか？　俺、何かデスクの気に障《さわ》ることをやりました？」

「ばかを言うな。れっきとした社会部の仕事だぞ。いい加減なやつには任せられないんだ」

「わが社が協賛についているからですか？」

「そうだよ。上のほうから、しっかりやれと言われているんだ。頼むぞ」

「わかりました。今、社会部なりの切り口を考えています」

橋本デスクはうなずいた。

「たしかに、経済部や文化部とは違う切り口が必要だな」

「じゃなきゃ、俺たちがやる意味ないですよ」

「任せるよ。懲罰なんて、とんでもない。おまえを信頼してのことだぞ」

「はい……」

湯浅は、生返事をして席に戻った。

社のことを考えれば、大切な仕事なのかもしれない。だが、どうにも気分が乗らない。

俺は、根っからの事件記者なんだ。

湯浅はそう思った。イベントの取材なんてぬるいことをやってはいられない。

木島《きじま》は、いつものようにパソコンに向かって何かやっている。湯浅は声をかけた。

「おい、捜査本部が縮小されたぞ」

木島は、パソコンのディスプレイを見つめたままこたえる。

「何の捜査本部ですか？」

「決まってるだろう。コンビニ強盗の合同捜査本部だよ」

「まだ、そんなこと言ってるんですか？　僕たちの仕事は、『王と貴族のきらめき』でしょう？」

「両方やるんだよ。新しい仕事を命じられたからといって、別にそれまでやっていた仕事をやめることはないんだ」

「そうなんですか……」

本当に張り合いのないやつだ。

「おまえ、何やってるんだ？」

「切り口を考えろと言われたので、考えているんです」

「それで……？」

「やっぱり、歴史的な側面をクローズアップすることですかね……」

「そんなのは、文化部なんかがやることだよ」

「社会部的な切り口って、例えばどういうものなんですか？」

質問されて、湯浅はこたえに困った。だいたい、宝石店のイベントを社会部が取り上げること自体、無理があるのだ。

「そういうことは、自分で考えるんだよ。俺が教えたら、おまえのためにならない」

「ううん……」

木島はうなった。「イベントの最中に宝石が盗まれた、なんてことになれば、立派な社会部ネタなんですがね……」

「縁起でもないことを言うなよ。うちの社が協賛についているんだぞ」

だが、木島が言ったことは間違いではない。社会部とはそういう部署だ。

木島がさらに言った。

「『オリオンの三つ星』に、呪いでもかかっていたら、話になるんですがね……」

「呪い……？」

「ヨーロッパの王室や貴族の家柄なんてのは、だいたい、血塗られた歴史を持っていますからね」

「呪いなんて記事を書いたら、橋本デスクにどやされるぞ」

「でも、『オリオンの三つ星』を受け継いだ人が次々に不審な死に方をしていたとしたら、読者の興味を引くと思いませんか？」

湯浅は、眉をひそめた。

「そんな話が伝わっているのか？」

木島は、かぶりを振った。

「いいえ、ネットで検索しているんですが、そんな話はまったくないですね」

湯浅は溜め息をついた。

「なんだよ。ないのかよ……」

「宝石の流通って、なかなか面白いんですね」

「面白い……？」

「まず、鉱山で採取された原石は原石ブローカーが買い取ります。それから原産地にある宝石の商社を経て、わが国の輸入業者が仕入れます。それから、大問屋、中間問屋に次々と卸《おろ》されていき、一般小売商やデパートなどに渡ります。そして、小売りされるわけです」

「複雑な流通だな」

「業者が間にたくさん入れば、それだけ中間マージンを取られるわけです」

「なるほど……。宝石が高いわけがわかった気がするな」

「ですから、最近では小売業者が直接現地に買い付けに行くケースも増えてきたようです。原石を買い、自分でデザインし加工して販売するのです。今回の『王と貴族のきらめき』を主催する業者も、そうした新しい小売業者の一つらしいです」

「小売業者が直接買い付けや加工をするとなると、それまで中間で稼いでいた業者が上がったりだな……」

「小売業者にもリスクがあります。商品の信頼度については、小売業者自身で判断しなければならないわけですからね」

「そのへんの事情を取材してみるか……」

湯浅は、早く宝石の話を片づけて、コンビニ強盗の取材に戻りたかった。

こうしている間にも、何か進展があるかもしれない。そう思うと落ち着かなかった。

宝石の流通というのは、決して新しい切り口ではないだろう。だが、それ以上のことは思いつかなかった。

湯浅は木島に言った。

「取りあえず、そのへんの話を中心に、イベントを主催する小売業者にインタビューしてみるか」

「はあ……」

「はあ、じゃない。おまえが行くんだよ」

「僕がですか？　一人で行くんですか？」

「あたりまえだ。おまえだって記者だろう」

「どうして湯浅さんは行かないんですか？」

興味が湧かないからだとは言えない。

「今回は、おまえが一人で取材して記事を書くんだ。俺がそれをチェックしてやる。そろそろおまえも俺から離れて、独り立ちしたいだろう」

「いえ、別に……。考えたこともありませんけど……」

「じゃあ、今から考えろ。さあ、取材に行って来い」

「まず、下調べをします」

木島は、パソコンから離れようとしない。それが気に入らなかった。

「いいから、さっさと腰を上げるんだよ。記事は足で書くものだ」

「えーっ。いくらなんでも足では書けないでしょう」

「ばか、比喩だよ。歩き回ってネタを集めて書くということだ。早く行け」

「わかりましたよ……」

木島はようやく立ち上がった。彼が出て行くと、湯浅は世田谷署に出かけることにした。捜査本部には近づけないかもしれないが、何か様子がわかるかもしれない。

警視庁や警察署担当の記者と遊軍記者は、時折対立することがある。どちらが大きなネタをものにするかを競っている。

だから、同じ社の記者は湯浅の姿を見ていい顔をしないはずだ。だが、他社の記者で仲のいいやつもいる。

抜いた抜かれたの世界だが、話くらいはしてくれるはずだ。

また、顔見知りの警察官がいれば、世間話もできる。さりげなく捜査本部の様子を聞き出すことも可能だろう。

湯浅はそう思った。

一人で行動するのは、久しぶりな気がする。いつも木島が付いてくるのだ。一人というのは、こんなに解放感があったのか。

　湯浅は、改めてそんなことを思った。

　これは、何としても早いところ木島を独り立ちさせなければならない。あんなやつに縛られているのでは、遊軍記者の意味がない。

　早く木島に一人前になってもらわないと、会社としても困るだろう。いろいろな意味で、そろそろ木島には俺から離れてもらわなければならない。

　湯浅は、本気でそう思っていた。


　やはり、一階までしか入れないか……。

　湯浅は、世田谷署にやってきて、そう心の中でつぶやいていた。

　副署長の席の周囲に、記者たちの姿が見える。その中に、やはり同僚の姿があった。

　向こうも湯浅に気づいた。

　世田谷署担当の、三上《みかみ》という同年代の記者だ。三上は、湯浅に近づいてきて言った。

「遊軍が何の用だ？」

　鼻息が荒い。

「俺も、コンビニ強盗事件に興味があってな」

「世田谷署は俺の縄張りだ。遊軍が来るところじゃない」

「まあ、そう言うなよ。俺は事件そのものよりも、トカゲに興味があるんだ」

「何に興味があるか知らないが、俺の目の前から消えてくれ」

三上は、おそらく過去に遊軍記者に痛い目にあわされているに違いない。彼が追っていたネタを、遊軍記者に抜かれたことがあるのだ。

抜いた抜かれたは、他社との競争だけではない。社内でも競争があるのだ。

ここで喧嘩を始めるわけにもいかない。湯浅は言った。

「わかったよ」

湯浅は、署を出た。こうなれば、話を聞けそうな相手を、署の外で見つけるしかない。

湯浅は、張り込むことにした。

記者でも警察官でもいい。何か知っていそうな相手が通りかかるのを待つのだ。杖を持った立ち番が湯浅のほうをちらちらと見ているが、記者証を付けているので、職質をかけられたりはしなかった。

一時間ほど経ったとき、他社の知り合いの記者が署から出てきた。宮崎《みやざき》という名で、湯浅より三歳ほど若い。ライバル社だが、かなり親しくしていた。湯浅に気づくと、宮崎のほうから声をかけてきた。

「湯浅さん、こんなところで何をしてるんです?」

「世田谷署番のやつがいい顔しないんでな。ここで誰か通りかかるのを待っていた」

「おたくもそういうの、あるんですね。うちも、番記者と遊軍はいろいろとありますね」

「コンビニ強盗事件の合同捜査本部がかなり小さくなったんだろう?」

「一期が過ぎましたからね。通常の措置だと思いますよ」

「通常の措置ねえ……」

宮崎は、探るような眼を向けてきた。

「何かつかんでいるんですか?」

「別に……」

「でも、世田谷署番の同僚に嫌がられるのを承知の上で、やってきたんでしょう? 何もなければ、そんな必要はないでしょう」

いくら仲がいいからといって、他社の者に情報をぺらぺらしゃべる記者はいない。ギブ・アンド・テイクだ。まず、こちらから何かを与えてやらなければならない。

「俺は、トカゲに興味があってな。トカゲがパトロールを担当しているんだろう?」

「ああ、そのようですね」

「交機隊といっしょに行動しているんだってな?」

「そう。それで、犯人を封じ込めているようです」

「封じ込める……?」

「用賀の事件を最後に、コンビニ強盗が起きていませんからね」

「これから起きるかもしれない。まだ、用賀の事件から二週間しか経っていない」

「まあ、そうだけど、合同捜査本部では、パトロールが功を奏したと見ているようですよ」

「じゃあ、トカゲたちのパトロールが終了したら、また強盗を再開するということか？」

「どうでしょうね……」

「犯人は黒いライダースーツを着ていると言われていたけど、逃走のときにそれを脱いでいる可能性が高いんだろう？」

宮崎の眼が輝いた。

「ライダースーツを脱いでいる……？」

「ああ、だから合同捜査本部では、黒ずくめのライダーから、別の服装のライダーに捜査対象を広げたはずだ」

これは、取って置きのネタだ。だが、湯浅は、コンビニ強盗事件そのものを記事にしたいわけではない。

宮崎から有力な情報を得るためには、こちらもそれなりの話をしなければならない。

宮崎は、期待通りの反応を示した。少しだけ近づいて、声を落とした。

「それ、どこから仕入れた情報？」

「ニュースソースは明かせないよ。でも、おそらく、確実な線だ」

「なるほど……」

「そっちは何かつかんでいるのか？」

「そんなこと、言えないですよ」

「おい、それはないだろう」

「つかんでいるかどうかは、言えない。だが、妙だと思いませんか？」

「妙……？　何が？」

「最後の事件から二週間も経ちました。最初の三軒茶屋の事件から数えたら、一ヵ月と十日です。それなのに、犯人の目星もついていない」

「バイクの機動力は想像以上だということじゃないか？」

「用賀では、ひき逃げ事件を起こして、交通捜査課までが出動している。ひき逃げ犯の検挙率の高さは知っているでしょう？」

たしかに、合同捜査本部まで立ち上げておいて、まだ事件を解決できないというのは、宮崎が言うとおり、妙かもしれない。

それは何を意味しているのだろうと、湯浅は考えていた。

24

どんなに手強《てごわ》い強盗犯でも、何度か犯行が続けば、必ず証拠を残す。防犯カメラなど映像を取得する方法はいくらでもあるし、ナンバーがわかれば、Nシステムで追跡も可能だ。

目撃情報だって集まるだろう。なのに、一ヵ月以上経っても犯人が捕まらないというのは、宮崎が言うとおり何かおかしい。

宮崎がそう感じているということは、捜査員たちも、同様に考えているはずだ。

まさか、トカゲたちのパトロールが裏目に出ているのではないだろうな……。

ふと、湯浅はそう思った。

パトロールが功を奏していると、合同捜査本部では見ている。宮崎はそう言った。

たしかに、防犯の意味はあるだろう。事実、トカゲが捜査に投入されるまでは、ほぼ一週間置きにコンビニ強盗が起きていた。

ところが、第三の渋谷区道玄坂の事件から、第四の世田谷区用賀の事件までは、二週間以上間があいている。

そして、用賀の事件以来、すでに二週間経っているが、まだ同一犯によると思われるコンビニ強盗は起きていない。

防犯効果があったと見ることはできる。しかし、その分、犯人たちがより慎重になったのではないだろうか。

「犯人の目星がついていて、発表を控えているということはないのか?」

湯浅は宮崎に尋ねた。

「いや、どうもそういう感じじゃないですね。幹部たちは、そうとうに苛立っている」

「あんたが言うとおり、一ヵ月以上経っているのに、ホシが割れないというのは、妙な話だ……。何か理由があるのか？」

「理由？　それがわからないから、妙だと言ってるんじゃないですか。それとも、湯浅さん、思い当たる節でもあるんですか？」

「俺にあるわけがない」

「まあ、そうでしょうね。世田谷署に張り付いている俺たちにも、理由がさっぱりわかりません」

わからないことをあれこれ考えていても始まらない。湯浅は、最大の関心事について質問することにした。

「トカゲたちは、どういうシフトで動いているんだ？」

「かつては、二人ずつ組んで二十四時間を四分割するシフトを組んでいたようですが、交機隊が加わって変わったようです。四人のトカゲがチームリーダーになって、その下に二人ずつ交機隊員が付きます。その一チームで十二時間を受け持ち、当番の後は丸一日、二日非番になるようです」

宮崎の説明は、わかりやすいが、そもそもシフトの仕組みというのは、すぐには理解できない。

湯浅は、頭の中で図を書いて、なんとか理解した。

「当番の交代は何時なんだ？」

「午前六時と午後六時」

時計を見た。午後二時半になろうとしている。午後六時までここでねばっていたら、トカゲの姿を目視できるということだ。だが、ここでぼうっとしているのは、あまりに時間の無駄だという気がした。

「わかった」

湯浅は言った。「いろいろと、済まんな」

「お互いさまです」

宮崎は、世田谷通りの方向に歩き去った。

湯浅もいったん社に戻ることにした。

席に木島がいたので驚いた。湯浅は、むっとしながら尋ねた。

「取材はどうしたんだ？」

木島が平然とこたえた。

「行ってきましたよ」

「ちゃんと話を聞いてきたのか？」

「ええ」

木島は、名刺を取り出した。『王と貴族のきらめき』を主催する宝石店の社名と、宣伝部次長という肩書きが見て取れた。

木島はさらに言う。

「今、記事をまとめているところです」

「どんな話を聞いてきた？」

「このイベントを企画した意図ですね。現在、宝石というのは、五万円以下の比較的単価が安いアクセサリー類を中心に売れているのだそうです。しかし、本来宝石というのは、もっと歴史的な価値や夢のあるもので、親から子へと受け継がれるようなものだったわけです。そこには、相続的な意味もあるし、また思い出や憧れといった意味も大きいということでした。そういう価値を思い出してもらおうと、このイベントを企画したそうです」

「まさか、それをそのまま記事にしようってんじゃないだろうな」

「流通の話もちゃんと聞いてきましたよ。大問屋、中間問屋、問屋といった中間業者は、今でも健在で、リスク管理という意味では大きな役割を担っているということです。しかし、コストの面を考えると、今後は、自らが仕入れ・加工をする小売業者が増えていくだろうし、ネット販売も増えていくだろうということでした」

「その程度のことは、小学生だって聞けるぞ。学級新聞の記事じゃないんだ。もっと突っ込んだ質問はできなかったのか？」

「流通程度の切り口じゃ、突っ込んだ質問なんてできませんよ。先方が言ったことで充分納得できますし……」

まあ、たしかに流通という切り口だけではきついかもしれない。

「もう一度、考えてみよう」

「今書いている記事はどうします？」

「ちょっと保留にしておけ」

木島は、キーボードから手を離し、マウスを操った。

「取りあえず、途中まで保存しておきました」

「やっぱり、俺もいっしょに行かなきゃだめなのか……」

湯浅は溜め息まじりに言った。

「だいじょうぶですよ。一人でやれますよ」

宝石のイベントなど、湯浅にとってはたいしたことではなかった。だが、橋本デスクからしっかりやれと言われている。

「もう一度、その宣伝部次長とかいうやつに会いに行こう」

「わかりました」

木島に連絡を取らせてすぐに出かけた。

会社の名前は、セキヤマ宝飾。社長の名前が関山《せきやま》なのだという。会社は渋谷区代官山《だいかんやま》町《ちょう》にあった。ビルの一階にある小さな店だ。

「大きなイベントを開くとは思えない店の大きさだな……」

「二階が本店事務所になっています」

あらかじめ木島に電話で面会の予約を入れさせておいた。出てきた宣伝部次長は、思ったより若かった。まだ四十代の前半だろう。

三沢《みさわ》という名前だった。

湯浅は言った。

「お時間をいただき、ありがとうございます。今回のイベントはなかなか興味深いので、さらに詳しくお話をうかがおうと思いまして……」

「新聞で取り上げていただくのは、当方としましてもとてもありがたいことです」

湯浅たちは、二階に案内された。一階の店舗と同じ広さの部屋だ。簡素だが、なかなかしゃれたオフィスだ。壁は白。机や棚は黒。その他の調度類も白と黒で統一されている。

オフィスの隅にある応接セットに案内された。ソファとテーブルも黒だ。

基本的な情報は、プレスキットに書かれているし、木島が取材しているので、湯浅はイベントの目玉について質問することにした。

「『オリオンの三つ星』は、たいへん高価なものなのでしょうね」

「その名のとおり、三つの宝石を中心にデザインされております。ダイヤモンド、ルビー、エメラルドの三つです。いずれも、品質もよく大きさの点でも特級品です。ですから、もちろん資産価値はあります。ですが、我々が目指しているのは……」

それから、しばらくブルボン朝とブルボン・モンパンシエ家の関係だとか、王侯貴族の生活習慣だとかに話が及び、いかに展示品の歴史的な価値を強調したいかの説明が続いた。

三沢の話を聞きながら、湯浅は思いついた。それだけの価値がある宝石をイベントで使用するとなると、警備のほうもたいへんだろう。

宝石イベントとそれに対する警備態勢。これは社会部ネタになる。

「イベント当日は、さぞかし厳重な警備態勢で臨まれるのでしょうね。防弾硝子《ガラス》のショーケースに入れるとか……」

「ショーケースなどは使用しません」

「なぜです？」

「私どもは、宝石類は身につけてはじめて本当の価値がわかるものだと考えております。高価な茶器も使わないと価値がないといわれていますよね。それと同じことです。どんなに美しい宝石もただ飾ってあるだけでは本領を発揮することはできません。人の動きによって光を反射する。もともと宝飾類はそのために存在するのです」

「お話はよくわかりますが……」

「ですから、『王と貴族のきらめき』では、黒澤珠貴《くろさわたまき》さんに、実際に『オリオンの三つ星』を身につけていただきます」

湯浅は、あっと思った。そう言えば、イベントのチラシには、女優の黒澤珠貴の写真が載っていた。ただのイメージキャラクターだと思っていた。

「危険だとは思いませんか？」

「警備保障会社と特別な契約をして充分に警戒します。計画の段階で警察にも相談したのですが、公共性のない民間のイベントに協力はできないと言われました。防犯の見地から警備をできないかと申し入れたのですが、ならばそんなイベントは中止すべきだと言われました」

「警察が言うこともっともだと思いますね。黒澤珠貴さんの身に危険が及ぶ恐れもあります」

「もちろん、彼女の安全を最優先します。事務所のほうとは、そういうことで話がついています。なにしろ、本人がけっこう乗り気で……」

黒澤珠貴は、三十代半ばの女優だ。プロポーションが抜群で、しかも上品な物腰が評判で、女性に人気が高い。

湯浅は、警備態勢について詳しく尋ねた。当日は、民間警備保障会社が、特Aという態勢で臨むのだそうだ。百人近い警備員が動員されるということだ。

特別警戒ポイントを定め、それぞれに十人ほどを配置するのだという。イベント会場には三十人ほどの警備員が配置されるらしい。

「どのような場所を特別警戒ポイントにしているのですか？」

「それは、極秘です。それが洩れてしまっては警備に支障が出ます。どうか、ご理解ください」

「イベント会場は、屋内ですね？」

「ええ、そうです。ですが、タイムスケジュールや、黒澤さんの移動ルートについては、これも警備上の配慮から、当日まで極秘にさせていただいております」

「それで、『オリオンの三つ星』は今、どこに……」

三沢は、にっこりと笑った。

「もちろん、それも秘密です」


社に戻ると、湯浅は、木島に言った。

「おまえが言ったことが、現実味を帯びてきたな……」

「僕、何か言いましたっけ？」

「イベントの最中に、宝石が盗まれる危険性だよ」

「まさか、本当にそんなことにはならないでしょう。警備態勢は万全のようだし……」

「どんな警備態勢にも穴はあるもんだよ。それに、警察は警備に出ないということだしな……」

「衆人環視の中で宝石強盗をやるなんて、誰が考えてもうまくいかないですよ」

「だから、誰も強盗なんて考えないと、みんな高をくくる……」

「プロの集団なら別でしょうけどね……。日本にそんな集団がいるとは思えませんね」

「プロの集団……？」

「ええ、海外ではけっこうあるみたいですよ。宝石専門のプロの窃盗団です。宝石って盗むだけじゃだめなんですね。それをさばけるブローカーがいないと……」

湯浅は、考え込んだ。ふと黙ってしまった湯浅に、木島が尋ねた。

「どうかしましたか？　僕、別に変なこと、言ってませんよね？」

「バイクのコンビニ強盗事件だ」

「え、突然、別の話題ですか？」

「いや、別の話題じゃないんだ。世田谷署番のある記者と話をしていて、今回のバイクのコンビニ強盗事件は、どこか妙だという話になった」

「妙……？」

「一ヵ月あまりの間に四件もの同一犯によると思われる事件が起きた。警察は、トカゲを投入し、合同捜査本部まで作って対応した。四件目では、交通捜査課も参加している。なのに、犯人が割り出されていない」

「捜査って時間がかかるもんですよ。あきる野市でバイクを使った強盗事件が起きたことがあります。犯人は現場にバイクを乗り捨てていました。にもかかわらず、犯人逮捕まで半年もかかったんですよ」

「それとは状況が違う。連続して犯罪を繰り返すとそれだけ足が付きやすいんだ」

「それで……？」

「犯人が特定できない理由だよ」

「どんな理由ですか……？」

「単なるコンビニ強盗じゃないのかもしれない。もし、犯人たちがおまえの言うプロの窃盗団、あるいは強盗団だとしたら……」

「そんな連中が、どうしてコンビニ強盗を繰り返すんです？　とても割に合いませんよ」

「だからさ」

湯浅は苛立った。「本当の目的は、コンビニ強盗じゃない。コンビニ強盗は予行演習だ。警察の反応とかを調べていたのかもしれない」

木島はようやく湯浅が何を言っているのかに気づいた様子だった。

「じゃあ、犯人たちの本当の狙いは『オリオンの三つ星』……」

「確かめてみなけりゃならないな……」

湯浅は携帯電話を取り出して、涼子にかけた。

25

涼子への電話は、つながらなかった。

呼び出し音は鳴るのだが、しばらくすると留守番電話サービスに切り替わってしまう。

「だめか……」

湯浅がつぶやくと、普段他人のことなどにあまり関心を示さない木島が、珍しく質問してきた。

「誰にかけたんです？」

「警察官だ」

「例の女トカゲですか？」

別に隠し立てすることではないし、慌てることでもないのに、なぜか湯浅はちょっとどぎまぎしてしまった。

「誰だっていいじゃないか」

木島は、湯浅の態度などまったく頓着しない様子で言った。

「彼女、捜査本部にいるんでしょう？　記者からの電話に出るのはまずいんじゃないですか？」

「前は出てくれた」

「あ、やっぱり女トカゲだったんですね？」

湯浅は、舌打ちした。

「そうだよ。白石涼子だ」

「前は出てくれたんですよね」

「そうだよ」

「そのほうが例外じゃないかなあ……。捜査本部に詰めている刑事が、記者からの電話を取るなんて、普通考えられないでしょう？」

「そういうことだってあるさ。警察官と記者は持ちつ持たれつだ」

「そう思っているのは、記者のほうだけじゃないですか？」

「おまえも記者なんだぞ」

「一般常識の話をしているんですよ。万が一、捜査情報が洩れたら、真っ先に疑われるのは記者と電話で話をした刑事でしょう？」

木島に言われると何だか腹立たしい。だが、彼の言うとおりだ。湯浅は、涼子に迷惑をかけているのかもしれない。

だが、こちらの情報が捜査の役に立つということもある。警察官は、常に情報を求めているはずだ。

「コンビニ強盗の本当の狙いは、『オリオンの三つ星』かもしれないんだ」

「単なる推論でしょう？　そんなことを耳打ちしたら、捜査を攪乱《かくらん》する結果になるかもしれませんよ」

捜査の攪乱だって……。

湯浅は、その点についてよく考えてみなければならないと思った。

たしかにコンビニ強盗犯たちが『オリオンの三つ星』を狙っているというのは、今のところ、湯浅の思いつきでしかない。刑事はそんなあやふやな話に耳を貸さないかもしれない。

強盗犯たちの目的が別にあったとしたら、木島が言ったとおり、湯浅が捜査の攪乱をすることになってしまうかもしれない。

だが、これは当たりだと、湯浅の勘が告げていた。このネタを追いかけなければ後悔することになる。

湯浅は木島に言った。

「何としてもネタを集めるんだ。うまくすれば、特ダネだぞ」

「えーと、自分は特ダネなんて狙わないで、デスクに言われたことをちゃんとやりたいだけなんですけどね……」

「そんなことを言うやつは、記者を辞めちまえ」

湯浅は、言ってからしまったと思った。最近では、後輩へのこういう発言もパワハラだと言われかねない。

だが、木島は、平気な顔をしていた。

「でも、新聞の大部分を占めているのは、特ダネなんかじゃなくて、普通の記事ですよ。そういう地味な記事が大切なんじゃないですか？」

「おまえの言っていることは正論だ。だがな、記者というのは、常にでかいネタを狙っているもんなんだ。だからこそ嗅覚が鍛えられる」

「へえ……。でも、特ダネやスクープなんて、年に何回もないじゃないですか」

「狙っていなきゃ、何年経ったってものにできないよ」

言っていながら、もしかしたら、自分は間違っているのではないかという気がしてきた。木島が言っていることは正しいのだ。

毎日、新聞を発行するために大切なのは、基本的な情報をきちんと押さえた記事だ。各社横並びだと批判されても、間違った情報や取りこぼしだけは避けなければならない。正確な情報を読者や視聴者に伝え、無駄な競争を防ぐためにも、記者クラブというものがある。

湯浅のような記者は、すでに少数派になりつつあるのかもしれない。

昔は、さまざまな伝説を持つ記者がたくさんいた。破天荒な生活をしつつ、驚くような特ダネを取ってくる猛者《もさ》たちだ。

今の若い記者は、湯浅から見ればみんなおとなしく、お上品に見える。木島などは、その最たるものだ。

彼らの世代は、新聞よりネットを重要視しているようだ。ネットの情報が、あなどれないことは湯浅もよく知っている。だが、曖昧な情報や歪曲された記述があったりして、信頼性に欠ける。モラルの面でも問題があることが多々ある。

新聞やテレビ局といったマスコミは、そういう点に神経質だ。たしかに、センセーショナルなことは少ないが、その分信頼性は高い。

どうやら、木島のような若い世代は、信頼性などどうでもいいようだ。情報も娯楽と同じで消費するためにあると考えているようだ。

それでは、一人前のジャーナリストが育つはずがないと、湯浅は思う。

その一方で、自分は一人前のジャーナリストなのだろうかと考えてしまうこともある。木島が言うように、特ダネだ、スクープだと言ってばかりいるようでは、とても立派なジャーナリストとは言えない。

木島というのは、不思議なやつだ。

最近、そう思うことが増えてきた。

ずっと、だめな記者だと思ってきた。いつまで経っても独り立ちできないお荷物だ、と……。

だが、今回のように、木島と話をしていると、ひょっとしたら自分のほうが間違っているのではないかという気がしてくることがある。

木島に欲がないせいだろう。湯浅は、欲を持とうと思い続けてきた。記者としての欲だ。特ダネをたくさん取ってきたいし、他の記者に一目置かれるようになりたい。そうした欲が、働く原動力だと思っていた。木島の世代は、そういうものとは無縁なのかもしれない。

いや、世代の問題ではないだろう。木島がそういう性格なのだ。まったく記者らしくない。だが、記者らしくないところが、こいつの持ち味なのかもしれないと思いはじめた。

だとしたら、俺はこいつを指導することなどできない。

木島は木島のやりたいようにやるしかないだろう。だが、そう言って放り出してしまうのにも抵抗があった。

いずれにしても、こいつといると、何かと苦労が絶えない。

「せっかく社会部としての切り口が見つかったんだ。こいつを詰めていくぞ」

「詰めていくって、どうするんです？」

「コンビニ強盗の件を洗い直す。そして、セキヤマ宝飾の周辺を徹底的に洗う」

「それ、湯浅さんと二人でやるんですか？」

「当たり前だ。それが記者だよ」

「デスクに一言断っておいたほうがいいんじゃないですか？」

「何のために……？」

「『王と貴族のきらめき』の記事を書けって言われたんでしょう？　これ、社が協賛しているイベントですよ。それなのに、強盗の計画が進行しているかもしれないなんて……。デスクはきっと、湯浅さんがコンビニ強盗の件を追っかけたいので、無理やりこじつけて取材しているんだと思いますよ」

やはり腹立たしいが、この発言にも一理ある。

「わかった。デスクに話をしてくる」

湯浅は、席を立って橋本デスクの席に近づいた。

「何だ？」

橋本デスクが上目遣いに湯浅を見て言った。

「『王と貴族のきらめき』の件ですがね……」

「取材は進んでいるんだろうな」

「社会部ならではの切り口が必要だって話をしましたよね」

「ああ、何かいい切り口が見つかったのか？」

「例のコンビニ強盗です」

「おい、そいつは一時お預けだ。『王と貴族のきらめき』の記事が優先だぞ」

「その両方が関係あるとしたら、取材を進める価値があると思いませんか？」

「おまえ、何を言ってるんだ？」

「あのイベントでは、『オリオンの三つ星』というたいへん高価なアクセサリーを、女優に身につけてもらうのだそうです」

「それくらいは俺も知っている」

「危険だと思いませんか？」

「警備態勢は万全だと聞いている」

「どんな警備にも万全てことはあり得ません。どこかに必ず穴があるものです。それに、警備会社が想定しているのは、あくまで日本国内の犯罪のパターンなんじゃないですか？」

　橋本デスクが眉をひそめた。

「何を言ってるんだ？」

「世田谷署で会ったある記者が言っていたことなんですけどね。コンビニ強盗の犯人の割り出しに、捜査本部がこんなに手間取るのは何か妙じゃないかって……」

「何が妙なんだ？　バイクを使った強盗事件が、あきる野市で起きた。犯人はバイクをその場に残して仲間の車両で逃走。バイクが残されていたにもかかわらず、その犯人が逮捕されたのは、半年も経ってからだぞ」

木島もその事件のことを話していた。

二〇一二年十月に、起きた事件だ。夜の十一時頃に路上を歩いていた三十代の会社員が、後方からバイクで近づいてきた少年らに、金属バットなどで殴られバッグを盗まれた。

犯人は、バイクをその場に残して、仲間が運転する車で逃走した。

「あの事件は、今回のコンビニ強盗とは違います」

「何が違うというんだ？」

「コンビニ強盗のほうは、何度も犯行を繰り返しているのです。目撃者もいるし、防犯カメラにも姿が映っているはずです。そういう場合は、手がかりも多く、比較的早く犯人が割れるものです」

「だから何だと言うんだ。俺は忙しいんだ。要点を言え」

「警察が犯人像を読み違えている可能性があるんじゃないかと……」

「そんなことを刑事に言ったら、出入り禁止だぞ」

「プロの窃盗団や強盗団なんかなら、計画も周到で証拠も残さない。それだけ犯人の割り出しも難しくなってくるでしょう」

「プロの窃盗団だって？　そんなやつらが、なんでコンビニ強盗なんてやるんだ。実入りが少なすぎて割に合わないだろう」

「だから、本命はコンビニ強盗じゃないんです。コンビニを襲ったのは、警察のレスポンスタイムやその後の捜査の態勢を確認するためで……」

「ようやく言っていることが見えてきた。コンビニ強盗犯の本当の狙いは、『オリオンの三つ星』だというのか？」

「それなら、いろいろと辻褄《つじつま》が合うように思えるんです」

「おまえの妄想だよ。コンビニ強盗ばかりに気を取られているから、ついそんなことを考えてしまうんだ。いいから、コンビニ強盗のことはしばらく忘れて、『王と貴族のきらめき』の記事を書け」

「これ以上の切り口はないんです」

「何だって？」

「社会部独自の切り口が必要だって、デスクも言ったでしょう？」

「もっとましなことを言ってくると思っていたよ。おまえの妄想に付き合うわけにはいかない」

「蓋然性は高いと思います。こいつが当たりだったら、スクープを狙えますよ」

橋本デスクの目つきが変わった。スクープという言葉は、殺し文句だ。

「コンビニ強盗はいつから起きている?」

「最初の三軒茶屋の事件は、八月九日です」

「今日は九月十九日。一ヵ月と十日も前のことだ。そんな頃から、宝石強盗の計画を練っていたというのか?」

「『オリオンの三つ星』というペンダントは、一ヵ月以上かけて計画を練る価値は充分にあると思います」

「だいたい、イベントの内容に関する情報を、犯人たちはどこから仕入れたというんだ? 俺たちマスコミも知らなかったんだぞ。会社が協賛をするというのに、だ」

「それは、これから取材を進めればわかると思います」

橋本デスクはしばらく考えてから、かぶりを振った。

「いや、やっぱり無理だ。おまえの妄想に過ぎないと思う」

「俺の勘が、間違いないと言ってるんですがね……」

「おまえの勘だけを頼りにするわけにはいかない。俺を説得するなら、しっかりとした材料が必要だ」

「それは、わかっています。だから、その説得材料を見つけたいと言っているんです」

「外れだったら、おまえ、ただじゃ済まないぞ」

「覚悟の上ですよ」

「そんなに自信があるのか？」

「とにかく、取材してみます。いいですね？」

橋本デスクは、しばらく湯浅を見据えていた。考えているのだろう。やがて、彼は言った。

「予備の記事を書いておけ。おまえのその読みが外れたときのために……」

「当たり障りのない記事でいいんですね？」

「そういう言い方はやめろ」

「木島が途中まで書いた記事があるので、それをまとめさせます」

「俺を失望させるな」

これは、ゴーサインだ。湯浅はうなずき席に戻った。木島に声をかける。

「さあ、取材に出かけるぞ」

26

「取材って言ったって、どこから手を着けるんですか？」

夕方になると、とたんに木島の愚痴が増える。

定時に帰ってのんびりしたいのだろう。よく言えば、自分の時間を大切にしているということだろうが、それでは一人前の記者にはなれないと、湯浅は思っていた。

社を出たのが、午後五時過ぎだ。

「なんなら、おまえは帰ってもいいぞ。俺一人のほうが動きやすい」

「別に帰りたいなんて言ってませんよ。取材の方針なり、計画なりを聞きたいだけです」

「そんなもの、ないよ」

「行き当たりばったりということですか？」

「ぶっちゃけ言うと、そういうことだな」

「それって、時間の無駄じゃないですか？」

「じゃあ、何かアイディアがあるのか？」

「警察に張り付いているべきじゃないですか？」

「何のために？」

「記者が考えつくようなことは、当然警察だって気づくでしょう。気づいたら、そのための対応をしますよね。その動きをキャッチすればいいじゃないですか」

ずいぶんまともなことを言うじゃないか……。

湯浅は、そう思いながら、今、木島が言ったことを検討してみた。

「いや、警察が気づいているとは限らない。コンビニ強盗犯の本当の狙いが、『オリオンの三つ星』かもしれないと、俺が考えるようになったきっかけは、『王と貴族のきらめき』の取材をしろと言われたからだ。それも、わが社が協賛しているから、という特殊事情がある。警察は、この宝石展とは無関係だ。気づいていない確率のほうが高いと、俺は思う」

木島は、肩をすくめて言った。

「まあ、そうかもしれませんね。でも、警察の能力をあなどっちゃだめですよ」

「おまえにそんなことを言われたくない。決して警察の能力をあなどっているわけじゃない。警察だって、手がかりがなければ、推理や捜査のしようがない」

「じゃあ、どこを取材するんです？」

「まず、セキヤマ宝飾の周辺だ。もし、コンビニ強盗犯たちの狙いがあのイベントだとしたら、犯人たちはずいぶん早くからその情報を入手していたことになる。その経路を探る必要がある」

「ですから、その経路をどうやって見つけるんです？」

「まずは、このイベントについて、一ヵ月以上も前から知っていた者はどれくらいいるのか調べてみよう」

「また、セキヤマ宝飾に行くんですか？　ずいぶんしつこい取材だと思われますよ」

「何と思われてもかまわない。記者はしつこいものなんだよ」

「自分は、もっとさらっと生きたいんですけどね……」

「おまえがどう生きたいかなんて訊いてないよ。早く、アポの電話を入れろ」

セキヤマ宝飾の宣伝部次長、三沢は、嫌な顔ひとつせずに湯浅たちを迎えた。

「何度もすいません。どうしても追加取材をしておきたくて……」

湯浅が言うと、三沢は笑顔でこたえた。

「それは、こちらにとってもありがたいことです」

「このイベントの計画は、いつごろ発案されたものなんですか？」

「は……？」

「大がかりなイベントだし、準備もたいへんだったのではと思いまして……」

「そうですね……。発案は一年以上前でした。御社からご協賛をいただいたり、会場を押さえたりといった準備が必要でしたし、何より『オリオンの三つ星』を貸してもらう交渉などに時間がかかりました」

「そうですか。一年以上も前から……。その計画について知っていたのは、どういう方々ですか？」

「まず、私どもの会社の企画部と宣伝部の者は早くから計画のことを知っておりました。その次は、具体的にイベントの段取りを組んだ広告代理店ですね。さらに、御社の事業部の方々……」

「そういう人たちは、一年ほど前からイベントの計画を知っていたということですね？」

「そうです」

「一、二ヵ月ほど前だと、どうですか？」

「一、二ヵ月前ですか？　あまり変わっていないと思います。チラシなどを印刷したので、出入りのデザイン会社や印刷所などに情報が広まった程度だと思います」

「本格的な宣伝活動は、どのくらい前から……？」

「三週間ほど前からですね。こういうイベント告知は早過ぎても忘れられてしまいますので……」

「イベントの準備をしたという広告代理店や、チラシを制作したデザイン会社と印刷所を教えてもらえますか？」

三沢は笑顔のまま言った。

「いいですけど、そんな情報が必要なんですか？」

「もちろんです。準備がどれくらいたいへんだったかを伝えることによって、『王と貴族のきらめき』が価値あるイベントであることを、読者が理解してくれると思うのです」

「わかりました」

三沢は、広告代理店、デザイン会社、印刷所の名前と担当者の部署・氏名、連絡先を教えてくれた。湯浅はそれをメモした。木島は、メモを取ろうとしない。スマートフォンを手にぼんやりしているように見える。

まったく使えないやつだ……。

湯浅は、心の中でそうつぶやいてから、三沢に礼を言った。

「どうもありがとうございました。助かりました」

三沢が意外そうな顔をした。

「もうよろしいのですか？」

「ええ、追加の取材ですから……」

「そうですか。また、いつでもどうぞ」

湯浅は、セキヤマ宝飾の事務所を出ると木島に言った。

「記者だったら、メモくらい取れよ」

「取ってますよ」

「嘘をつけ」

「ボイスメモを録《と》りました」

「ボイスメモ……？」

木島は、スマートフォンを出して、画面をタッチした。湯浅と三沢の声が聞こえてきた。

「録音していたのか？」

「取材相手の目の前でノートに書き付けるよりスマートでしょう？」

「録音するときは、相手に了承を得るものだ」

「向こうの宣伝なんだから、問題はないでしょう」

「これからは、録音するときは、必ず一言断れ」

「わかりました」

「おまえは、デザイン会社と印刷所に行ってみてくれ」

「これからですか？」

午後七時を過ぎていた。

「デザイン会社も印刷所も、この時間なら仕事をしているはずだ。俺は広告代理店のほうを当たってみる」

木島は、しぶしぶという態度でデザイン会社に向かった。湯浅は、広告代理店の『王と貴族のきらめき』の担当者に電話をかけた。

山本《やまもと》という名前だった。湯浅は名乗り、言った。

「『王と貴族のきらめき』について、ちょっとお話をうかがいたいのですが……」

「どんなことでしょう？」

「できれば、電話ではなく、お時間をいただけるとありがたいのですが……」

「わかりました。イベントにご協賛をいただいている東日新報さんですからね。いつがよろしいですか？」

「今からではご迷惑でしょうか？」

「ええと……。かまいませんよ」

「三十分ほどでうかがいます」

「わかりました。お待ちしております」

湯浅は、タクシーを拾い、広告代理店がある銀座に向かった。

山本は、三十代半ばの真面目そうな男だった。

名刺を渡すと、彼は言った。

「社会部ですか？　東日新報さんの事業部の方々ならお付き合いがありますが、記者の方には初めてお会いしますね」

「会社を挙げてイベントに協力することになっておりまして……」

「それは心強いですね。それで、どんなことをお話しすればよろしいのでしょう？」

「ご存じのように、我々は事件記者です。社会部なりの切り口がありまして……」

「ほう、どのような切り口なのでしょう？」

「防犯の点に興味があります。『オリオンの三つ星』はたいへん高価なものでしょう。それを、イベントに使用するのですから、ずいぶん気を使われているのではないかと思いましてね」

「もちろんです。考え得る最大の防犯態勢を敷いています」

「民間の警備保障会社を使われるのですね」

「そうです。こう言ってはなんですが、ある意味で警察より頼りになります」

「そうなんですか？　警察の組織力に勝るものはないと思いますがね……」

「昨今では、警備保障会社も多方面にわたる豊富なノウハウを蓄積しています。細やかな対応をしてくれるのです」

「なるほど……。イベントは、一年ほど前から計画されていたそうですね」

「そうですね。企画の段階から考えれば、それくらいになりますね」

「セキヤマ宝飾の宣伝部の方々と、計画を練られたのですね？」

「そうです」

「そうした情報は、どの程度の方々がご存じでしたか？」

山本は怪訝な顔をした。

「どうしてそんなことを、お知りになりたいのですか？」

「防犯に興味があると言ったでしょう。計画を知っている人が多ければ、それだけ防犯上の問題も増えるのではないかと思いまして……」

「その点は、充分に考慮してあります。もちろん、イベントの具体的な内容、特に宝石類の搬入の日取りやルート、保管場所に関する情報は、極秘扱いです」

「『オリオンの三つ星』は、ショーケースなどを使わずに、黒澤珠貴が身につけるのだそうですね？」

「ええ、そういうことになっています」

「それはたいへん無防備なように思えるのですが……」

「『オリオンの三つ星』は、単に陳列するのではなく、誰かが身につけているところを公開するというのが、セキヤマ宝飾側の強い要望だったのです。たしかに、無防備に思われるかもしれませんが、そのための対策は充分に立てています」

「『オリオンの三つ星』を黒澤珠貴が身につけて公開するというのは、いつごろから具体的に計画されていたのですか？」

「一ヵ月半ほど前ですね」

第一のコンビニ強盗事件が起きた時期と一致する。湯浅はそう思った。

「その情報は、どの程度の人が知っていましたか？」

「わが社の担当の者、セキヤマ宝飾の宣伝部のごく一部、そして、御社の事業部の一部の方……。それ以外の人は知らなかったはずです。こうした情報が外部に洩れることも、防犯上の危険があるので、情報の扱いには注意しました」

「もちろん、そうでしょうね。しかし、外部に情報が洩れた可能性もありますね」

「それはあり得ません。私たちは、計画の内容についてはメールのやり取りすら禁止したのです。それくらいに、注意していたということです」

山本が言っていることは事実だろうと、湯浅は思った。情報の扱いには充分注意したはずだ。

必要最小限の者にしか、計画の内容を知らせなかったに違いない。

だが、『オリオンの三つ星』を黒澤珠貴が身につけて公開するという計画が立てられた時期と、第一のコンビニ強盗事件が起きた時期がほぼ一致していることも事実だ。

湯浅は、その符合が気になった。

湯浅が考えるとおり、国際的な強盗団や窃盗団が『オリオンの三つ星』を狙っているのだとしたら、その情報はどういう経路で彼らに伝わったのだろう。

山本は、厳しく情報を管理したと言っている。だが、そうした管理はどこまで通用するだろう。

もし、情報が洩れた経路があるとしたら、湯浅はそれを突きとめたかった。

湯浅は確認した。

「『オリオンの三つ星』を黒澤珠貴が身につけて公開するという計画が、御社から洩れた可能性はないと断言できるのですね」

山本が言った。

「いったい、何を気になさっているのかわかりませんがね、そういうことは一切ありません」

「わかりました」

他を当たるべきか……。場合によっては、自分の会社の事業部を調べる必要があるかもしれないと、湯浅は思った。

そのとき、ヘルメットをかぶった男が部屋に入ってきた。バイク便の配達員だった。

湯浅はその姿を見て、ふと気になった。

バイクにこだわり過ぎだろうか。そう思いながら湯浅は、山本に尋ねた。

「計画についてはメールのやり取りすらしなかったと言われましたね？」

「ええ。文書を直接関係者に手渡していました」

「バイク便などは使いましたか？」

「ええ、急ぎの場合に使ったことがあります」

「なるほど……」

湯浅の勘が警鐘を鳴らしていた。

27

「前線本部から各トカゲ及び交機隊員へ。配置に着いたか？」

高部係長の声が無線で流れた。

即座に、波多野がこたえる。

「前線本部、こちらトカゲ1。全員配置に着いた」

波多野と、彼が率いる交機隊員たちが配置に着いたという意味だ。

続いて、涼子の声が聞こえてくる。

「前線本部、こちらトカゲ3。配置に着きました」

上野も同様に報告した。

日曜日の午前七時。国道２４６号のパトロールの当番に就いている三浦のチーム以外のバイク部隊全員が警備態勢を敷いていた。

涼子のチームは、午前六時に当番を終えたばかりだが、巡回と警備に駆り出されることになった。

駐日アメリカ大使が、午前十時からテレビ番組の生放送に出演する。その行動予定は、警備部から入手していた。

このテレビ番組がテロの対象だとしたら、明け番だろうが、休んでいるわけにはいかない。まさに、総員態勢で臨まなければならないのだ。

高部係長が指揮を執るバイク部隊の他に、SP、公安が赤坂のテレビ局の周辺を固めていた。

さらに、大使館が雇った警備保障会社の警備員たちが大使を警護している。

アメリカ大使がテレビ局入りするのは、午前八時の予定だ。

バイク部隊は、あらかじめ決められたフォーメイションで、周辺の監視を行う。

制服を着て白バイに乗った交機隊員たちは、犯人への牽制であると同時に、陽動でもある。白バイを見て不審な動きをする者を、隠密行動のトカゲがキャッチするのだ。

午前八時五分前。アメリカ大使館の車がテレビ局の駐車場に入って行った。上野はリムジンを想像していたが、実際には黒のSUVだった。

それが緊張の一瞬だった。上野は、チームのメンバーや前線本部と連絡を取りつつ、受け持ち区域の監視を続けた。

不審な動きは見られなかった。日曜の朝。まだ街は本格的に動き出してはいない。通り過ぎる車両や通行人に気を配る。同じ場所を何度も往復しては隠密の意味がない。できるだけ、目立たぬように走行を続けながら、何か怪しい動きがないか注意する。

上野は、どんな細かな動きも見逃すまいとしていた。

何時何分に、どこにどんな車がいたか、すべて言える自信があった。それがトカゲの役割だ。

そういう訓練を受けているし、経験も積んでいる。監視のコツも身につけているつもりだ。

放送局の玄関が見える場所を通過したとき、ふと上野の心のアンテナに何かがひっかかった。

何が気に掛かったのかはわからない。だが、確認する必要がある。上野は、今来た道を引き返して、もう一度テレビ局の玄関のほうを見た。

別に不審な車両や不審者が眼についたわけではない。では、何だったのだろう。

上野は、バイクを縁石に寄せて停め、玄関のほうを見つめた。あまり長い間停車していると、逆に上野が不審者だと思われてしまう危険がある。

再びバイクをスタートさせようとしたとき、何が気になったのかわかった。

青山通りで見かけたのと同じポスターがテレビ局の玄関の脇に貼ってあった。大きさは違う。明らかに青山通りで見かけたもののほうが大きいが、まったく同じデザインだった。

女優の黒澤珠貴がポスターの中でほほえんでいる。宝石展のポスターだった。

あのイベントに、この放送局も関係しているということか……。

上野は、そう思いバイクを出した。

高部係長から無線が入った。

「今、オンエアが始まった」

もう午前十時か……。上野は思った。時間が経つのが早く感じられる。緊張している
せいだろう。

高部の言葉が続いた。

「出演時間は、一時間。マル対が局を出るときが要注意だ。総員、気を抜くな」

即座に波多野の声。

「トカゲ1、了解」

続いて涼子。

「トカゲ3、了解しました」

上野もこたえた。

「トカゲ4、了解です」

緊張の一時間が過ぎた。大使がテレビ局から出てくる。陽動の交機隊が周囲を固める。

バイクチームは全員、アメリカ大使館まで同行することになっていた。白バイが大使

館の車を先導するような格好になった。それを、トカゲたちが遠巻きに監視する。

車両や人物はもちろんのことだが、今回は特にバイクに注意をしなければならなかった。コンビニ強盗たちは、国道２４６号を使用していたと思われる。

それがもし、予行演習だったとしたら、逃走路として国道２４６号を使用する可能性が高いということだ。

涼子のチームがテレビ局から国道２４６号にかけての区域を担当していた。万が一何かが起きても、彼らが犯人を確保するはずだった。

確保できなくても、充分に追尾はできる。

上野は、大使館の車と白バイを、間隔を置いて追尾していた。やがて、黒いＳＵＶがアメリカ大使館のゲートの中に消えていった。

波多野の声が無線から流れてくる。

「前線本部、こちらトカゲ１。マル対の車両、帰還を確認。繰り返す。マル対の車両、帰還を確認した」

高部係長が応答する。

「トカゲ１、こちら前線本部。了解した。現時点で、警備態勢を解除する。繰り返す。警備態勢を解除。全員、すみやかに捜査本部に帰投。以上」

上野は、ほっと体の力を抜いた。

涼子の声が聞こえる。

「前線本部、トカゲ3、了解。チームとともに帰投します」

上野も同様の報告をして、交機隊チームに帰投をうながした。

結局何も起きなかった。

防犯の見地からは、何も起きなかったのはいいことだ。

だが、それでは済まない。コンビニ強盗犯たちの目的が、まだ他にあるのかもしれないということだ。

再度、テロの可能性を一から探らなければならない。

上野は、そんなことを思いながら、世田谷署に向かった。


上野が世田谷署に戻ったのは、昼の十二時二十分頃だった。

腹が減っていたので、すぐに何かを食べに行こうと思った。長いこと世田谷署に詰めているので、三軒茶屋の飲食店の中で何軒かお気に入りができていた。

今日は、餃子《ギョーザ》がおいしい店で昼飯を食べようと思っていた。トカゲ4チームの二名の交機隊員とも、次第に気心が知れてきて、いっしょに食事をすることもあった。

食事に行く前に、二人の報告を聞いておこうと思った。

上野は、年上のほうの交機57に尋ねた。

「パトロール中に、何か気づいたことはなかったか？」

「いえ、特に報告すべきことはありません」

もうひとりの交機58にも同じ質問をしてみた。

「報告することはありませんが……」

何か言いたげなので、気になった。

「何だ？」

「今回の空騒《から》ぎが、裏目に出なければいいが、と思いまして……」

「どういうことだ？」

「もし、捜査本部の仮定どおり、コンビニ強盗が何かのテロの予行演習だったとしたら、犯人たちは、警察の動向に眼を光らせているはずです」

「そうかもしれない」

「今回の我々の警備態勢を観察されていたとしたら、彼らは我々の裏をかくことができます」

交機57が顔をしかめて言った。

「こいつは、心配性なんです。そして、何かにつけて、上の方針を批判したがる」

「そんなことはないですよ」

交機58が、ちょっとむきになったように言った。「自分は、当然考えるべきことを考えているだけです」

彼らは、まだ二十代の若者だ。血気も盛んで、反応が直接的だ。二人が言い合いを始めたりしないうちに、上野は言った。

「彼が言ったことは、充分に検討に値すると思う。俺から高部係長に伝えておこう」

上野は、二人を昼食に誘うことにした。先輩から食事に誘った場合、おごることになりかねないが、それはそれで仕方がないことだ。

チームの結束のためにも多少の出費はやむを得ない。二人は、迷いもせずにいっしょに食事をすると言った。上野は、予定どおり、餃子の店に行くことにした。


食事から戻ると、捜査本部に涼子がいたので声をかけた。

「まだいたんですか？　明け番なのに駆り出されたんでしょう？　休んだらどうです？」

「あなたこそ、今日の第二当番でしょう？　今のうち休んでおかなくていいの？」

「昼飯を食ってきたんですよ。これから休みます。だから、白石さんも休んだほうがいいですよ」

「ちょっと考えていたのよね……」

「何をです？」

「東日新報の記者からの着信履歴が、いくつか残っている……」

「記者ですか？　そんなの無視すべきでしょう」

「私もそう思う。でもね、こう何度もかけてくるのって、普通じゃないと思わない？」

「東日新報の記者って、あの小太りのやつでしょう？　湯浅でしたっけ？　あいつ、白石さんに気があるんじゃないですか?」

涼子はほほえんだ。

「男が私に気があるというのは、珍しいことじゃないわね」

こういう台詞をさらりと言えるのが、涼子のすごいところだと、上野は思う。

「……で、どうするんですか? 折り返しかけてみるんですか?」

涼子は肩をすくめた。

「刑事から記者に電話をする義理はないわね。もし、電話して、情報漏洩を疑われたらたまらないし……」

「そうですね」

「運良く非番で、私が起きていて、しかも暇なときに電話がかかってきたら、出てみることにする。さて、帰って一眠りすることにするわ」

「お疲れさまです」

涼子は、背を向けたまま片手を挙げて歩き去った。

上野も仮眠を取るべきだと思った。交機57と交機58には、昼食後すぐに休むように言った。

仮眠を取る前に、高部係長と話をしておこうと思った。高部係長は、管理官と何やら相談している。

その打ち合わせが終わるのを待って、上野は近づいた。

「ちょっといいですか?」

「何だ?」

「うちのチームの交機隊員が言ったことなんですが、今日の我々の動きを犯人たちが観察していたとしたら、裏をかかれる恐れがあるのではないかと……」

高部は表情を変えず、あくまでも冷静な声音《こわね》で言った。

「今日の出動は、必要な措置だった。もし、駐日アメリカ大使に万が一のことがあったら、日本政府の面目は丸つぶれだ」

「それはよくわかっていますが、交機隊員の言うことももっともだと思いまして……」

「今日の出動が、演習だと思えばいい」

「演習ですか?」

「もし、コンビニ強盗が予行演習なのだとしたら、こちらは向こうのやり方を熟知しているということになる。こちらの演習を観察されたとしても問題はない。それに、今管理官と話し合っていたのだが、監視・警備態勢にいくつか修正ポイントがある。我々も常に修正する」

若い交機隊員や上野が考えることくらい、高部や上層部はとっくに考えているということだろう。

「了解しました」

上野はこたえて、その場を去ろうとした。そのとき、高部係長が言った。

「何か気づいたことはないか?」

上野は、唐突な質問だと感じた。

「気づいたことは、すでに報告してあります」

「俺は、おまえのセンスに期待しているんだ」

「は……?」

「おまえは、たしかにトカゲとしては、他の者よりも経験が浅い。だが、観察力や記憶力にすぐれている。そして何より、観察のセンスがある」

こんなことを、係長に言われたのは初めてなので、上野は戸惑ってしまった。口ごもっていると、高部係長はさらに言った。

「正式に報告するようなことでなくてもいい。何か気になったことはないか?」

「いえ、別に……」

「そうか」

そこで話は終わりかけた。上野は、ふと思い出して言った。

「そういえば……」

「何だ?」

「いえ、これは、どうということはないのかもしれませんが……」

「聞かせてくれ」

「宝石のイベントのポスターが妙に印象に残っていまして……」

「宝石のイベント？」

「ええ、そうなんです」

上野はどう説明すべきか、迷っていた。

28

「その宝石のイベントとは、何だ？」

高部係長に尋ねられて、上野は戸惑った。

「詳しく知っているわけじゃないんです」

「では、どうして記憶に残っていたんだ？」

「同じポスターを、南青山三丁目にあるショッピングセンターで見ました。正確に言うと、同じデザインで、今日テレビ局の玄関脇で見たものより、ずっと大きかったと思いますが……」

「南青山三丁目……」

高部係長が眉をひそめた。

「ええ、パトロール任務についているときに見たんです。それで記憶に残っていました。パトロールのときは、ありとあらゆるものを潜在意識に溜め込もうとしていますからね」

まさに、デジタルカメラで連写して、メモリーカードに画像を保存しているようなものだ。

それらは、しかるべきソフトや機材を使うことで画像として認識される。だが、メモリーカードに入っているだけなら、ただのデータでしかない。

人間の記憶もそうだ。記憶の断片は、膨大な数と量に及ぶ。だが、それをうまくつなげることができなかったり、潜在意識の淵からすくい上げることができなかったりする。

それらは、読み出せないデータと同じだ。

読み出せなくても、データはそこにある。正しいソフトを正しい手順で使えば、データは読み出すことができて、画像として、映像として、あるいは音として認識することができる。

人間の記憶もそうだ。単なる記憶の断片でしかないものが、何かのきっかけで意味を持ちはじめることもあるのだ。

上野は、もしかしたらその宝石イベントのポスターについても、そういう現象が起きるのではないかと、密かに期待していた。

だが、理屈で考えれば、そんなことはありそうになかった。イベント告知のポスターは街のいたるところに貼ってあるはずだ。

たまたまそれを二回見ただけのことだ。

高部係長は、じっと上野の話を聞いている。上野は、苦笑を浮かべて、自嘲《じちょう》気味に言った。

「すいません。どうも、余計なことを言ってしまったようです。街に貼り出されているポスターが気になるなんて、どうかしてますよね」

高部はにこりともせずに質問した。

「ポスターについて、誰かに話をしたか？」

「ええ、そう言えば、以前白石さんに話したことがあります」

「どういう話の流れで？」

「白石さんに、質問されたんです。この一両日で何か特に気づいたことはないかって……。咄嗟《とっさ》に頭に浮かんだのが、そのポスターでした。けっこう目立つポスターだったので……」

「白石は何と言った？」

「ポスターに見とれて、大切なものを見落とすなと言われました」

「ポスターに見とれる……？」

「ええ、人気女優のアップなので……」

高部は思案顔だった。

「白石も、おまえと同じコースをパトロールしていたのだな？」

「以前は、自分と波多野さんが都心を、白石さんと三浦さんが郊外を担当していましたが、交機隊が加わってからは、すべてのチームが同じコースをパトロールしているはずです」

「つまり、白石も同じ風景を見ているわけだな？」

「はい」

「波多野も、三浦も、だな？」

「はい……」

「だが、ポスターのことを話題にしたのは、おまえだけだったんだな？」

「そうです。ですから、別に意味はないんだろうと思いますよ」

「逆に、おまえだけが気にしている、ということに意味があるかもしれない」

「いえ、気にしているというほどじゃないんです。なぜか印象に残っていて……」

「印象に残るには、何か理由があるはずだ。まだ、自分でも気づいていないような理由が……」

「自分でも気づいていないような理由……？」

「おまえは、その宝石のイベントのことを調べてみたか？」

上野は驚いた。

「いいえ、調べてません。自分の任務とは関係ありませんから」

「いいか、これだけは覚えておけ」

「は……？」

「自分の任務に、何が関係あって、何がないのか、なんて、誰にもわからないんだ。警察官がちょっとでも興味を持ったら、それは自分の仕事と関係があると思え。空振りでもいい。一見何の関係もない事柄が、後々結びついていることがわかったりすることもある」

上野は即座にこたえた。

「わかりました。すぐに当たってみます」

寝る前に一仕事だ。疲れているが、そんなことは言っていられない。

高部は無言でうなずいた。

当たるといっても、歩き回るわけではない。まずインターネットの検索でおおよそのことがわかる。

セキヤマ宝飾という会社が主催するイベントで、タイトルは『王と貴族のきらめき』。協賛が東日新報だった。

なるほど、と上野は思った。

今朝、駐日アメリカ大使が出演したテレビ局は、たしか東日新報の系列だった。系列局としては、ポスターを貼るくらいのことは当たり前だろう。

だから、局の玄関にポスターが貼ってあっても、何の不思議もないということだ。

やはり、あのポスターが、俺の記憶に残っていることに、たいした意味はなさそうだ。

それを高部に伝えに行こうとして、上野はふと思いとどまった。

報告するなら、もう少し詳しくイベントの内容を調べなければならないな……。

ネットで調べ回り、ブルボン・モンパンシエ家の流れを汲む貴族の家に代々伝わる『オリオンの三つ星』というアクセサリーがイベントの目玉だということがわかった。

これでは、防犯態勢もなかなかたいへんだろうと思い、警備部に問い合わせてみた。

担当者を見つけるまで、たらい回しにされたが、警察官は、電話追跡に慣れている。

警察は、『王と貴族のきらめき』にはノータッチだということがわかった。所轄も関与していないことを確認した。担当者は、無謀なイベントなので、中止を勧告したとも言っていた。

「無謀なイベント……?」

上野は思わず聞き返していた。「それはどういうことです?」

「とてつもなく価値のある宝飾品を、ショーケースにも入れず、女優の身につけさせて公開するというんだ。我々警備のプロから言わせると、そんなイベントを開くこと自体が言語道断だ」

東日新報も、無茶なイベントの協賛をしたものだ。そこまで考えて、上野はふと「待てよ」と思った。

東日新報……。

そういえば、湯浅という記者が何度も携帯電話にかけてきたと、涼子が言っていた。

記者がしつこく警察官の携帯電話に連絡してくるというのは珍しいことだ。

涼子を口説《くど》こうとしているのでなければ、何か特別な理由があるはずだ。

涼子は、休憩室だろうか。それとも、もう帰宅しただろうか。時計を見た。午後一時四十分。いずれにしても、眠ってはいないはずだ。

上野は携帯電話にかけてみた。

呼び出し音五回で涼子が出た。

「どうしたの？」

「例の東日新報の記者のことですけど……」

「湯浅さん？」

「連絡を取ってみたほうがいいような気がします」

涼子はあきれたような声で言った。

「そんなことを言うために、わざわざ電話してきたわけ？」

「十日ほど前のことですけど……。自分が、南青山三丁目のショッピングセンタービルのポスターの話をしたのを覚えていますか？」

「そういえば、そんなことを言ってたわね。それがどうしたの？」

「それと同じポスターが今朝出動したテレビ局の玄関脇にも貼ってあって……」

「それで？」

涼子の声には、苛立ちが感じられた。彼女は、明け番を引っ張り出されたのだ。疲れていて、機嫌が悪いのも当然だ。

上野は必死に説明した。

「それが妙に記憶に残っていると、高部係長に話したら、気になるなら当たってみろと言われたんです」

「何かわかったの？」

上野は、『王と貴族のきらめき』について、かいつまんで説明した。

「なるほど……」

涼子が言う。「警備部も所轄も絡んでいないということは、警備は民間会社に任せてあるということね？」

「東日新報が、そのイベントの協賛をやっているんです。今朝行ったテレビ局は、東日新報系列ですよね。だから、ポスターが貼ってあったんだと思いますが……」

「それを、高部係長に報告した？」

「いえ、まだです」

「これから、そっちに行くわ」

「白石さん、今どちらですか？」

「休憩室よ。すぐに行く」

電話が切れた。

上野は、再び高部のもとに行った。

「宝石イベントのことを調べました」

「どういうイベントだ？」

「セキヤマ宝飾という宝石の小売業者が、販促のために計画した展示会です。ブルボン・モンパンシエ家の血を引く貴族の家に代々伝えられた宝石を公開展示するのが、メインイベントらしいのですが……」

「何か問題があるのか？」

「目玉になる宝飾品は、ショーケースなどを使って展示されるのではないのです。黒澤珠貴という女優が、身につけて公開するのだそうです。そして、そのイベントの警備を担当するのは、民間の警備保障会社のようです。警察の警備部では、一切関与していないと言っています」

高部は腕を組んだ。

「要人警護じゃないんだ。民間のイベントに、いちいち警察が関わるわけにはいかない」

「しかし、民間の会社には限界があるのでは……」

「民間の警備保障会社をあなどってはいけない。彼らは、豊富なノウハウを蓄積している」

「それはそうだと思いますが……」

そこに涼子がやってきた。高部は涼子を一目見ると言った。

「朝六時まで当番で、そのまま今朝のテレビ局警備に駆り出されたんだろう？　てっきり自宅に帰ったものと思っていたが……」

「いろいろと雑用があって……。あと二、三時間したら帰ろうと思っていたところです」

「ならば、そうするんだな」

「その前に、電話のことで、ちょっと……」

「電話のこと……？」

「ええ、記者から携帯に何度か着信があったんです」

高部係長が、珍しく怪訝な顔をした。

「それがどうかしたのか？」

涼子が上野を見た。説明しろと無言で訴えているのだ。

上野は高部係長に言った。

「それが、東日新報の記者なんです。いくらしつこい記者でも、警察官の携帯電話に何度もかけてくるって、不自然だと思いまして……」

高部係長が涼子に尋ねた。

「その記者は、いつもそんなにしつこいのか？」

「いいえ、決してそんなことはありません。ですから、私も気になっていたのは事実です」

高部が上野に尋ねた。

「『王と貴族のきらめき』に関連したことではないかと考えているんだな?」

「ええ、なにせ、東日新報ですから……」

高部が涼子を見て、あっさりと言った。

「確認してみろ」

「こちらからかけろ、ということですか?」

「何度も電話をもらっているんだろう? こちらからかけるのが礼儀だろう」

「しかし、相手は新聞記者ですよ。捜査情報の漏洩を疑われることになるかもしれません」

「情報を洩らすつもりか?」

「いえ、もちろん、そんなつもりはありませんが……」

「だったら問題ないじゃないか。すぐにかけてみろ」

涼子は、言われたとおりにした。携帯電話を耳に当ててしばらく待つ。

電話がつながったようだ。涼子は言った。

「白石です。何度かお電話をいただいたようで、申し訳ありません。それで、ご用件は……?」

そのまま、しばらく相手の話に耳を傾ける。上野と高部は、その様子をじっと見つめていた。

「そういう話は、初耳ですね」

涼子の口調は、あくまでも事務的だった。

「いえ、そんなことは、確認していません」

涼子は、またしばらく相手の話に耳を傾ける。

「そういう憶測を記事にしたりしないように、忠告しておきます」

そう言って、また相手の話を聞く。

突然、涼子の眉間《みけん》にしわが刻まれた。

「え、それはどういうことです……」

涼子は、にわかに相手の話に興味を持った様子だ。上野と高部は、顔を見合わせた。

涼子の言葉が続く。

「バイク便を調べろ……？　広告代理店や宝飾店が使っていたバイク便ですね。わかりました。では……」

涼子が電話を切った。

高部がすぐに質問した。

「バイク便というのは、何のことだ？」

涼子は、その質問には直接こたえなかった。

「もしかしたら、テロというのは間違いだったかもしれません」

高部と上野は、また顔を見合わせた。

29

日曜日の午後二時過ぎ。

湯浅は、自宅にいた。土曜日も取材をして、日曜くらいは休もうという気になっていた。番記者時代は、土日も関係なく働いていたが、これも遊軍の役得だ。

それに、休日も働いていると、たちまち洗濯物が溜まってしまう。独身男性の辛いところだが、実は、湯浅は洗濯や掃除といった家事をやるのが、決して嫌いではなかった。

洗濯機を回し、久しぶりに部屋を片づけ、洗濯機が止まったら、洗濯物を取り出して物干し竿《ざお》に吊していく。

そうしたことを、てきぱきとやっていると、取りあえず面倒なことを忘れられる。

片づいた部屋で、しばらくくつろいでいた。だが、ゆったりした気分は長くは続かなかった。

ソファで寝そべって、テレビを眺めているうちに、いつしか『王と貴族のきらめき』のことを考えている自分に気づいた。

携帯電話が振動したのは、そんなときだった。着信の表示を見て驚いた。白石涼子からだ。

湯浅は、慌てて電話に出た。

「はい、湯浅です」

「白石です。何度かお電話をいただいたようで、申し訳ありません。それで、ご用件は……？」

湯浅は、どこから話していいか戸惑ってしまった。心の準備ができていなかったのだ。

「『王と貴族のきらめき』という宝石のイベントがあるのをご存じですか？」

返事がないので、湯浅は話を続けることにした。

「南青山三丁目のショッピングセンターで開かれるイベントです。連続コンビニ強盗事件の犯人たちの本当の狙いは、そのイベントで一般公開される『オリオンの三つ星』という宝飾品ではないかと思うのですが、警察は、その事実をすでにつかんでいるのではないですか？」

「そういう話は、初耳ですね」

「連続コンビニ強盗には、ちょっと理解しがたい点がいくつかあります。まず、四回も犯行が繰り返され、交通捜査課まで投入したのに、いまだに被疑者を特定できていないのでしょう？　犯人たちはずいぶんと用意周到のようですね。それなのに、実入りが少ないコンビニなんかを狙っている。百円稼ぐのに千円使っている、というような気がするんですよ。犯人たちの本当の狙いは別のところにある。警察もそう考えているんでしょう？」

「いえ、そんなことは、確認していません」

「コンビニ強盗は、何かの予行演習のようなものだった。そう考えると、辻褄が合うように思うんですが」

「そういう憶測を記事にしたりしないように、忠告しておきます」

「もちろん、確認が取れるまで記事になどしません。だから、何度も電話をしたんです。イベントの関係者は、警備については充分な注意を払って、計画の内容を秘匿してきたと言っています。関係者というのは、主催者の宝飾店と、広告代理店、そしてわが社の事業部ですが、計画の内容については、メールでのやり取りも禁止するほど気を使っていました。しかし、抜け道があることに気づいたのです。そして、それがバイクと関係していた……」

「え、それはどういうことです……」

この涼子の一言に、しめたと、湯浅は思った。

これまでの涼子の反応は、刑事としてのたてまえだ。だが、この一言は、明らかに本当の驚きと興味を示していた。

「関係者たちは、できるかぎり直接会って、書類のやり取りをしていました。しかし、それがままならないこともありました。そういうときに、バイク便を使ったと言っているのです。新聞記者がたどり着けるのは、せいぜいこの程度のことですよ。でも、警察ならもっと先を行ってるのではないですか？　もし、まだ調べていないのなら、バイク便を調べてみることをお勧めしますよ」

「バイク便を調べろ……？」

「そうです。そこから情報が洩れた可能性があると、俺は思います」

「広告代理店や宝飾店が使っていたバイク便ですね。わかりました。では……」

電話が切れた。

湯浅は、涼子の最後の言葉について考えていた。彼女は、たてまえを捨てていた。その余裕がなくなったのだと、湯浅は判断した。

警察が、『王と貴族のきらめき』について洗いはじめるということだ。

「こうしてはいられない……」

湯浅は、捜査本部がある世田谷署に張り付くことにした。番記者たちが何を言おうとかまわない。ネタを拾ったのは、遊軍の湯浅たちなのだ。

出かけようとして、ふと考えた。

木島に連絡すべきだろうか。

電話しても、休日に働くことを渋るかもしれない。それでもいいから知らせておくべきだと思った。後はあいつの判断に任せればいい。

木島は、呼び出し音八回で電話に出た。

「はい、木島です」

「白石さんと連絡が取れた。警察は、宝石のイベントについて関心を持ったようだ。俺は、これから世田谷署に張り付く」

「警察が関心を持ったって、どういうことですか？」

「説明している暇はない。知りたきゃ、おまえも出てこい」

返事を聞く前に電話を切った。


「もしかしたら、テロというのは間違いだったかもしれません」

その涼子の言葉を受けて、高部が尋ねた。

「つまり、犯人たちの狙いは、宝石の強奪だということか？」

「もし、そうだとしたら、いくつかの不自然な点の説明がつきます」

「いくつかの不自然な点というのは？」

「捜査本部でも議論されたことです。犯人たちは、当初予想していたより、ずいぶんと用意周到だということがわかってきました。極めて計画的で、証拠も残していません。コンビニ強盗というのは、割に合いません」

「だからこそ、テロの予行演習ではないかという説が出されて、俺たち特殊班が呼ばれたのだろう」

「テロに絞って洗い出してみても、それらしいターゲットが見つかっていません。駐日アメリカ大使も空振りでした」

「バイク便というのは、何のことだ？」

「宝石のイベントの計画は、警備上の配慮から、秘密裡に進められたそうです。主催者の宝飾店、広告代理店、そして協賛する新聞社の事業部は、計画内容の漏洩を恐れて、書類は直接手渡しをしていたのだそうです。もし、コンビニ強盗たちの本当の狙いがそのイベントだとしたら、すでに最初のコンビニ強盗が起きた時点で、彼らはその計画を知っていたことになります。どこから、その計画が洩れたのか……。その可能性の一つとして、バイク便が考えられると、記者は言っています」

上野は言った。

「犯行にバイクを使用していたことを見ても、充分に考えられることだと思いますね」

高部が、上野と涼子を交互に見て言った。

「二人は、犯人たちの本当の狙いが、その宝石のイベントだと考えているわけだな?」

涼子が言った。

「周到な計画、証拠を残さない手際……。それらを考え合わせると、犯人たちは素人ではなく、プロの集団である可能性が高いと思います。プロの集団の犯行が、コンビニ強盗で終わるはずがありません。テロの可能性は否定できませんが、宝石のイベントの襲撃計画のほうが可能性が高いと思います」

上野は付け加えた。

「自分も同感です。東日新報の記者たちも同じことを考えているのだと思います。彼らは、自社が協賛するイベントだから、事情をよく知っていて、我々よりも早く気づいたのではないでしょうか」

「ただ……」

涼子が言った。「強盗の計画だとしたら、特殊班が扱う事案ではありませんね……」

高部がきっぱりと言った。

「我々が扱うかどうかの判断は、課長に委ねる。今の話を、管理官に伝えよう」

高部は、管理官席に向かった。

駐日アメリカ大使警護の件が終了して、課長は帰宅していた。

上野と涼子は、高部係長と管理官たちのやり取りの様子をじっと見つめていた。

涼子が言った。

「管理官たちは、戸惑っている様子ね」

「無理もないと思います」

上野は言った。「根拠は何もないんです」

「根拠はないけど、蓋然性は高い。あなたが、最初にポスターについて話したとき、私はもっと本気で聞くべきだった」

「いや、自分もそんなに重要なことだと思っていたわけではないので……」

「あなたには、カメラの連写機能と同じような能力がある」

「ええ。観察するときは、そのように心がけています」

「心がけていても、なかなかできることじゃない。あなたは、自分では気づいていないでしょうが、観察眼に関しては、とても優秀なの。私もかなわない」

「そんな……」

「自分の能力は自覚すべきよ。そして、それをさらに伸ばすの」

そう言われて、悪い気はしなかった。

「その観察眼を持ったあなたが、宝石のイベントについてひっかかると言った。それを、私はもっと真剣に考えるべきだった。そして、私は、記者ともっと早く連絡を取るべきだった」

「自分を責めることはありませんよ」

「責めてるんじゃないわ。チェックしているのよ。常に問題点を洗い出して、修正していかなければならない」

上野はうなずいた。さすがは涼子だと思った。

高部が戻ってきて、上野と涼子に告げた。

「課長に連絡すると言っている。俺たち特殊班は、強盗専門のチームと交代することになるかもしれない」

「その場合でも、トカゲは残りますね？」

「わからない。新しい態勢を組むとしたら、その点も考え直すことになるかもしれない」

午後三時には、再び田端課長が捜査本部にやってきた。

いったん帰宅するつもりだと言っていた涼子は、結局まだ捜査本部に残っていた。この先、態勢が変わるかもしれない。それを見届けたいのだろう。

課長が、高部係長を呼んだ。それからまたしばらく真剣な話し合いが続いた。

やがて、課長と管理官たちがうなずき合い、高部が戻ってきた。

「今から強盗の専門チームに引き継ぐのは、ロスが大きすぎる。これまでの経緯をよく知っている俺たち特殊班が、引き続きこの事案を担当することになった」

高部がそう言うのを聞いて、上野はほっとしていた。また人員の入れ替えや補強があると、そのたびに気苦労が増える。

管理官たちは、出かけている捜査員たちを呼び戻した。午後五時には、ほとんどの捜査員が戻ってきていた。

田端課長が言った。

「テロの恐れに続いて、新たな可能性が浮上した。南青山三丁目のショッピングセンターで、『王と貴族のきらめき』という宝飾店主催のイベントが開かれている。メインイベントに、人気女優が『オリオンの三つ星』という高価なアクセサリーをつけて登場するということだ。犯人たちの狙いはその『オリオンの三つ星』である公算が大きい。テロを警戒しつつ、そちらの捜査も開始する」

管理官の一人が、これまでに判明している犯人像と、イベント関係者の関連を洗うように指示した。

最後に彼は、付け加えるように言った。

「イベント関係者は、バイク便を使用していた。コンビニ強盗事件でバイクが使用されていることを鑑《かんが》み、その関連性に留意するように」

予断を与えないため明言しなかったが、つまりはバイク便が怪しいので、注意して調べろ、ということだ。

その捜査のために、かなりの人員を割くことになった。捜査員には、さらなる任務が課せられたことになるが、士気は上がった。

淀んだ空気に、新鮮な風が吹き込んだようなものだ。確固とした目的があれば、捜査員たちは疲れも忘れる。

管理官の言葉が続いた。

「なお、トカゲ及び交機隊のバイク部隊は、テロ警戒のため、現状のパトロール態勢を維持。イベント当日においては、警備、犯人確保、及び犯人追尾の態勢を敷いてもらう。きついローテーションになると思うが、いましばらくの奮起を期待する。以上」

その後、細かい班分けが始まった。『王と貴族のきらめき』に関わるすべての人々を洗うことになる。

特にバイク便は要注意だ。その際に、ＳＳＢＣの分析結果や交通捜査課が調べだした事実が役に立つはずだ。

高部係長が言った。

「強盗事案ではあるが、俺はテロと同じ覚悟で臨む。つまり、起きるかどうかはわからないが、起きるという前提で動く。その旨を課長にも伝えた」

涼子がこたえた。

「まさに、特殊班の仕事ですね」

上野は言った。

「パトロール任務で、事前の動きをキャッチできるかもしれません」

「おまえの観察眼と記憶力に期待している」

上野は、気分が高揚した。午後六時からパトロール任務だ。もうほとんど休む時間がないが、まったく気にならなかった。

「じゃあ、そういうことで、私は明日の朝まで休ませてもらう」

涼子が去って行った。

高部は管理官席に向かった。情報整理と捜査員の指揮に当たるのだ。捜査本部がフル稼働を始めた。

上野は、それを肌で感じていた。

30

湯浅は午後二時四十分頃に、世田谷署に到着した。日曜日だが、一階には記者たちの姿があった。

いつもなら、副署長の席の周辺に集まるのだが、日曜日とあって副署長の姿がない。記者たちも、長引く捜査に緊張感が保てない様子だ。

湯浅が到着して、五分ほどすると、木島も世田谷署に姿を見せた。

「警察署って、何も悪いことしていないのに、緊張しますよね」

木島が言うと、湯浅は顔をしかめた。

「社会部の記者が何を言ってるんだ」

「それで、警察が宝石のイベントに関心を持ったっていうのは、どういうことなんですか？」

湯浅は、しっと人差し指を唇に当てた。そして、周囲を見回して言った。

「そういうことを不用意にしゃべるんじゃない」

「でも、説明してくれなきゃわからないじゃないですか」

「言ったとおりのことだよ」

「つまり、コンビニ強盗の本当の狙いが『オリオンの三つ星』かもしれないということを、警察が認めたということですか？」

湯浅は、また周囲を見回さなければならなかった。

「だから、しゃべるなと言ってるんだ」

「そういうことなんですね？」

「認めたわけじゃない。だが、その可能性を無視できないと考えているのは確かだ」

「微妙な言い方ですね……」

そこに、同じ社で、世田谷署を担当している三上が近づいてきた。

「おい、ここは遊軍が来るところじゃないと、何度言ったらわかるんだ」

湯浅は、こたえた。

「コンビニ強盗のことを記事にしようとしているわけじゃない。別件なんだよ」

「別件？　何の件だ？」

「南青山三丁目のショッピングセンターで、宝石のイベントがある。デスクに、その記事を書けと言われている」

三上は怪訝な顔をした。

「南青山三丁目で、宝石のイベント……？　それがどうして世田谷署と関係があるんだ？」

「どうしてだろうねえ……。気になるんなら、調べてみれば？」

三上は舌打ちした。

「こっちは、警察署に張り付いていなけりゃならないんだ。そんなことを調べている暇はない」

「とにかく俺たちは、あんたの邪魔はしない。だから、放っておいてくれ」

三上が何か言おうとした。そのとき、木島が言った。

「あれ、捜査一課長ですよね……」

湯浅は、木島の視線を追った。

「間違いない。田端課長だ」

三上が言った。

「一度帰ったんだがな……。何かあったかな……」

湯浅は、三上から離れ、木島にそっと言った。

「俺が白石刑事と電話で話したのが、三十分ほど前……。その電話がきっかけで、課長が戻ってきたと考えるべきだろうな」

「つまり、捜査本部は、宝石のイベントに的を絞ったということですか?」

「的を絞ったというより、そちらにも目配りをするということだろうな」

「メインイベントの前に、犯人たちを捕まえられるといいですね」

「能天気な言い方だな。だが、まあ、防犯の見地からしても、それが理想だろうな。当然、捜査本部でもそう考えているだろう」

「もし、メインイベント当日まで、犯人を特定できなかったら……?」

「現行犯逮捕という方針で行くだろう」

「逃げられたら、警察の面子は丸つぶれですね」

「警察署の中でそういうことを言うなって……」

上野たちがローテーションを守ってパトロール任務についている間、捜査員たちは、『王と貴族のきらめき』について、徹底した捜査を続けていた。

主催者であるセキヤマ宝飾では、取材ではなく、警察が聞き込みに来たことに驚いていたということだった。

上野チームは、日曜の午後六時からの当番をこなしていた。南青山三丁目の交差点に差しかかったら、国道２４６号からそれて、外苑西通りも走行するように、交機57、交機58に指示した。

メインイベント当日に犯行が行われた場合、犯人を確保するためには、できるだけ現場周辺の地理に通じていたほうがいい。

上野自身も、南青山三丁目付近に来たときには、充分な注意を払った。犯人たちが下見に来ている可能性もある。

駐車している車を次々と視界に収めていく。それはカメラの連写と同じで、自動的に脳に記憶として焼き付ける作業だった。

もちろん、メインイベントの前に被疑者を特定して身柄を確保し、強盗を未然に防げれば、理想的だ。

そのために、捜査員たちは全力を挙げている。だが、間に合うかどうかは五分五分といったところだと、上野は思った。

いや、六分四分で間に合わない確率が高いだろうか……。

なにしろもう日数がない。メインイベントは、二日後の九月二十三日、火曜日の秋分の日におこなわれる。

そのために、バイク部隊がひかえているのだ。もし、強盗事件が起きてしまったとしても、絶対に犯人は逃がさない。

そういう態勢なのだ。


休息があまり取れていないにもかかわらず、上野は疲労を感じなかった。

当初、コンビニ強盗犯たちの本当の狙いが、宝石強奪だということについては、何の確証もなく、上野自身、それほどの信憑性を感じていなかった。

だが、涼子の話を聞き、高部と話し合った結果、今では確信を持っていた。

月曜日の午前六時に当番を終えて、捜査本部に戻った。夜勤明けだが、すぐに休憩室に行く気にはなれなかった。

捜査の進捗状況が気になるのだ。管理官たちも、ほぼ徹夜で頑張っている様子だ。高部係長も同様だ。

彼らの様子を見て、まだ被疑者たちが特定されていないことがわかった。

高部が上野に気づいて手招きをした。上野は高部に近づいた。

「何か気づいたことはあるか？」

「いえ、特にありません。周囲に駐車していた車の特徴は、頭に叩き込んでありますが

「……」

「そうか」

「被疑者の特定、間に合いますかね？」

「間に合わせるように最大限の努力をしている。だが、被疑者特定に至らず、イベント当日を迎えたら、おまえたちの出番だ」

「心得ています」

高部はうなずいた。

午前九時に、田端課長がやってきた。その場にいた全員が起立して迎える。

田端が管理官席に向かって言った。

「その後、どうだ？」

管理官の一人がこたえた。

「イベントの関係者から、詳しく事情を聞いていますが、今のところ、まだ……」

「わかった」

それから、田端課長は、高部に言った。

「現場の指揮は、おまえさんに任せる。メインイベントは明日だ。頑張ってくれ」

高部は冷静にこたえた。

「了解しました」

上野は、しばらく捜査本部に残ることにした。どうせ、仮眠を取ろうとしても捜査のことが気になって眠れないだろう。

午前十一時頃のことだ。管理官席で声が上がった。

「そいつの身元を洗って、足取りを追ってくれ」

管理官が電話を片手にそう言っていた。

上野は何事だろうと、その管理官を見つめていた。彼は、電話を切ると、課長の元に駆けつけた。高部も課長席に歩み寄った。

管理官が言った。

「バイク便の会社を当たったところ、SSBCで分析した人物と体格や身体の特徴が一致する人物が見つかりました。犯人グループの一人と思われます。大きな特徴の一つとして、左利きだということが挙げられます」

「現在の足取りは?」

「一週間ほど前にバイトを辞めているということです。会社に登録してあった氏名は、谷崎章助《たにざきしようすけ》。年齢は三十二歳です。住所は、世田谷区太子堂ということですが、名前も住所も本物かどうか、まだ確認が取れていません」

「だが、バイク便のバイトなら、当然免許証を確認するだろう。住所、氏名は本物である可能性が高い」

「今、捜査員が自宅住所に向かっているということです」

それから十五分後に、谷崎章助の自宅に向かっていた捜査員から連絡が入った。マンションの部屋には、一ヵ月ほど前から別の人物が住んでいるということだ。

その知らせを聞いた高部が言った。

「コンビニ強盗を始める段階で、転居したのでしょう。それも計画の一環ですね」

田端課長が言った。

「写真は入手できたか?」

管理官がこたえる。

「はい、バイク便の会社に履歴書がありました」

「人相と氏名がわかればこっちのもんだ」

田端は、管理官や捜査員たちを鼓舞するように言った。

だが、それほど事態は甘くないと上野は思った。メインイベントまであと一日しかないのだ。

捜査本部では、イベントの中止を申し入れることも検討された。しかし、準備にかかった費用をとても補償しきれるものではない。

田端課長が管理官たちと高部に言った。

「なんとしても、谷崎章助の足取りを洗い出せ。彼を確保すれば、残りの犯行メンバーも割り出せる」

管理官たちは、すぐさま席に戻って作業を続けた。

高部が上野に言った。

「夜勤明けだろう。明日のために休んでおけ」

「現行犯逮捕ということになるのでしょうか……」

メインイベントの前に、谷崎を発見し確保できるだろうか、という質問だ。氏名が判明し、顔写真を入手できたことで、可能性は高まった。

先ほども同じようなことを尋ねたが、上野は高部の判断を聞いておきたかった。

「谷崎を発見できるかどうかを考えていても仕方がない。バイク部隊は、あくまで現行犯逮捕のために準備をしてくれ」

上野はこたえた。

たしかに、不確定な事柄をいくら考えても仕方がない。高部のこたえは明快だった。

「了解しました。バイク部隊は、現場での犯人確保に全力を尽くします」

高部はうなずいた。

上野は、気持ちに整理がついて、休憩室に行く気になった。仮眠を取り、体を休めて、明日に備えるのだ。気持ちの高ぶりも静まり、横になると、ほどなく眠りに落ちた。

目を覚ましたのは、午後三時頃だった。熟睡したという充実感があった。

捜査本部に行き、様子を見る。まだ、谷崎章助を発見できていないのは明らかだった。

管理官たちの表情に、焦りと苛立ちが見て取れる。

今日の夜勤の波多野がいた。彼は、上野を見ると軽くうなずいた。上野は波多野に近づいて言った。

「事情は聞いていますね？」

「ああ、俺が非番で休んでいるうちに、捜査が急展開したようだな。あんたと白石が言い出したことだと聞いたぞ」

「あと、東日新報の記者も勘づいているようです」

「今日の夜勤は、気を引き締めないとな……。事前に何か動きがあるかもしれない」

「夜勤明けで、そのまま当日の配備に参加するんですか？」

「当然そうなるな」

　上野は、管理官席を眺めていた。

　ひっきりなしに固定電話が鳴り、さらに管理官たちは、携帯電話を耳に当てて、大声で指示を出している。

　捜査員たちは、必死で谷崎章助の足取りを追っている。おそらく、あと一歩のところまで迫っているに違いない。

　だが、時間は無情に過ぎていく。

　捜査員たちが、谷崎章助を追っている間に、高部は、イベントの警備を担当している民間の警備保障会社から、警備計画について詳しく話を聞いていた。

　通常のイベントの警備としては申し分ないレベルだということだ。しかし、犯人たちの周到な計画を考えると、決して安心はできなかった。

そして、ついにメインイベント当日となった。午前十時に開場し『オリオンの三つ星』の公開は、午後一時の予定だ。

一般公開といっても、あらかじめ抽選で選ばれた人々だけを特設会場に招待するのだという。会場内の警備は、民間の警備保障会社が担当している。

まだ、谷崎章助は捕まっていない。

高部は、会場となるショッピングセンターの前に陣取った指令車の中にいた。モニターや無線を配備した指令車が前線本部となる。

トカゲと交機隊のバイク部隊は、一定の間隔を置いて位置についていた。

高部が無線のチェックを始めた。

「トカゲ各員、こちら前線本部」

トカゲ1から順に返答する。

上野は、落ち着いていた。それが自分でも意外だった。まだ、実感がないせいかもしれない。とにかく、今は待機だ。

31

湯浅は、日曜の午後から世田谷署に張り付いていた。翌日も、早朝から夜まで詰めていた。

周囲の記者に緊張感は見られない。

月曜日の夕刻に、木島がうんざりした様子で言った。

「ここにいても意味ないんじゃないですか？」

「捜査本部に張り付くのは基本中の基本だ」

「昨日も今日も、別に変わった様子はないじゃないですか」

「そう思うか？」

「ええ」

「昨日、一度帰宅した課長が戻ってきた。日曜日に、だ。これは、充分に『変わった様子』なんだよ」

「へえ……」

「それにな、出入りする捜査員の目つきが鋭くなった」

「それって、やっぱり『王と貴族のきらめき』のためですかね？」

「俺は、そう思っている」

「だったら、イベント会場に行くべきじゃないですか？　昨日から展示会は始まっていますよ」

「問題は、明日のメインイベントだろう。きっと明日には大きな動きがあるはずだ」

「じゃあ、今日は引きあげて、明日、イベント会場のほうに行きましょうよ」

「俺は、トカゲの動きに興味を持っているんだ。何度もそう言ってるだろう」

「今日も、通常のパトロール任務のようですね」

「それを確認するだけでも意味がある」

「それで、明日は、どうするんです？　また、この世田谷署に詰めるんですか？」

そう尋ねられて、湯浅は考え込んだ。

「いや、明日は朝からイベント会場のショッピングセンターに行く。休日だから、おまえは行かなくてもいいぞ」

「湯浅さんは、僕のことを誤解しています」

「誤解？」

「僕は、仕事が嫌いなわけじゃないんです。無駄なことをしたくないだけなんです」

「明日、イベント会場に行くのは、無駄なことじゃないということか？」

「そう思いますよ」

生意気なやつだと、湯浅は思った。だが、木島なりの基準があるということがわかってきた。記者として、自分の物差しを持つというのは、悪いことではない。

その日は、午後九時頃に引きあげた。翌日は、九月二十三日の秋分の日だ。『オリオンの三つ星』を公開するメインイベントが午後一時から開催される。

湯浅は、午前十時に木島と、会場となるショッピングセンターで待ち合わせをした。

一般客が入ることができるスペースには、ショーケースに入った宝石類が陳列されていた。

その奥に、特設会場があり、そこは招待客など特別な人々しか立ち入りが許されていなかった。

頑丈なゲートがあり、制服を着た警備員が要所要所を固めている。私服の警備員も眼についた。

湯浅と木島は、一般客用のスペースで様子を見ていた。

木島が小声で言った。

「本当に警察官の姿がありませんね」

「警察が警備に協力しないということだからな……」

時間は、ゆるゆると過ぎていった。会場内に緊張感は見られない。

やがて、メインイベントの準備が始まった。隔離されたコーナーに、招待された客たちが入場していく。

湯浅は、中の様子をうかがおうとしたが、制服の警備員に制止された。警備員たちは、ぴりぴりしている。

特設会場から音楽が聞こえ、拍手が湧いた。

そのときだった。

一人の男が警備員に近づき、バッグの中から黒いものを取り出した。

次の瞬間、すさまじい音がイベント会場の空気を揺らした。

上野たちバイク部隊は、国道246号と、その周辺に配置されていた。

赤坂見附と渋谷の間を、四つのチームで分担する。

波多野のチームが、南青山三丁目交差点近くにあるショッピングセンターから、南青山五丁目の信号までの約一キロを担当していた。

涼子のチームは、同ビルから、逆方向への約一キロ、すなわち、赤坂郵便局前の信号までを受け持っていた。

波多野チームが担当する区域の先を受け持つのが、三浦のチームだ。つまり、南青山五丁目から、渋谷までだ。

上野は、涼子チームの担当区域の先を受け持つ。赤坂郵便局前の信号から、赤坂見附までだ。

もちろん、その区域の中に縛りつけられているわけではない。バイクの機動力を活かして、追尾したり、先回りをしたりという連携が求められる。

上野は、チームの交機57、交機58と無線で連絡を取りながら、区域内をパトロールしていた。交機隊員たちは、バイクを停めて監視している。

バイクチームの他、刑事たちの捜査車両や、機動捜査隊の車両もスタンバイしている。

会場周辺は固めている。だが、警察はショッピングセンター内には入らないことになっていた。

警備部からのお達しだ。一度相談を受けて警備を断った経緯がある。今さら、こちらから警備をさせろとは言えないということだ。

また、『オリオンの三つ星』が狙われているという確かな証拠がない限り、警察は手を出すべきではないと、上層部では考えたようだ。

責任を負いたくないのだ、と上野は思った。

警備部では、「イベントは中止すべきだ」とアドバイスした時点で、役割が終わったと考えているのだ。

したがって、ショッピングセンター内部の警備は、民間の警備保障会社に任せることになる。

その警備保障会社は、『オリオンの三つ星』の運搬から搬入、搬出、そして黒澤珠貴が身につけている間、その警護の責任を持つ。

つまり、万が一『オリオンの三つ星』が盗まれたとしても、警察の責任ではなく、警備保障会社の責任になるということだ。

警察も役所だから、責任を押しつけられるのを極端に嫌う一面がある。だからといって、犯罪が起きようとしているのに、腰が退けたような対応をするのは間違っていると、上野は思った。

だが、文句を言っても始まらない。できることをやるだけだ。

このまま何事も起きなければ、それに越したことはないのだが……。

上野がそう思ったとき、無線から誰かの切迫した声が流れた。

「銃声。繰り返す、銃声」

上野は、何事かと思った。

「警備員が撃たれた模様」

撃たれた……。犯人たちは、拳銃を所持していたということか……。

上野は、事態が予想以上だったことに気づいた。

そして、それは警備保障会社の予想をもはるかに上回っていたことを物語っている。

特Aという最上級の警備態勢で臨むということだったが、それはあくまで日本国内の常識に合わせた警備態勢だったはずだ。

拳銃などへの対処は考えていなかったかもしれない。第一、民間の警備員は拳銃を持っていないのだ。拳銃を持った犯人への対処などできるはずがない。

無線から高部の声が聞こえてきた。

「状況知らせ。警備対象者ならびに対象物の無事を確認されたし」

黒澤珠貴と『オリオンの三つ星』の無事を確認しろということだ。

すぐに返答があった。

「警備対象者は無事。ただし、転倒してかすり傷あり。対象物は……」

一瞬、言葉が途切れた。「持ち去られた。繰り返す、対象物は犯人が持ち去った」

「実行犯は……？」

「逃走した模様。犯人が銃で武装しているので、追跡を断念した模様」

続けて、高部の声が聞こえてくる。

「トカゲ各員。対象物が盗まれた。犯人は逃走。銃で武装している」

「前線本部、トカゲ1了解」

「トカゲ2了解」

「トカゲ3了解」

上野もこたえた。

「こちらトカゲ4、了解しました」

それから各チームごとに無線での指示があった。上野も二人の交機隊員に呼びかけた。

「交機57、交機58、こちらトカゲ4。その場で待機」

しばらくして、また現場からの無線連絡があった。

「前線本部、前線本部、犯人は駐車場からバイクに乗って逃走した模様。逃走者は二名。バイクはともにオフロードタイプ」

すぐさま、別の声が聞こえる。

「前線本部、こちら機捜113。当該ビルの駐車場から出て来たバイクを二台、目視。ともにオフロードタイプ」

高部の声が聞こえる。

「逃走路は？」

「ともに、国道２４６を走行。一台は、渋谷方面、もう一台は三宅坂方面」

高部が命じた。

「三宅坂方面に追尾されたし。繰り返す。三宅坂方面に追尾しろ」

「前線本部、機捜１１３了解」

それから、高部は、別の捜査車両とも連絡を取り、渋谷方面に逃走したバイクの追尾を命じた。

さらに高部の声が続く。

「トカゲ各員、こちら前線本部。捜査車両が追尾している対象者の確保を試みるように」

「トカゲ１了解」

「トカゲ２了解」

「トカゲ３了解」

「トカゲ４了解」

上野は、交機隊員たちに命じた。

「バイクの鼻面を押さえる。交機57、交機58、ともに赤色灯を点灯し、サイレンを鳴らせ」

「トカゲ４、交機57了解」

「交機58了解」

「対象者は、銃を持っている恐れがある。充分に注意しろ」

交機57の声が聞こえてきた。

「なに、銃を撃つ余裕なんて与えませんよ」

バイクの運転技術で翻弄してみせるということだ。交機隊ならそれができるだろうと、上野は思った。

サイレンの音が近づいてきた。

「トカゲ4、こちらトカゲ3」

涼子の声だった。上野はこたえた。

「トカゲ3、こちらトカゲ4、どうぞ」

「対象バイクを視認。後方から追尾中」

「了解、こちらは前を押さえます」

「了解」

逃走者のバイクを、前後から挟むようにして確保を試みるということだ。

後方からサイレンの音が近づいてきた。上野は、バイクを道の左端に寄せてスピードを落としていった。

交機隊員たちは、赤色灯とサイレンで、露払いのように周囲の車両をかきわけていく。

渋滞というほどではないが、道は混んでおり、おそらく捜査車両や機捜の車両は、うまく進めないに違いない。

犯人が逃走のためにバイクを選択したのは正解だと、上野は思った。

ただし、我々バイク部隊のことは念頭になかっただろう……。

後方にオフロードタイプのバイクが見えてきた。見覚えがあった。SSBCから送られてきた静止画像で見たバイクに間違いない。

無線から活きのいい声が聞こえてきた。

「前線本部、こちらトカゲ2。マル対確保。繰り返す。マル対確保」

三浦たちのチームが、渋谷方面に逃走したバイクを確保したということだ。

こちらも負けてはいられない。対象のバイクを、涼子のチームが追いかけてくる。やはり、機捜の車両は混雑のために、追尾が難しいようだ。

上野チームの交機隊員たちが、対象バイクの前方を塞ぐように位置取りをする。その前を上野が走行していた。

トカゲ3チームとトカゲ4チームで対象バイクを取り囲んだ形だ。交機57が言ったとおり、バイクの運転に集中しなければならず、もしライダーが銃を持っていたとしても、それを抜いて撃つなどということは、とてもできそうになかった。

突然、対象バイクは、ガードレールの切れ目から歩道に乗り上げた。そのまま歩道を逃走する。

通行人たちが何事かと驚いた様子で、あわてて避難する。

だが、それは最後のあがきだった。上野は交差点で、歩道の先にバイクを停めた。交機57と交機58も上野に並んだ。

上野は、相手が突っこんできても決して逃げない覚悟だった。バイクがみるみる近づいてくる。交機隊員たちも動かない。

対象バイクは、上野たちの直前でターンしようとして転倒した。

交機隊員たちが、すぐさまバイクを降りてライダーを取り押さえる。上野もそれに加わった。

トカゲ3チームも駆けつける。

上野は、涼子にうなずきかけた。涼子が無線で報告した。

「前線本部、こちらトカゲ3。対象者確保」

銃を所持していたのは、三宅坂方面に逃走したほう、つまり、上野たちが確保したライダーだけだった。

その場で所持品を調べたが、二人とも『オリオンの三つ星』を持っていなかった。人相を確認すると、その二人は、谷崎章助ではなかった。

無線でその連絡を受けた上野は、思った。

谷崎章助はどこにいるんだ……。

32

誰かが「伏せろ」と叫んだ。

湯浅は、それに従った。突っ立ったままでいると、被弾する確率が十倍近くになるという知識だけはあった。

身を低くしながらも、周囲の様子をうかがっていた。二人の男が、特設会場から出て来て走り去った。

二人のうち、一人が拳銃を持っているのが見えた。彼は、まず特設会場の出入り口にいる制服の警備員を撃った。

撃たれた警備員は、その場に倒れたが、血が流れているような様子はなかった。おそらく、防弾チョッキの上から撃たれたのだろう。

防弾チョッキをつけていても、被弾の衝撃はすさまじいと聞いたことがある。ハンマーで殴られたようなもので、肋骨が折れることもあるそうだ。

警備員は、そのダメージで倒れているのだろう。

警備員たちは、その二人を追おうとはしなかった。男たちが拳銃を持っているからだ。会社のマニュアルに従ったのだろうと、湯浅は思った。銃を所持している犯罪者に対処するためのマニュアルだ。

警察なら追わなければならない。だが、民間の警備保障会社は、社員の人命を優先するだろう。警備対象者の安全が最優先だが、社員の安全も確保する必要があるのだ。

二人の男が去ると、警備員たちが、まず救急車を手配し、それから客の誘導を始めた。

湯浅は、立ち上がり、特設会場の様子を見ようとした。

「そっちはだめです。出口に向かってください」

警備員にそう言われて、湯浅は言った。

「東日新報の者です。何があったんですか？」

「ノーコメントです。さあ、出口のほうへ行ってください」

湯浅はそのとき、特設会場の中で誰かが喚《わめ》くのを聞いた。

「『オリオンの三つ星』が持ち去られた……」


上野は、はっと気づいた。

陽動作戦だ。コンビニ強盗犯は、必ず二手に分かれて逃走した。それは、周到な計画の一部だ。

本番である今回も、犯人が二手に分かれて逃走すると、捜査担当者たちに思わせるためだったのだ。

だとしたら、『オリオンの三つ星』を持っている犯人は、そっと会場を離れるはずだ。

上野は、無線でよびかけた。

「交機57および交機58、こちらトカゲ4」

「トカゲ4、こちら交機57。どうぞ」

交機58からも同様に返答がある。

「イベント会場のショッピングセンターに、すぐに引き返せ。繰り返す。ショッピングセンターだ」

「トカゲ4、交機58了解」

「トカゲ4、こちら交機57。了解。ただちにショッピングセンターに戻ります」

二人は、何の疑問も差し挟まず指示通りに行動した。さすがは交機隊員だと、上野は思った。上野もショッピングセンターに向かう。

「トカゲ4、こちら前線本部」

高部の声だ。

「前線本部、こちらトカゲ4。どうぞ」

「ショッピングセンターに向かえ、とは、どういうことだ？」

「確保された二人は、陽動作戦の可能性大。繰り返す。陽動作戦の可能性大。対象物所持者は、別途ショッピングセンターから逃走するものと思われる。前線本部、どうぞ」

「トカゲ4、了解した」

それから、高部は、他のチームに、持ち場に戻るように命じた。捜査車両や、機捜の車両も呼び戻される。

ショッピングセンターにはすぐに到着した。上野はバイクを降りて、先に到着した交機隊員たちに近づいた。彼らは、バイクにまたがったまま上野を待っていた。

上野は、二人に言った。

「いつでも飛び出せるように、待機していてくれ」

二人は声を合わせて「了解」と言った。

上野は、ビルの玄関に向かった。


発砲事件なので、警察官が駆けつけた。えらく対応が早いと、湯浅は思った。おそらく、ビルの外を固めていたのだろう……。

刑事らしい男が警備員に言っているのが聞こえた。

「事情を聞きたいので、客を外に出すのは待ってください」

それに対して警備員が言った。

「私たちは、この会場にいる人たちの安全を確保する義務があります。すみやかにここから退場してもらいます」

「発砲した犯人は、すでに立ち去った。ここは安全だから、事情を聞くまで全員の足止めをしてくれ」

それに対して、警備員がまた何か言った。湯浅は、特設会場のほうを気にしていた。

「あれ、あの人……」

木島が言った。エレベーターホールのほうを見ている。

「何だ？」

「警察が足止めしろと言っているのに、エレベーターに乗ろうとしていますよ」

湯浅は、そちらを見た。たしかに木島が言うとおり、一人の男がエレベーターを待っている。

三十代前半の男だ。黒っぽいジャンパーにジーパンという服装だ。髪は短かった。彼は、苛立たしげに左手で、何度かエレベーターのボタンを押した。

左利きなのかもしれない。

たしかに、その行動は怪しかった。湯浅は、木島に言った。

「エレベーターが何階で止まったか、表示を見て確認するんだ。それを携帯電話で知らせてくれ」

「どうするんです？」

「追っかける」

「警察に知らせたほうが……」

「おまえが知らせればいい」

湯浅は言いながら非常階段に向かって走っていた。階段を駆け下りる。すぐに息が切れて、膝ががくがくしはじめる。

くそっ。もっと運動しなけりゃだめだな。

携帯が振動した。木島からだ。階段を駆け下りながら電話に出る。

「何階だ？」

「一階です」

「もうじき俺も一階に着く」

一階フロアにやってくると、玄関を出て行く男の姿が見えた。湯浅は、さらに駆けた。肺が痛むがかまってはいられなかった。

出入り口付近に制服を着た警察官がいたので、男の服装を告げて、その男がどちらに行ったか見なかったかと尋ねた。

警察官が言った。

「なんだ、あんたは？　ここで何をしてるんだ？」

そのとき、隣の駐車場からエンジン音が聞こえた。バイクの音だ。湯浅は、そちらを見た。例の男がバイクで走り去るところだった。

湯浅は警察官に言った。

「あの男が、現場の足止めを無視して会場から逃走したんだ」

警察官が怪訝な顔をする。

「何を言ってるんだ？」

「いいから、すぐに無線で連絡を取ったほうがいい」

ビルの出入り口までやってきた上野は、警察官と誰かが言い合いをしているのを見た。それが、東日新報の記者であることに気づいた。近づいて、警察手帳を提示した。

「どうした？」

記者が上野に言った。

「あ、あんたトカゲだね？　犯人らしい男がバイクで逃走したんだ。それなのに、この警察官は……」

上野は、すぐに服装とバイクの特徴を聞き、無線で指示した。

「前線本部ならびに、交機57、交機58。こちらトカゲ4。犯人らしい人物がバイクで逃走。黒っぽいジャンパーにジーパン。バイクはオフロードタイプ」

上野は、それを繰り返した。即座に前線本部の高部から返答がある。

「前線本部、了解」

それから、高部は各チームと車両班に指示を出した。すでに交機57と交機58は、発進しているに違いない。上野もバイクを出した。

数分後、無線が流れた。

「前線本部ならびに各移動局、こちら交機57。当該バイクを視認。現在地、国道246渋谷駅付近」

「前線本部、了解」

高部は、その言葉に続き、すべてのバイク部隊と車両班をそちらに向かわせた。上野も渋谷方面に向かう。

　表参道を過ぎた頃、機捜から無線が入った。

「車が混んでいて、思うように走れない」

　高部がそれにこたえる。

「了解」

　高部は、言葉を続けた。「前線本部から、各バイクチームへ。本領を発揮してくれ」

「トカゲ1了解」

「トカゲ2了解」

「トカゲ3了解」

　上野も、同様にこたえた。

　それからほどなく、交機57から無線が入った。

「現在、当該バイクを追尾中。国道246を西に向かっている。現在、三宿《みしゆく》付近」

　上野は、混み合ってのろのろ運転をしている車両を縫うようにバイクを進めた。交機隊員たちにはサイレンと赤色灯というメリットがあるが、トカゲにはない。

　さらにその数分後、再び交機57から無線が入った。

「当該バイクを制圧。繰り返す、当該バイクを押さえた」

　上野は、ほどなくその現場に駆けつけた。オフロードバイクが転倒していた。その近くで、交機57と交機58の二人が、ライダーを地面に押さえつけていた。

上野を見ると、交機57が言った。

「これを所持していました」

それは三色の大きな宝石が付いたペンダントだった。『オリオンの三つ星』だ。

交機57が言った。

「手錠をどうぞ」

「君らの手柄だ」

「自分らは、あなたの指示に従ったに過ぎません」

上野はうなずき、男に手錠をかけた。


確保されたのは、谷崎章助であることが確認された。その身柄は、他の二人と同様に世田谷署に運ばれた。捜査員たちが、じっくりと取り調べをして事の全容を明らかにするだろう。

すでにわかっているのは、谷崎ら三人は雇われたに過ぎず、背後には国際的な窃盗団が存在しているらしいということだ。その点も捜査員たちが厳しく追及するだろう。

ともあれ、宝石強盗犯の身柄を確保することができた。『オリオンの三つ星』も黒澤珠貴も無事だった。

上野たちバイク部隊の役割は終わった。交機隊員たちは、すみやかに本隊に復帰する。

交機57と交機58の二人が上野のところにやってきた。交機57が言う。

「捜査に参加できて、いい経験になりました」

「こちらも勉強になった」

二人は、腰を折って敬礼をした。上野は言った。

「また、訓練に呼ばれたときはよろしく頼む」

「そのときは、容赦しません」

交機58がそう言って笑った。二人の頼もしい若者は、上野のもとを去って行った。

被疑者確保の段階で、特殊班の役割も終わる。高部たちも本部庁舎に引きあげた。特殊班はまた、次の事案に向けて待機に入ったのだ。

上野たち四人もトカゲの任を解かれ、世田谷署を後にすることになった。署の玄関を出て駐車場に向かおうとしていると、二人の男が近づいてきた。一人は、ショッピングセンターの出入り口で、谷崎が逃走したことを知らせてくれた記者だ。

その記者が涼子に言った。

「宝石強盗の話、聞かせてもらえませんか?」

「明日の会見を待ってください」

「私は、トカゲがどのように活躍したのかを知りたいんです。会見でそんなことを話してはくれないでしょう」

二人のやり取りを聞いていた波多野が言った。

「トカゲのことは話せないよ。隠密部隊だからな」

記者が食い下がる。

「強盗の一人が逃走したことを教えたのは、俺なんですよ。話を聞くくらい、いいじゃないですか。ご褒美ですよ」

涼子がその記者を見て言った。

「強盗の一人が逃走したことを教えた……？」

上野が言った。

「それは本当のことです。マル被が会場を抜けだして逃走したことを、その人が教えてくれたんです」

記者がうなずく。

「そうそう。あんたが無線で連絡してくれたんだよね」

涼子が記者に言った。

「そういうことなら、あまり邪険にもできないわね」

記者が表情を明るくする。

「話を聞かせてくれますか？」

涼子は、上野たちのほうにちらりと視線を向けてから言った。

「私たちは、任務が終わりほっとしている。一杯やりたい気分なの。そこで世間話をするかもしれない」

「俺たちもご一緒して、その世間話を聞いてもいいということですか?」

「どこに行こうとあなたがたの自由です。だめとは言えないでしょう」

涼子がほほえんだ。

なかなか粋《いき》なことをする。そう思い、上野もにやりとしていた。

解説

細谷正充

警察小説のシリーズが、もっとも多い日本の作家は誰か。間違いなく、今野敏であろう。『安積班』『隠蔽捜査』『ST』『警視庁強行犯係・樋口顕』『横浜みなとみらい署暴対係』『同期』『碓氷弘一』『倉島警部補』『萩尾警部補』『マル暴甘糟』などなど、膨大なシリーズを抱えているのだ。しかもシリーズごとに、主人公のキャラクターや所属する部署を変え、別々の特色を打ち出している。魅力的な主人公を中心にした群像ドラマ、特殊能力を持つ者たちが活躍するチーム物、個性的な主人公を確立させたキャラクター・ノベル、主人公の相棒が作品ごとに代わるユニークなバディ物……。よくもまあ、ネタが尽きないものだと感心してしまう。「週刊朝日」二〇一四年二月二十一日号に、今野敏と堂場瞬一の対談が掲載されているが、そこで作者は、

「警察小説は、入れ物だと思うんですよね。恋愛も入れられるし、親子関係も入れられる。上司と部下の関係も入れられる。『非常に使い勝手のいい入れ物だなあ』と思っているんです」

と、語っている。なるほど、作者にとって警察小説は、何でも入れられる器なのだ。そのように考えているからこそ、警察小説の幅を広げる新機軸のシリーズを、次々と打ち出すことができるのだろう。もちろん本書を含む「TOKAGE」シリーズもそうだ。警視庁刑事部捜査第一課の特殊犯捜査係に所属し、誘拐事件などが起こると駆り出されるバイク部隊〝トカゲ〟の活躍を描く本シリーズは、現在進行形の事件と機動力を特色としているのである。その特色の魅力を説明するために、まずは物語の粗筋を記しておこう。

本書『連写　TOKAGE　特殊遊撃捜査隊』は、『TOKAGE　特殊遊撃捜査隊』『天網　TOKAGE2　特殊遊撃捜査隊』に続く、シリーズ第三弾だ。「週刊朝日」二〇一三年一月四／一一日号から九月六日号にかけて連載され、二〇一四年二月に単行本が刊行された。前二作を読んでいた方が楽しめるが、本書だけ手にしても大丈夫である。逆に本書から始めて、前二作を読むのもありだろう。

交通機動隊の訓練に参加していた、トカゲの上野数馬と白石涼子は、休む間もなく新たな事件に投入された。すでに三件の被害が出ている、連続コンビニ強盗事件だ。世田谷区・港区・渋谷区と場所はバラバラだが、いずれも犯人は黒いライダースーツを着て、バイクで逃走している。他のトカゲや、世田谷署の刑事たちと、捜査を始めた数馬たち。涼子の指摘により、犯行現場のコンビニが国道246号付近に集中していることが判明する。だが、慣れない聞き込みに精を出すも、なかなか犯人に迫ることはできない。そんなとき第四の事件が発生。逃走するバイクに女性が撥《は》ねられ、ついに合同捜査本部が立つことになった。

一方、シリーズ第一弾からトカゲとかかわってきた、東日新報の社会部遊軍記者・湯浅武彦は、涼子たちを取材しようとして、連続コンビニ強盗事件に興味を惹かれる。面倒を見ている後輩遊軍記者の木島孝俊を引き連れて、独自の調査を始めた。やる気の見えない木島の、今風の言動に反発する湯浅。だが、木島も意外なところで役に立つ。そしてトカゲと記者という、ふたつのプロフェッショナルの〝気づき〟が重なったとき、一連の事件の意外な真相が立ち上がってくるのだった。

誘拐や同時バスジャックと、シリーズで扱われた事件を見れば分かるが、トカゲが必要とされるのは、現在進行形の事件である。本書の連続コンビニ強盗事件も、作中で数馬が〝しかし、考えてみれば、連続コンビニ強盗事件は、現在進行中なのだ。新たに四件目が起きたし、これからも起きないとは限らない〟と思うように、現在進行形である。したがって事態は、常に流動的だ。一例を挙げよう。バイクで哨戒《しょうかい》中の数馬は、引っ掛かりを覚えたバイクを念のために追って、まったく予想もしていなかった、命の危険を感じる事態に陥ったりするのだ。何が起こるのか分からないサスペンスが、強い力でページを捲《めく》らせる。ここが本書の見どころになっているのだ。

さらにトカゲの機動力も見逃せない。バイクを手足として、都内を走り回り、事件を追う。現在進行形のストーリーと相まって生まれる臨場感は、特筆ものである。特に本書の終盤の展開は、手に汗握る面白さであった。トカゲという題材の珍しさに寄りかからず作者は、そのポテンシャルを存分に引き出しているのである。

こうしたトカゲ側に加えて、新聞記者側のストーリーも、読みごたえあり。シリーズでお馴染みの湯浅武彦と木島孝俊の凸凹コンビが、本書にも登場。連続コンビニ強盗事件の取材を始めた湯浅は、時に涼子に情報を与えながら、事件に喰らいついていく。警察と記者という対立構造を抱えながら、互いを認め合う湯浅と涼子の微妙な関係を、作者は鮮やかに描き切っているのである。

しかも対立構造は、それだけではない。昔気質《かたぎ》の記者である湯浅は、現場よりネットを優先し、定時で帰ろうとする木島を批判的に見ていた。しかし木島はやる気がないわけではなく、きちんと自分のポリシーを持っている。また、鋭い着眼点を披露することもある。しだいに木島を認めていく湯浅が、彼の抱いた疑問を足掛かりに事件の真相に迫るところに、ふたりの関係の変化が表れていた。

そして湯浅の感じた〝気づき〟が、数馬の感じた〝気づき〟と重なったとき、連続コンビニ強盗事件の裏に潜んだ真実が浮上してくる。

「あなたには、カメラの連写機能と同じような能力がある」

「心がけていても、なかなかできることじゃない。あなたは、自分では気づいていないでしょうが、観察眼に関しては、とても優秀なの。私もかなわない」

と、有能な先輩の涼子にいわれる数馬。ベテラン記者の湯浅がプロフェッショナルなら、まだ成長中の数馬も、まごうことなきプロフェッショナルであった。そのプロとしての力が響き合い、事件解決へと向かっていく。作者はいつもプロフェッショナルを肯定的に描いているが、大きくいってしまうなら、それは人間の肯定に繋がっている。自分の居る場所で、自分の出来ることを、一所懸命に実行する人は恰好いい。そう、本書の数馬や湯浅のように。だから今野作品を読むと、登場人物に惚れ込み、前向きな気持ちになってしまうのである。

この他、交通機動隊を部下として使うことになった数馬の戸惑いや、黒いライダースーツの扱いなど、言及したいことは多いが、これから作品を読む人もいると思うので、詳しく書くのは控えよう。その代わり、ちょっとしたポイントに触れておきたい。数馬や涼子の上司となる、特殊班の係長の名前である。高部一徳というのだ。この名前で連想されるのが、俳優の岸部一徳である。その岸部一徳は、刑事ドラマ『相棒』で、警察庁長官官房室長の小野田公顕を演じていた。レギュラーではないが、シリーズの重要人物として、視聴者にはお馴染みの人物である。

警察小説のファンならば、『相棒』を見ている人が多いだろうし、そうであれば高部一徳という名前だけで自然に岸部一徳を連想し、勝手に親しみを覚えてくれるはずだ。

その親しみによって、物語世界に入りやすくなる。ちょっとしたお遊びではあるが、その裏には、このような意図があると思われる。読者のために、ひと手間を惜しまない作者は、本書の登場人物のように、真のプロフェッショナルといっていい。

さて、二〇一七年現在、シリーズは第三弾の本書でストップしている。数ある警察小説の中でも、独自の味わいがあるだけに、残念でならない。上野数馬や白石涼子（湯浅武彦と木島孝俊も）の活躍を、もっともっと読みたいではないか。彼らの出番を必要とする事件は、まだまだあると信じているのである。

（ほそや　まさみつ／文芸評論家）

連写《れんしゃ》
TOKAGE《トカゲ》 特殊遊撃捜査隊《とくしゆゆうげきそうさたい》

朝日文庫

2017年2月28日　第1刷発行

著　者　今野《こんの》　敏《びん》

発行者　友澤和子
発行所　朝日新聞出版
〒104-8011　東京都中央区築地5-3-2
電話　03-5541-8832（編集）
03-5540-7793（販売）

印刷製本　大日本印刷株式会社

ISBN978-4-02-264839-6

今野 敏
獅子神《バール》の密命
米国の大富豪から届いた一通の招待状。それは、日米政府を巻き込む暗闘の始まりを告げるものだった。長編国際謀略活劇！〔解説・関口苑生〕

貫井 徳郎
乱反射
《日本推理作家協会賞受賞作》
幼い命の死。報われぬ悲しみ。決して法では裁けない「殺人」に、残された家族は沈黙するしかないのか？ 社会派エンターテインメントの傑作。

大沢 在昌
鏡の顔
傑作ハードボイルド小説集
フォトライターの沢原が鏡越しに出会った男の正体とは？ 表題作のほか、鮫島、佐久間公、ジョーカーが勢揃いの小説集！〔解説・権田萬治〕

高田 崇史
毒草師 白蛇《はくじゃ》の洗礼
茶席で発生した毒殺事件。解決の鍵は千利休の経歴にあるのか。傲岸不遜な男・御名形史紋の推理が冴えるシリーズ第二弾！〔解説・杉江松恋〕

真保 裕一
ブルー・ゴールド
ブラック企業に左遷命令⁉ クセモノ揃いのコンサルタント会社に飛ばされた藪内は巨大企業相手の「水」獲得競争に挑む！〔解説・細谷正充〕

海堂 尊
極北ラプソディ
財政破綻した極北市民病院。救命救急センターへ出向した非常勤医の今中は、崩壊寸前の地域医療をドクターヘリで救えるか？〔解説・佐野元彦〕